Sonderzahl

Markus Köhle

Das Dorf ist wie das Internet,

es vergisst nichts

Roman

Sonderzahl

Die Arbeit am Roman wurde unterstützt mit einem *Wiener Literatur Stipendium*. Vielen Dank dafür! Gedankt sei außerdem der steten Textbegleiterin und fröhlich-forschen Kritikerin Doris Mitterbacher und dem angenehm-milden Erstleser Peter Clar.

Diese Publikation wurde von der Literaturabteilung der Stadt Wien, MA7, und der Kulturabteilung des Landes Tirol gefördert.

www.sonderzahl.at

Gesetzt aus der Tisa
Druck: finidr
ISBN 978 3 85449 617 5

Umschlag von Matthias Schmidt

Inhalt

1

Schnaps ist der Bergler Kryptonit

»Ist da noch frei?«

»Im Prinzip ja, aber ich kann ganz schön anstrengend sein.«

»Sagt ihre Frau.«

»Nein, keine Frau. Keine Frau mehr. Für alle Frauen besser.«

»Sie scheinen gut therapiert zu sein.«

Kurt seufzt: »Ein Jahresgehalt …«

»Kann man auch gegen einen Baum fahren.«

»Stimmt. Deshalb fahre ich aktuell lieber Zug.«

»Ich auch.«

»Na dann …«

»Dann nehme ich jetzt Platz«, sagt Lukas.

»Ich bitte darum«, sagt Kurt und macht eine Geste wie ein Platzanweiser in einem Theater, das sich keine Sorgen um die jährlichen Subventionen machen muss. Speisewägen sind rollende Theater und die Eintrittskarte ist die Fahrkarte. Jeder Tisch eine kleine Bühne. Er, Kurt, liebt Theater, immer und überall. Sein Theaterbegriff ist weit gefasst und offen. Sein Weltbild auch? Im Prinzip ja, aber nur wenn das Weltbild zwischen den Bergen in seinem Kopf Platz hat. Die Berge in seinem Kopf hat ihm die Herkunft eingepflanzt. Du kannst die Berge verlassen, aber die Berge verlassen dich nie, sagt Kurt gerne. Bergbedingt hängt so ein Weltbild dann gelegentlich halt etwas schief. Aber schief ist nicht per se schlecht, wie er auch gerne sagt. Wenn etwas schiefläuft, läuft es immerhin, sagt er dann meist noch und lächelt gewinnend.

Sein Gegenüber, Lukas, hat noch nicht Platz genommen. Lukas steht noch, er hat es nicht eilig. Sein Berg im Kopf ist die Gemütlichkeit. Er nimmt sich für alles seine Zeit. Zugfahren ist für ihn meist Arbeitszeit. Im Speisewagen lässt es sich oft gut arbeiten. Für ihn ist der Speisewagen ein rollender Co-Working-Space. Lukas ist ein Freund von Co-Working-Spaces, er ist ein Freund von Kooperationen und Austausch aller Art. Sein Büro ist, wo sich sein Laptop aufklappen lässt. Sein Laptop ist klein, seine Reisebereitschaft groß. Ist seine Reisebereitschaft so groß wie seine Neugier? Im Prinzip ja, aber nur, wenn wer die Reisekosten übernimmt. Lukas ist ein Einpersonenunternehmen (EPU), Kategorie Kunst und Kultur. Er wurde eine Zeit lang als Slam-Poet im Dienste der Auslands-Germanistik um die Welt geschickt. Er arbeitete eine Zeit lang als Texter. Er nimmt gelegentlich noch Aufträge an. Aktuell erstellt er eine Art Online-Ortsnamenslexikon für die Website der Österreich-Werbung und verfasst Auftragstexte für unterschiedliche Anlässe. Er kann aber auch schon auf etliche Auszeichnungen verweisen. Die Homepage seiner Heimatgemeinde führt ihn als »Berühmte Persönlichkeit« an. Er fühlt sich nicht so, bemüht sich eher um beständige Horizonterweiterung und auch darum, seinen Kontoüberziehungsrahmen nicht zu sehr zu strapazieren.

Lukas ist nicht in einem begüterten, bildungsbürgerlichen Haushalt mit Bibliothek, sondern in einem Talkessel mit Transitverkehr aufgewachsen. Gewissen Dingen wird er immer hinterher laufen. Aber Laufen ist nichts Schlechtes, sagt er immer. Wer sich immer am Laufenden hält, kann nicht von der Vergangenheit überholt werden, sagt er auch gern und die Pseudofrage: »Wie geht's?«, beantwortet er am liebsten mit: »Läuft« und einem Lächeln.

»Guten Morgen übrigens«, sagt Kurt und blickt hoch zu Lukas.
Der schlüpft aus dem Tragegurt seiner Umhängetasche, sucht Augenkontakt und sagt:
»Danke, danke, Ihnen auch einen schönen guten Morgen.« Lukas sagt immer »Schönen guten Morgen«, nicht nur »Guten Morgen«. Ab 10 Uhr vormittags sagt er dann »Schönen guten Vormittag«, die Mittagszeit überbrückt er meist mit einem neutralen »Hallo«, ab

15 Uhr kommt dann »Schönen guten Nachmittag« zum Einsatz und ab wann es dann für »Schönen guten Abend« Zeit ist, bestimmt die Jahreszeit. Kurt sagt nur bis 8 Uhr »Guten Morgen«, dann bis zum Einbruch der Dunkelheit »Grüß Gott«, also eigentlich »Grüeß Goutt«.

»Schön ist relativ«, sagt Kurt und wartet kurz, ob der Mitreisende schon einhaken will. Der lässt die Gelegenheit aber gerne sausen und legt erst mal seine Tasche behutsam auf der Bank ab. Dann geht's gemächlich ans Öffnen der Druckknöpfe des Mantels, der Reißverschluss ist freigelegt und wird alles andere als hastig gelöst. Kurt nimmt den Entkleidungsakt als Hörereignis wahr, die fünf metallenen Akzente der Knöpfe gefolgt von einem harmonisch fließenden Freigabegeräusch der Reißverschlusszähne. Jeder Reißverschluss ein domestiziertes Tier im Dienste der Menschen; jeder Knopf ein Wunderwerk des menschlichen Erfindungsgeistes, denkt Kurt. Aussprechen traut er sich derartige Gedanken erst in gut angeheitertem Zustand. Die Berge im Kopf blockieren auch das schwer Pathetische und mitunter schief Poetische. Das ist oft gut, es ist aber auch oft gut, dass Alkohol die Berge bröckeln und schwinden lässt. Nicht zu unrecht wurde in den Bergen der Schnaps erfunden, sagt Kurt gern.

Schnaps ist der Bergler Kryptonit, war schon mehrmals der Satz des Abends, den Kurt längst fix in seine Konversationsstrategie bei offiziellen Empfängen im Ausland eingebaut hat. Kurt weiß, was in solchen Kreisen funktioniert. Lukas weiß auch, was in seinen Kreisen funktioniert. Die Schnittmenge beider Kreise ist vermutlich gering. Aber mit dem Speisewagen als Grundlage lässt sich immer was machen. Außerdem redet Kurt offenbar gern und Lukas ist nicht um Antworten verlegen.

»Schön ist relativ« ist ein guter Satz, um einzusteigen, denkt sich Lukas. Da weiß wer, wie das geht, ins Gespräch kommen. Er legt seinen Mantel zusammen und auf die Tasche. Wenn schon nicht arbeiten, dann es wenigstens fein haben. Den Laptop wird er so schnell nicht brauchen. Er wird sich, wenn er dazu kommt, den Brief noch mal etwas genauer anschauen. Den Brief mit Gemeindewappen, Unterschrift des Bürgermeisters seiner Heimatgemeinde und einem Anliegen, herangetragen von der Gemeindesekretärin Corina. Corina kennt er seit Kindergartentagen. Das Dorf glaubt er seit Jahren hinter sich gelassen zu haben. Doch dann plötzlich dieser Brief.

Lukas nimmt Platz, setzt sich zurecht, nimmt die beschlagene Brille ab, putzt sie mit der am Tisch liegenden ÖBB-Serviette, setzt sie wieder auf, ärgert sich über den Pickel auf der Nase, der seine Brille etwas schief sitzen lässt. An sich hat Lukas keine Pickel mehr, er ist über vierzig! Aber kaum sucht ihn das Dorf in Form eines Briefes heim, kriegt er auch schon wieder Pickel. Fehlt bloß noch, dass er aus der Nase blutet, wie in der Hochblüte seiner Entwicklung vom mehr oder weniger glücklichen Dorfkind zum eindeutigen Außenseiter-Teenager.

Lukas putzt die Brille energischer als notwendig und versucht so, das Dorf und den Brief wieder weg zu wischen. Feinhaben ist doch die Devise. Also zurück zu seinem Gegenüber und ins Gespräch. Lukas überlegt kurz, ob er die Relativität des Schönen aufnehmen soll. Kurt nimmt ihm die Entscheidung ab und sagt: »War übrigens das Radio-Eriwan-Witz-Schema, unser Gesprächsauftakt.«

»Was meinen Sie?«

»Ich meine nicht, ich weiß, dass es das Radio-Eriwan-Witz-Schema war. *Frage*, Antwort mit *Im Prinzip ja* und dann ein *Aber*. So sind die immer aufgebaut.«

Das ganz schön anstrengend kommt ganz schön schnell zum Vorschein, denkt sich Lukas, aber es verspricht auch allerhand. Mal sehen, ob es mehr Feinhaben oder doch Arbeit wird. Zuhören ist ja schon auch Teil seines Jobs. Lukas setzt sein sehr fragendes Gesicht auf. Das kann er. Auf Mimik versteht er sich.

»*Radio Eriwan* sagt Ihnen was?«, fragt Kurt.

»Entschuldigen Sie, ich bin noch nicht ganz wach«, sagt Lukas. Er hat keine Probleme, Schwächen einzugestehen. Er gibt sich gerne ein bisschen schlichter, als er ist. Das bringt oft Vorteile. In seinen Kreisen ist das Noch-nicht-ganz-wach-Argument bis in die frühen

Nachmittag hinein mehr als toleriert. Unterhält man sich zu klassischen Guten-Morgen-Stunden, unterhält man sich ohnehin nur darüber, dass man noch nicht ganz wach ist und warum. Gründe des Noch-nicht-ganz-wach-Seins sind oftmals die schönsten Dinge des Lebens.

Für einen Studenten ist er eigentlich zu alt, denkt sich Kurt. Spätberufener Student? Ha, spätberufener Student! Das geht doch glatt als Synonym für hauptberuflicher Sohn durch, für Erbe der Aufbau- und-Wohlstands-Generation und Dieses-Erbe-Verschleuderer. Spätberufener Student könnte aber auch für nicht kostendeckend Kreativer, Privatgelehrter oder Gemeinwohl-Gutmensch stehen. Na, da werden wir dem Noch-nicht-ganz-Wachen mal auf den fehlstellungsunkorrigierten Schneidezahn fühlen. Mal schauen, ob er die Weisheitszähne noch drinnen hat, oder ob da schon alles rausgerissen wurde, auf dem Weisheit fußen könnte. Kurt verballhornt gerne geflügelte Worte und Redewendungen. Das macht Lukas auch gelegentlich, aber anders.

»*Radio Eriwan,* also Jerewan, wie die Stadt. Sie wissen schon, die Hauptstadt von Armenien.«

Auf »Sie wissen schon« oder »Wie wir alle wissen« oder »Wie Sie sicherlich wissen« reagiert Lukas allergisch. Das sind alte, dünkelhafte Phrasen, die so alt wie das Wort »dünkelhaft« sind. Diese Phrasen stammen aus einer Zeit, in der Bildung nur gewissen Kreisen zugänglich und kanonisiert war. Wie wir alle wissen, hat sich das geändert. Langsam zwar, aber Änderung in progress, Kanon am Aufbrechen, Wissen frei zugänglich, Bildung immer noch ein teures Gut, aber: Geschichte wird gemacht, Stipendien werden verliehen, es geht voran.

Was weiß Lukas schon von Armenien? Alte Geografieunterrichtsfakten aufgefrischt durch Fernseh-Dokus in Hotelzimmern. Das große Erdbeben in den 80er Jahren, die Berg-Karabach-Konflikte und der Werfel-Roman, den niemand mehr liest. Musik hat einen hohen Stellenwert dort, Jazz, und ja, Radio-Jerewan-Witze kennt er als Begriff. Mehr nicht.

»*Radio Eriwan* gab es als Radio gar nicht, war aber als Witze-Format im gesamten ehemaligen Ostblock sehr beliebt und natürlich auch wichtig, weil ein kritisches aber – Dank Witz-Schutzmantel – unangreifbares Instrument gegen die Unterdrückung des sozialistischen Systems. Diese Witze waren ein Ventil der Bevölkerung und aufgebaut waren sie immer nach dem gleichen Prinzip und zwar so: *Frage an Radio Eriwan,* dann *Radio Eriwan antwortet* mit *im Prinzip ja, aber ...,* verstehen Sie?«

Lukas nickt, um sein Gegenüber bei Laune zu halten, tut aber so, als verstünde er noch nicht ganz, und sagt: »Noch nicht ganz. Können Sie vielleicht ein Beispiel ...?«

»Natürlich, Sie haben ganz recht. Immer besser zeigen als erklären. Alte Theaterweisheit. Also. Frage an Radio Eriwan: Gibt es in Tirol mehr Humor als anderswo? Radio Eriwan antwortet: Im Prinzip ja. Aber wir haben ihn auch bitter nötig. Jetzt verstanden?«

»Im Prinzip ja, aber ich habe eingangs zwar mit der Frage *Ist hier noch frei?* begonnen und Sie mit *Im Prinzip ja, aber ...* geantwortet, aber ohne den Zusatz *Frage an Radio-Eriwan* und *Antwort,* stimmt's?« Lukas kann ihn, wenn es denn sein muss, schon auch, den Klugscheißer-Modus. In diesem Fall ist er angebracht. Er hat ihn, mit der Bestätigungsfrage am Ende, bewusst etwas abgeschwächt, aber er wirkt.

»Korrekt! Nicht schlecht für nicht wach. Respekt! Dass in Jerewan über eine Million Menschen leben, in ganz Armenien an die drei Millionen, brauch ich Ihnen vermutlich nicht erzählen. Aber wissen Sie, dass es weltweit über zehn Millionen armenisch Sprechende gibt?«, fragt Kurt.

Weiß Lukas nicht, muss er aber auch nicht zugeben.

»Gibt es in New York auch ein Armenia-Town?«, fragt er stattdessen.

»Gibt es nicht. Das Zentrum der armenischen Amerikaner ist Los Angeles. Die größte armenische Gemeinde außerhalb Armeniens ist aber in Russland.«

»Interessant. In Russland war ich schon, in Jerewan noch nie.«

»Wenn Sie in Moskau waren, waren Sie nicht in Russland.«

»Ich war nicht in Moskau, wobei, am Flughafen schon ...«

»Flughäfen sind ab einer bestimmten Größe überall gleich. Flughäfen zählen nicht ...«

»Guten Morgen, die Herren.« Auftritt der Bord-Restaurant-Bediensteten, auf ihrem Namensschildchen steht Tunja. Tunja fragt: »Womit kann ich die Herren glücklich machen?«

»Ich bin glücklich, dass Sie da sind, und wünsche mir als Glücksverstärker eine Flasche Gösser, nicht kalt, bitte-danke«, antwortet Kurt. »Einen Espresso, bitte.«

Die Kellnerin zieht weiter zum nächsten Tisch: »Guten Morgen, darf's schon was sein?«

Kurt zieht das Gespräch gleich wieder an sich und sagt: »Ararat ist das armenische Gösser.«

»Weil?«, fragt Lukas, den Mitteilungsdrang des Vormittagstrinkers anspornend.

»In Armenien heißt so gut wie alles Ararat. Im Zweifelsfall immer Ararat: Hotel Ararat, Ararat Bank, Ararat Cognac, Bar Ararat, Ararat Bier. Alles nach dem Berg Ararat. Ja, der aus Funk, Fernsehen und Bibel bekannte Berg Ararat. Auf dem einst der Fährmann Noah seine Arche anlegte, als die Fluten wichen.«

Lukas ist bibelfest, das aber hätte er nicht gewusst. Das Ministrieren ist lange her. Die Erzählungen des Pfarrers waren zwar eindringlich und wurden mitunter mit Kopfnüssen vertieft. Aber an einen heiligen Berg Ararat kann er sich nicht erinnern. Die Bergpredigt war anderswo, die Bergmessen in seiner aktiven Ministrantenzeit selten, aber eine willkommene Abwechslung. Heute jedoch ist ihm nicht nach Bibelkram. Feinhaben ist die Devise und vielleicht den einen oder anderen Beitrag für sein persönliches Ortsnamenslexikon verfassen. Das dient dem reinen Vergnügen, hat nichts mit seiner Arbeit für die Österreich-Werbung zu tun. Doch, es ist ein Ventil, um das loszulassen, was in den sachlichen Einträgen keinen Platz hat.

Er hat gerade den offiziellen Beitrag über die Stille-Nacht-Gemeinden Arnsdorf und Lamprechtshausen im Salzburger Flachgau ge-

schrieben. Er hat das dortige Brauchtum hervorgehoben, die Jagd-
hornbläser- sowie die Kopftuch- und Goldhaubengruppe erwähnt;
darauf hingewiesen, dass Lamprechtshausen nicht nur einmal von
der Kronenzeitung zur Gemeinde mit dem schönsten Maibaum des
Landes gekürt wurde, dass die Gemeinde wächst, weil die Mietprei-
se, die Nähe zu Salzburg (22 km) und die Lokalbahn attraktiv sind. Er
hat sogar erwähnt, dass es 1934 in Lamprechtshausen einen versuchten Nazi-Putsch gab.

Sein persönlicher Lamprechtshausen-Beitrag allerdings geriet noch
weit ausschweifend informativer. In seinem privaten Lexikon, das er
mit dem Arbeitstitel *Die Verwortung Österreichs* versehenen hatte,
handelte er Lamprechtshausen wie folgt ab:

LAMPRECHTSHAUSEN

1) Das »Lamprechtshaus« hat es leider nie zu Berühmtheit gebracht. Das
   Lamprechtshaus war das Gewerkschaftshaus der Lämmer, landläufig
   Lamperln genannt. Im Lamprechtshaus wurde den Lämmern Recht gesprochen. Im Lamprechtshaus wurden im Sinne der Lämmer Entscheidungen getroffen. Das Lamprechtshaus war eine Vorform des Gemeinde-
   amtes und tatsächlich stehen heutzutage in vielen Orten die Gemeinde-
   ämter an der Stelle, an der einst ein Lamprechtshaus stand.

2) Das Adjektiv »lamprechtshausig« ist leider etwas in Vergessenheit geraten. Lamprechtshausig war das Gegenteil von »ungeschoren davonkom-
   men«. Die Lamprechtshausigen waren geschoren, auf Linie gebracht.

»Ararat, Ararat, Ararat, alles heißt Ararat«, wiederholt Kurt.

»Und aus den Anlagen der Autos schallt Radio-Ararat, nehme ich
an«, fragt Lukas.

»Himmel ja, Ararat, die Sendung mit der Kirche, heißt so nicht auch
eine Sendung auf Radio Rüsselsheim? In Taxis in Jerewan jedenfalls
werden gerne Volksmusik- und Jazzsender gehört. Auf den Straßen
verkehren übrigens noch viele klassische, kantige Ladas, gerne mit
ordentlich aufgemotztem Soundsystem. Das hat etwas skurril Nied-
liches. Das, was bei uns aus verspoilerten, getunten Golf GTIs rum-

pelt, kommt dort aus den eckigen Ladas der Serie 2103 bis 2107, aus Lada Taigas, Nivas und wie sie alle heißen.«

»Samaras.«

»Ja, auch Samaras, aber das war es dann. Das Straßenbild kann man sich als eine Mischung aus Tunis und Athen vor 20 Jahren vorstellen. Wobei. Mit diesem Vergleich ist vermutlich niemand ganz zufrieden. Ja, vermutlich ist niemand ganz zufrieden in Jerewan, Tunis und Athen. Niemand, der nicht regiert.«

Bibel, Autos oder Politik? Lukas weiß nicht recht, in welche Richtung er den glücklichen Gösserjünger drängen soll. Mit dem Lada Samara hat er einen Glückstreffer landen können, weil das eine Zeitlang das Familienauto war.

In seinem Heimatdorf gab es einen Ford- und einen Lada-Händler. Fünf Familien im Dorf fuhren Lada, der Rest Ford und Mazda vom Händler im Nachbardorf.

Die Autobiografie seines Vaters ist schnell umrissen: Ford Anglia / Ford Taunus / Opel Kadett / Lada Samara / 2 x Mazda 323 – Lukas verbindet mit allen Familienautos eine Zeit und mehr als eine Geschichte.

Der Ford Anglia war vor seiner Zeit. Lukas hat sie oft gehört, die Geschichte der Geburt seiner Schwester. Die Version seiner Mutter Inge unterschied sich sehr von der Version seines Vaters Ernst. Oma Herta und Opa Anton hatten wiederum andere Erzählungen parat. Sogar seine Brüder Thomas und Bernhard glaubten, sich daran erinnern zu können, was zwar unwahrscheinlich ist, aber sie dürften ganz einfach aus der unzählige Male, bei diversen Anlässen erzählten Geburtsgeschichte ebenfalls ihre eigene gezimmert haben. Dass alles mit einem Pressen Inges begann und mit der Mondlandung und Lunas Geburt endete, darauf konnten sich alle einigen.

Inge presste.

Ernst drückte aufs Gaspedal.

Es ging los.

Sie lag im Spital Ehenbichl bei Reutte und in den Wehen.

Er saß im Auto auf dem Weg dorthin und jagte seinen Ford Anglia die Fernpassstrecke hinauf.

Es erkundete den Geburtskanal.

Markus oder Lukas, sollte es heißen, wenn es ein Bub, Victoria oder Luna, wenn es ein Mädchen werden sollte. Also entweder ein Evangelist oder eine römische Göttin. Wobei Luna schon ungewöhnlich modern schien, einer Victoria allerdings eine Spitznamen-Verballhornung drohte.

Damals war, was es werden wird, ja noch wirklich eine Überraschung, denn Ultraschalluntersuchungen waren vorerst der Luftfahrt vorbehalten. Die sowjetische Tupolew stellte das Maß aller Dinge dar, die britisch-französische Concorde befand sich noch in der Testphase.

Inge hatte schon zwei komplikationslose Hausgeburten hinter sich. Neuerdings gebar man im Kreißsaal.

Ernst verlangte seinem Anglia 105E (39 PS) mit überhängendem Heckfenster alles ab.

Markus/Lukas/Victoria/Luna empfand seinen/ihren Körper strömungsgünstig und verspürte Bewegungsdrang.

Thomas und Bernhard freuten sich auf ein Geschwisterchen. Sie hießen nicht wegen Thomas Bernhard so. Thomas war älter als der Staatspreis-Skandal um den Autor Thomas Bernhard und davor kannten diesen noch vergleichsweise wenige. Thomas erblickte das Licht der Welt gleichzeitig mit *Verstörung*, Bernhard vierzehn Monate später parallel zu *Ungenach*.

Zwei Kinder waren geplant. Danach wollte Inge irgendwann wieder ins Geschäft. Das Dritte war nicht unbedingt gewünscht, aber dennoch herzlich willkommen. Inge war nicht ungern mit Thomas und Bernhard zuhause. Die Pille hatte die ländlichen Regionen noch nicht erobert; Berechnungen konnten fehlschlagen; Kondome gingen immer im falschen (oder etwa doch richtigen?) Moment aus. Außerdem sagte niemand Kondom, es sagten alle Olla.

Inge atmete tief in ihren Bauch hinein und ließ diesen groß wie einen Luftballon werden.

Ernst ärgerte sich ein wenig über einen Rauchmühle-Silo-Lkw, wusste aber auch, dass dieser einfach nicht schneller konnte.

Luna/Victoria/Markus/Lukas strebte eine Neun-Monate-Punktlandung an.

Ein Löwe wäre, was man so von den Charaktereigenschaften auf den Würfelzuckerpackungen las, auch in Ordnung gewesen. Der Löwe ist selbstbewusst und optimistisch und liebt es, im Mittelpunkt zu stehen. Das Achten auf Sternzeichen kam mit dem Erfolg des Musicals *Hair* auch hierzulande in Mode.

Ernst wünschte sich einen Löwen.

Inge gab zu bedenken, dass diese vermeintlich positiven Eigenschaften auch negativ auszulegen wären und man dann einen eitlen Egoisten hätte. Aber Krebs, Krebs war super: mütterlich, vielseitig, anhänglich, anschmiegsam, liebenswürdig, familiär, romantisch, humorvoll, tolerant und zärtlich – Mutterherz, was willst du mehr!

Inge atmete konzentriert durch den Mund aus.

Ernst steckte sich nervös eine Zigarette an: Stuyvesant – der Duft der großen weiten Welt. Er hatte mit Stuyvesant begonnen und blieb seiner Marke von Anbeginn an treu.

Es spürte einen leichten Luftzug auf der Fontanelle.

Fast alle ihrer Freundinnen und Freunde rauchten. Auch Oma Herta, die auf Thomas und Bernhard aufpasste und mit ihnen vor dem Fernseher saß, um das Jahrhundertereignis direkt mitzuerleben, pofelte dabei eine HB nach der anderen. Opa Anton war mehr der Schnupftabak-Typ. Rauchen war Husten. Schnupfen war Niesen. Zigaretten waren für die Kinder nur in Kaugummiform erlaubt. Schnupftabakprisen allerdings sollte Thomas seinem Opa bereits als Vierjähriger erfolgreich abtrotzen. An Sonn- und Feiertagen rauchten Oma und Opa krumme Zigarren oder Zigarillos und spielten mit Inge und Ernst Karten (*Watten*). Das von Kaiserin Maria Theresia 1764 erlassene Tabakmonopolgesetz für Österreich wurde 1968 revidiert und sollte schließlich mit dem EU-Beitritt gänzlich fallen. Als Opa starb, verabschiedete sich Oma auch für immer von Tabak in allen Formen.

Inge presste, prustete und pustete, als bliese sie die Kerzen ihrer selbstgebackenen Geburtstagstorte aus.

Ernst saugte gierig am Filter, füllte seine Lungen, spürte es Knistern in den Nervenenden.

Das Baldgeborene ahnte, dass es auch außerhalb der Fruchtblase ein Leben geben musste.

Rauchen im Auto war ebenso selbstverständlich wie rauchen zuhause. Im Auto machte man halt einen spaltbreit das Fenster auf und das Wohnzimmer strich man halt alle zwei Jahre mit Antinikotin-Farbe. Der Anglia war bar bezahlt, die Wohnung teilten sie sich noch mit Oma Herta und Opa Anton, aber ein großer Umbau des Elternhauses war geplant, der benötigte Kredit unlängst bewilligt worden. Nächstes Jahr würde Weihnachten im runderneuerten Haus gefeiert werden. Zu Weihnachten kaufte Ernst stets eine Packung Blitzwürfel für seine Agfa.

Inge wusste, dass sie jetzt nochmal alles geben musste.

Ernst überholte den Silo-Lkw.

Es ging voran.

Ihr stockte der Atem.

Ihm drückte es die Schweißperlen auf die Stirn.

Im Autoradio sangen die Beatles *Ob-La-Di, Ob-La-Da*.

Es freute sich schon auf den ersten Schrei, Inge freute sich auf den letzten.

»Life goes on, bra, la-la-la-la-la-la-la«, sang Ernst mit Zigarette im Mundwinkel, parkte vor dem Haupteingang und eilte in die Entbindungsstation.

»Bald haben wir es geschafft«, meinte die Hebamme Elli.

»Aufwachen Mander, es isch Zeit«, sagte Oma Herta.

»Das Aussteigen hat begonnen«, kommentierte The Voice Of America in der Übersetzung von Diplomdolmetscherin Ingrid Kurz.

»Wenn ich mich doch bloß gestern Abend rasiert hätte«, scherzte Buzz Aldrin.

Von wartenden Spezialisten und Wissenschaftlern sowie vom Aufschwingen der Lukentür sprach Ko-Moderator Peter Nidetzky und rauchte dabei selbstverständlich.

Hugo Portisch kam ausnahmsweise grad nicht zu Wort.

Inge gab einen erlösten Presslufthammerlaut von sich.

Ernst hörte ihn am Gang.

Es schrie.

Es war da.

Es war ein Mädchen.

Elli fragte nach dem Namen.

Inge und Ernst sagten: »Luna.«

Das Nächste, ein Nachzügler, sollte dann ein Lukas werden.

Lukas ist der Nachzügler. Luna hat es ins Ausland verschlagen: Internationale Firma, internationale Aufträge, immer unterwegs. Bernhard hat eine NGO aufgebaut, die sich um europäische Angelegenheiten kümmert und grenzüberschreitende Projekte umsetzt, und Thomas hat die Volksschule in Nassereith zu einer Vorzeigeschule gemacht.

Lukas ist nicht nur Nachzügler, er ist auch Zugfahrer aus Überzeugung, Hugo-Portisch-Fan, mag die Stimme von Peter Nidetzky, mochte lange auch alle Thomas-Bernhard-Bücher und Interviews, hat mit allen Geschwistern mehr oder weniger Kontakt, Oma und Opa sind längst irgendwo anders, aber die Eltern halten die Stellung im Heimatdorf und dieses wird Lukas nun vermehrt wieder aufsuchen. Einerseits weil die Eltern nicht mehr die Jüngsten sind. Andererseits wegen des Briefes, dieser Anfrage, sich näher mit dem Heimatdorf zu beschäftigen. Lukas ist sich noch nicht sicher, ob er das machen soll. Er hat das Dorf ja aus guten Gründen hinter sich gelassen. Aber irgendwie schmeichelt ihm die Anfrage auch.

Zu sagen, in Teenagertagen war Lukas unrund, ist eine maßlose Untertreibung. Die Rundungen waren unkenntlich gemacht. Lukas war ein unförmiger Pickelplanet. Das, was der Todesstern im Star-Wars-

Universum ist, ist der Pickelplanet in den unendlichen Weiten der Pubertät. Ja, sein Körper war ein hinkender Vergleich und ein Pickelplanet, und sein Ich irgendwo verloren in der Umlaufbahn des Pickelplaneten.

Wie eine mit Nelken gespickte Birne, die zu Kompott gekocht wird, fühlte er sich. Die Gesellschaft das Kompott, er eingekocht. Wie eine mit Nelken gespickte Zwiebel im Rohr fühlte er sich. Er wollte raus aus der Backrohratmosphäre Dorf. Es war ihm zu eng im Ofen. Er war viel zu cool für den Ofen. Er wollte den vermeintlich wärmenden, heimatlichen Ofen sprengen. Wie eine mit Nelken gespickte Orange fühlte er sich. Nein, nicht weihnachtlich, nicht duftend. Entstellt! Zur Schau gestellt! Ungegessen, ungeschält, ungeliebt. Wie eine mit Nelken gespickte Zitrone mit Wirkungsschubumkehr fühlte er sich viel zu lange. Insekten umschwirrten ihn. Irgendwann aber mieden ihn selbst Wespen und Fliegen. Er war nicht mal mehr der Herr der Fliegen, von Marty McFly ganz zu schweigen. Niemand respektierte ihn, niemand achtete ihn, niemand fürchtete sich, alle flohen ihn. Sogar die Zeit lief gegen ihn. Die Zeit schlug neue Wunden: Pickel. Die Zeit zerrann nicht, seine Nase rann: Nasenbluten. Selbst seine Nase rann vor ihm davon. Die Nase lief, sonst nichts. Wie ein mit Nelken gespickter Apfel fühlte er sich nicht. Denn Äpfel mochte er nicht; und sich mochte er nicht; und Minus und Minus ergibt bekanntlich Plus; und Plus ist positiv und für Positives hatte er wenig Sinn in seinen Hardcore-Teenager-Tagen. In seinen Hardcore-Teenager-Tagen machte weniges Sinn, machte weniges, was er machte, Sinn, machte er keinen Sinn. Unsinn ist der Pubertät Bestimmung mit Unfug und Recht.

Das ist es, was Lukas so sehr liebt am Zugfahren. Das Abdriften in Erinnerungen, auch wenn es nicht immer die schönsten sind. Das Eintauchen in Geschichten anderer. Das Fortschreiben der eigenen.

Kurt scheint dieses Abdriften seines Gegenübers zu spüren, wechselt das Thema und sagt diplomatisch: »Barev heißt übrigens so viel wie Hallo!«

»Barev?«

»Ja, Barev. Das Armenische hat 36 Buchstaben und das Schriftbild schaut ganz schön anders aus, als das für uns gewohnte und allein das Wort für Danke richtig auszusprechen, ist schon Herausforderung genug: Schnorhakalutjun.«

»Schnorhakalurtune?«

»Ja, so ungefähr. Georgisch ist auch so ein Kaliber. Die georgische Schrift schaut, wie die armenische, auch sehr ästhetisch aus, erkennen kann man allerdings als Nichteingeweihter nichts. Obwohl ich schon öfter in Georgien war. Genaugenommen ja nicht in Georgien, sondern vorwiegend in Tiflis, also in Tbilissi, und die Hauptstadt hebt sich vom Rest des Landes schon sehr deutlich ab. Wien ist ja auch nicht Österreich.«

»Wohl wahr«, sagt Lukas, um ein Aufmerksamkeitssignal zu geben, taucht aber gleichzeitig ab in eigene Gedanken. Denn in Tiflis war er auch schon mal.

In Tiflis hat er, weil es dauerregnete, einen Nachmittag fernsehend im Hotel verbracht. Sein Geruchsgedächtnis kann sich noch genau an die im Zimmer hängende zarte Modernote erinnern. Im Bad war sie nicht so zart, da war sie dominant. Lukas passte sich an seine Umgebung an und moderte mit, litt nur ein bisschen, schimmelte und verwandelte sich. Bis zu den Knöcheln fühlte er sich flugs bemoost, unter den Achseln, also in den Höhlen, war ein vermutlich ungenießbarer Pilz und hinter den Ohren grün-graute es. Klassischer Schimmelbefall. Lukas hatte sich den Umständen ergeben und war in seiner Umgebung aufgegangen. Seine Wäsche war knapp, die Schuhe aufgeweicht und sein Kapperl nützte auch nichts mehr, war ein waschelnasses Schlappkapperl, eine unnütze Mütze. An Rausgehen war nicht zu denken. So ergab er sich dem georgischen Nachmittagsfernsehprogramm und schaute *Terminator 2*. Er war sofort hooked. Eine Sie übernahm alle Frauen- und Kindersprechparts, ein Er alle Männerrollen und Schwarzenegger. Das Englische Original war zu hören, die Übersetzung folgte leicht verzögert. »Hasta la vista, Baby!«, wurde nicht übersetzt. »I'll be back!« schon.

Frage an Radio Eriwan: Hat sich Arnie am Beginn seiner Filmkarriere eigentlich auf deutsch selbst synchronisiert? Radio Eriwan antwortet: Im Prinzip ja, aber die erste Sprechrolle hatte er ja erst 1990 im Film *Kindergarten Cop*.

In Arnie-Englisch klang Arnie jedenfalls viel mehr von einem anderen Stern als auf deutsch. Tom & Jerry war im georgischen Fernsehen ein tonloses Trauerspiel ohne Udo-Jürgens, ohne Schrei von Tom, ohne Uff-Zack-Krach-Bum-Bum-Klavier-fällt-aus-dem-ersten-Stock-Geräusche und auch ohne klassischer Spannungsmusik. Lukas war enttäuscht, zappte weiter und stieß auf viele, viele singende Kinder in lächerlichen Kostümen, Talk-Shows mit mehr Silikon als Fleisch auf der Couch, Kriegsfilme, wo er nicht wusste, wer wer war und Nachrichtensendungen, die einen anderen Weltmittelpunkt und Studiosprecher hatten. Sprecher, die so ausschauten wie bei uns Krisengebietsreporter in den 1980er Jahren im Vor-Ort-Einsatz. Und der Musiksender, auf dem er landete, hatte sich zu dieser Nachmittagsstunde der Oper verschrieben. Als dann die Kirchenchöre und Choräle dran waren, war's ihm Gequäle genug, er schaltete den bauchigen Fernseher aus und lauschte wieder in den Raum, in das Haus hinein. Die erste Nacht unterhielten ihn ohnehin die Klospülungs-Aufmerksamkeitsheuler aller anderen Hotelzimmer, die dann nicht selten von den Hunden in der Umgebung beantwortet wurden: eine Kläffzonen-Nachbarschaft. Na wow, na wuff, na bumm! Schöne Erinnerungen eigentlich. Aber nichts davon will er dem Speisewagengegenüber auftischen. Lieber weiter zuhören.

»Chatschapuri richtet dir die Wadel vire«, sagt Kurt. »Dass Chatschapuri hierzulande noch nicht weiter verbreitet ist, wundert mich. Chatschapuri: Was für ein Katerkiller, was für eine Kaloriengranate. Ein Käseschiffchen mit Ei an Bord, die Schiffswände mit Fett kalfatert.«

Hat er jetzt echt »ein Käseschiffchen mit Ei an Bord, die Schiffswände mit Fett kalfatert« gesagt? »Da jauchzt die Fitness-App, da springt der Cholesterin-Spiegel, da kann kommen, was will, ein mit Chatschapuri gefüllter Magen hält allem stand. Ein Chatschapuri wäre die perfekte Speisewagenmahlzeit, die perfekte Bierbegleitung sowieso.«

Hat er jetzt echt »da jauchzt die Fitness-App, da springt der Cholesterin-Spiegel« gesagt? Oder vermischt Lukas Kurts Gerede mit seinen Erinnerungen? Er ist wirklich noch nicht ganz wach.

»Bitte sehr, die Herren. Einmal Kaffee und Gösser warm«, sagt die Kellnerin.

»Wohlsein«, sagt Lukas und denkt sich gleichzeitig: Wohlsein! Echt jetzt? Wann hab ich das letzte Mal Wohlsein gesagt? Keine Ahnung! Das ist nicht mal Boomer-Vokabular, das ist Kriegsveteranen-Aufbaugenerations-Vokabular. Ist das die Aura des Bieronkels? Ist es der Brief, der Ruf des Heimatdorfs? Der bevorstehende Besuch bei seinen Eltern? Was geht da vor? Lukas nippt am Espresso. Kurt saugt sich an der Gösserflasche fest. Der Kaffee ist eindeutig zu schwach. Das Bier scheint Kurt zu schmecken.

»Vor ein paar Jahren habe ich mich einen Nachmittag lang in einem Hotelzimmer in Tiflis dem georgischen Fernsehprogramm hingegeben«, sagt Lukas und hätte es lieber anders und noch lieber überhaupt etwas Anderes gesagt.

»War wohl zu kalt oder nass draußen, hm?«

Lukas ist kurz von Kurts Empathiefähigkeit überrascht, merkt aber bald, dass das auch nur eine Strategie ist, mit der eigenen Erzählung weitermachen zu können. Das macht Kurt auch prompt.

»Am Tifliser Hausberg steht ein Fernsehturm, der vor allem nachts gut ausschaut und seit einigen Jahren steht dort auch ein Riesenrad. Riesenräder sind als Vergnügungsparkkonzept ja hinlänglich bekannt. Damit kann man keinem Österreicher kommen. Dem Rest vom Vergnügungspark fehlt vor allem der Biergarten. In Summe lässt sich sagen: Tourismustechnisch ist am Tifliser Hausberg noch Luft nach oben.«

»Sind Sie im Tourismusbereich tätig?«, fragt Lukas.

»Wer ist das in Tirol nicht?«, fragt Kurt und legt nach, »wobei ich kein Tiroler, sondern Steirer bin.«

Über die Arbeit red ich jetzt sicher nicht, denkt sich Kurt. Aber passt schon, ist eh ein netter Kerl, fünf Stunden sind lang.

Aha, über die Arbeit will er also nicht reden, denkt sich Lukas. Zugereister Tiroler, geschieden, viel unterwegs, Vormittagsbiertrinker. Kann eine spannende Reise werden. Er lässt Kurt reden, gibt regelmäßig Zuhörsignale von sich und schreibt im Geiste schon mal zwei neue Einträge für sein persönliches, radikal subjektiviertes Ortsnamenslexikon. Kurt inspiriert ihn. Später wird Lukas sein Dokument *Die Verwortung Österreichs* um die Beiträge Leoben und Leibnitz erweitern.

LEOBEN

1) Der »Leoben« ist die Schaumkrone der vom Wind abgekehrten Seite eines frisch gezapften Krügerls Bier.

2) Das rückbezügliche Verb »leoben« meint, sich an Bier und Kürbiskernöl gütlich tun. Zum Beispiel: Erdäpfelsalat mit Kürbiskernöl und Bier – so lässt's sich leoben!

3) »Leoben« ist die kleinste Universitätsstadt Österreichs und die einzige Stadt der Welt, in der das Fach »Tunnelblick« studiert werden kann. Der Masterstudiengang »Tunnelblick« ist eine Studien-Mischung aus Lobbying- und Tunnelbautechniken. Der Tunnelblick-Master ist der perfekte Grundstein für eine Karriere in Politik und Bauwirtschaft. Für eine Karriere in der Politik reicht sogar ein abgebrochenes Tunnelblick-Studium.

LEIBNITZ

1) Der »Leibnitz« ist ein Schilddrüsensekret und fungiert als Transmitter von phänomenalen, außergewöhnlichen Frohsinn auslösenden, unterbewussten Körperreaktionen.

2) Als »Leibnitzen« werden Hauttaschen bezeichnet, die nach raschem Gewichtsverlust vor allem in der Bauchgegend hängen bleiben.

3) »Leibnitz« ist ein Ort in der Steiermark, der von Graz per S-Bahn Richtung Spielfeld-Strass zu erreichen ist. Steigt man in die falsche S-Bahn ein, landet man in Gleisdorf, was natürlich der perfekte Name für einen Bahnhofsort ist.

»Wie geht's einem Steirer in Tirol?«, will Lukas wissen.

Kurt hat darauf eine vermutlich nicht zum ersten Mal formulierte Antwort parat: »Steirerblut ist keine Nudelsuppe und in Tirol ist die Welt ein Knödel.«

»Sie reden in Rätseln.«

Kurt präzisiert: »Wenn man sie Knödel sein lässt, kann man sie backhendeln.«

Hat er jetzt echt »Wenn man sie Knödel sein lässt, kann man sie backhendeln« gesagt? Der Espresso war Lukas zu schwach. Er ist noch weit entfernt von wach. Kurt redet munter weiter.

»Ich kann mit Menschen, auch mit Tirolern. Ich kann sogar mit Frauen, wenn es geschäftlich bleibt. Privat will ich nichts mehr von Frauen. Für alle Frauen besser. Für mich auch.«

Lukas beschließt, nicht nachzufragen. Lukas beschließt, kurzfristig die Gesprächsleitung in die Hand zu nehmen, er will das Jammertal der Frauenbehandlung seines Gegenübers nicht betreten und sagt: »Wenn Sie mich fragen würden, wie es mir als Tiroler in Wien geht, würde ich Ihnen antworten: Läuft. Und Laufen ist nichts Schlechtes, sag ich immer.«

»Da haben Sie ganz recht. Ich laufe auch. Ich ...« Das Gespräch läuft, nein, entgleitet vielmehr in einen weiteren Monolog von Kurt über das Laufen im Allgemeinen und Speziellen, über seine Laufschuhe, seine Laufstrecken, seine Laufvorlieben und Laufrekorde. Lukas lässt Kurts Lauferguss über sich ergehen, dreht das Zeitrad weit, weit zurück in die die Volksschulzeit und flieht in seine eigene Laufgeschichte.

»Auf die Plätze ...«

Lukas nahm Lauerstellung ein: linker Fuß vor, leicht in die Knie gehen.

Martin gab sich lässig, wechselte bloß locker zwischen Stand- und Spielbein hin und her.

»Fe-ertig ...«

Der Start war das Wichtigste, das wusste Lukas. Beim Start konnte man am meisten verlieren. Wer vom Start weg vorne lag, hatte es leichter. Hinterherhecheln war nicht sein Ding.

Hinterherhecheln war auch nicht Martins Ding. Hinterherhecheln konnte er sich nicht leisten. Er musste Eindruck machen.

»Feuer ...«

Gar nicht auf den Gegner achten war leichter gesagt als getan. Natürlich musste man den Gegner im Auge haben. Immer. Wenn ihnen ihre Väter was mitgegeben hatten, dann das.

»Fegefeuer ...«

Corina hätte nicht das Startkommando übernehmen dürfen. Corina genoss es, den Start bis zum Gehtnichtmehr hinauszuzögern.

Was? Fegefeuer? Was soll das?, dachte Martin.

»Großes Fegefeuer ...«

Schon gut, dein Auftritt, alles klar, mach weiter. Lukas kannte Corina und mochte ihre Eigenheiten.

Was ist denn das für eine? Martin kannte Corina noch nicht so lange und wenn es nach Lukas ginge, musste er sie auch nicht mögen.

»Gaaa-nz großes Fegefeuer ...«

Was kommt jetzt? Vulkan? Waldbrand? Feuerlöscher? Lukas Startspannung ließ etwas nach.

Gaaa-nz große Gans, dachte sich Martin und: Mir egal, ich zisch jetzt ab.

Martin schoss los.

»Los!«, rief Corina.

»Fehlstart«, rief Lukas.

»Feigling«, rief Martin.

Lukas blieb nichts anderes übrig, als hinterherzuhecheln. Gut, er hechelte noch nicht. Aber er war schon vom Start weg gleich mehrere Schritte hinterher. Kein Start nach Maß. Auch das Material passte nicht, würden seine Serviceleute sagen. Lukas trug seine Erstkommunionsschuhe, weil er vor der Schule ministrierte. Er hatte Wochendienst. Das bedeutete: von Montag bis Freitag noch vor der Schule in die Kirche. Die Frühmesse begann um 7:15 Uhr. Mittwoch und Freitag waren Schülermessentage. Da schaute der Herr Pfarrer besonders genau, wer sich in den ersten vier Reihen zu seiner Linken und Rechten einfand. Vom Herrn Pfarrer aus rechts gesehen hatten sich die frommen Mädchen aufzufädeln, links die gottesfürchtigen Buben, sofern sie nicht ohnehin Gottesdiener waren. Mädchen wären nicht dafür vorgesehen, sichtbare Gottesdienerinnen zu sein, so der Herr Pfarrer. Gottesdiener, also Ministranten, durften nicht alle werden. Die genauen Auswahlkriterien kannte nur der Herr Pfarrer selbst. Nicht, dass nur die Klügsten und Gläubigsten ausgesucht worden wären, nein. Auf die schulischen Leistungen kam es nicht an. Eher darauf, ob man im Religionsunterricht regelmäßig für die Heidenkinder spendete; ob auch die Eltern zumindest am Sonntag in die Kirche gingen; ob die Eltern einen ehrbaren Beruf hatten und generell kein Lotterleben führten; ob auch die Großeltern erfüllten, was für die Eltern galt; ob sich irgendwer aus der Familie in der Kirchengemeinde engagierte; ob gar wer im Kirchengemeinderat war; ob bei den anderen Wahlen auch das Richtige gewählt wurde; ob die Frisur passte; ob die Kleidung passte; ob das Benehmen passte; ob … Das Anforderungsprofil eines Ministranten in den 1980er Jahren in einem kleinen Dorf am Land war ganz schön anspruchsvoll. Es war nicht ganz leicht zu durchschauen, aber das konnte es für die Kinder ja auch nicht sein. Der Herr Pfarrer war von größerer Natur. Der Herr Pfarrer war gebildet und weltgewandt, nicht, dass er weit gereist gewesen wäre, aber rhetorisch war er bewandert. Seine Entscheidungen konnten den Kindern nicht klar sein. Er hatte die Macht und Entscheidungskraft, die Macht von ganz oben. Und der Herr Pfarrer selbst war auch immer zumindest ein Stück im Oben. Der Herr Pfarrer durfte auf die Kinder herabschauen. Er war Gottes Gesandter im Dorf. Die Kinder waren seine Lämmer. Als Ministrant auserkoren worden zu sein, bedeutete etwas. Es bedeutete konkret, dass man zweiwöchentlich zur sogenannten Ministrantenprobe zu erscheinen hatte, die immer samstags zur besten Tagesfreizeit stattfand und die mehr ein Einteilen der bevorstehenden Dienste als eine Probe war, aber standen große kirchliche Feste bevor, machte die Ministrantenprobe ihrem Namen schon alle Ehre. Denn bei großen kirchlichen

Feiertagen, und Feiertage waren immer kirchlich, bei großen Kirchenfesten liefen ganze Ministrantenformationen auf, und es musste vorher die Choreografie der Aufführung geprobt werden. Nichts schlimmer als ein falsch abgezweigter, ein aus der Reihe tanzender Torzenträger (Torzen, eine Wortprägung des Herrn Pfarrers bestehend aus dem »-zen« von Kerzen und »Tor«, vermutlich vom englischen Torch). Doch, es gab noch schlimmere Vergehen. Es gab verschiedene Kategorien von Torzen. Das schlichte Modell war im Grunde eine Kerze am Stiel, das aufwendigere Modell, das nur bei den ganz großen Kirchenfesten ausgeführt wurde, war eine Art Laterne. Die Kerze am Stiel war wenigstens so lange, dass man sich am Stiel halten und stützen konnte, wenn man damit in einer akkuraten Reihe vor dem Altar kniete. Der Stiel der Laterne allerdings war nicht lang genug, um ihn auf den kalten Kirchensteinboden aufzusetzen. Die Laterne galt es aufrecht stehend, aufrecht gehend, aufrecht kniend festzuhalten. Die Laterne war edel und silbern funkelnd. Sie hatte ein Verschließtürchen, das zu öffnen nur dem Messner erlaubt war. Das Türchen vibrierte, wenn man – ob der Kälte in der Kirche oder ob der Nervosität darüber, etwas falsch zu machen – zitterte. Die sogenannten Festtagstorzen fallen zu lassen war eine Todsünde, passierte es bei den Proben, kam man vielleicht mit zahlreichen Wochendiensten, Rorate- und Rosenkranzbeteinsätzen davon. Passierte es aber beim Amt, beim Hochamt, wie der Herr Pfarrer die Heilige Messe nannte, dann öffnete sich der kalte Steinboden und es wurde plötzlich heiß, denn dann tat sich die Hölle unter dem Altarraum auf, Flammen loderten in die Höhe und der Teufel selbst packte einen am Bein und zog einen zu sich hinab.

Ein Fallenlassen der Festtagstorze hatte auch automatisch eine schlechtere Note im Religionsunterricht zur Folge und war unzählige Kopfnüsse wert. Außerdem hatte der Herr Pfarrer in den langen Jahren seiner pädagogischen Tätigkeit eine Art des Ohrwaschelrennens kultiviert, die nur er anwenden durfte. Nur er durfte Ohren wuzeln. Der Herr Pfarrer hatte das Ohrwuzel-Patent und machte eifrig davon Gebrauch. Der Herr Pfarrer wusste, dass man harmlose Worte finden musste, um das Böse oder Schmerzhafte dahinter zu verstecken. Das Wuzeln hatte mit dem Wuzeln von Zigaretten, wie es einige beim Frühschoppen machten, nämlich nichts zu tun. Es war vielmehr ein Zerren am Läppchen, ein In-die-Mangel-Nehmen der Muschel und ein öffentliches Gedemütigtwerden. Im Endeffekt hatte es doch etwas mit dem Zigarettenwuzeln zu tun, denn so lustvoll die Samson-Halfzware-Tabak-Wuzler im Gasthof Post nach der Messe an ihren selbst gebastelten Zigaretten sogen, so lustvoll wuzelte der Herr Pfarrer an den Ohren der Kinder. Er hatte dabei stets ein Lächeln auf den Lippen und sicher wertvolle Worte parat, auf die sich die Gewuzelten allerdings nicht konzentrieren konnten. Die machten sich eher lang, standen auf Zehenspitzen, um der Wuzelgewalt zu entkommen, was diese jedoch lediglich verstärkte.

Als Ministrant wurde man in der Schule eher weniger gewuzelt. Das konnte als praktischer Vorteil des Ministrantenseins angeführt werden. Auch hatte man, ministrierte man, automatisch schon was Gutes getan und musste sich für den Rest des Tages nicht mehr weiter um gute Taten kümmern.

Da die Oma von Lukas nie in die Kirche ging, hatte er, um nach der Erstkommunion als Ministrantenanwärter in Betracht gezogen zu werden, entweder etwas mehr zu spenden, um in der Gunst des Herrn Pfarrers zu bleiben, oder sonst irgendwie positiv aufzufallen. Geld zum Spenden hatte Lukas kaum. Spenden könnten auch die, die nicht viel Geld hätten, sagte der Herr Pfarrer stets. Die Spenden verschwanden in einem Säckchen und in der Zeugniswoche wurde dann abgerechnet. Es wurde laut verkündet, wer wie viel und auch wie wenig gespendet hatte und die Top-5 wurden mit Heiligenbildchen belohnt. Meist waren es Marienbildchen, aber manchmal gab es schon auch einen gemarterten Sebastian. Das war schon in Ordnung, den kannte man im Dorf. So einer hing auch am Pfahl beim Dorfbrunnen vor dem Elektrohändler. Jedenfalls gelang es dem Herrn Pfarrer die Kinder zum Spenden zu motivieren und es gelang ihm auch, zu vermitteln, dass Ministrant zu sein eine Auszeichnung war. Ja, man war erstmals etwas anderes als Kind, wenn man Ministrant war. Man hatte den ersten Beruf. Wer Gott dienen wollte, müsste berufen sein, sagte der Herr Pfarrer immer. Der Herr Pfarrer war der große Berufene. Die Ministranten waren, wie der Name schon sagt, die kleinen Berufenen, die Ministranten, die *Mini*berufenen. Es gelang dem Herrn Pfarrer überdies, generell die Macht der Worte zu veranschaulichen. Er verstand es, Bibelgeschichten spannend zu erzählen. Die Kinder und Ministranten-Aspiranten hingen ihm an den Lippen, wenn er von der Fußwaschung erzählte, erzählten davon dann wiederum ihren Müttern und diese belohnten sie, wenn grad Winter war, dafür vielleicht sogar mit einem heißen Fußbad im Handwäscheschaffel. Der Herr Pfarrer war ein guter Geschichtenerzähler und Ohrenwuzler und prägte sich so nachhaltig in die Köpfe der Kinder ein.

Die Erstkommunions-Lacklederschlüpfer waren zwar das geeignete Schuhwerk zum Ministrieren, sie waren aber ganz und gar nicht geeignet für ein Wettrennen. Sie saßen nicht ganz fest, waren Lukas bei der Erstkommunion gut eine Nummer zu groß, damit sie noch ein, zwei Jahre passten und sie hatten sehr, sehr glatte Sohlen. Um sie nicht schon beim Losstarten zu verlieren, musste er sich mit den Zehen regelrecht in den Schuhen verkrallen. Das funktionierte, war aber vermutlich einem effizienten Laufstil abträglich. Falsche Materialwahl, wiederholten die Serviceleute. Verkrampfter Laufstil, untermauerte der Trainer. Im Geist war Lukas längst Sportler mit Betreuungsteam. In der Praxis war er Volksschüler und Ministrant. Dass es kein guter Tag für dieses Wettrennen war, wusste er. Aber er musste die Herausforderung annehmen. Martin, der Neue, war ein Wilder, der sofort Revieransprüche stellte. Ministrant würde er sicher nie werden, aber es gab auch andere Berufungen im Klassenverband. Dass Martin schnell war, bewies er bereits in den Pausen. Da schlängelte er sich beim Fangenspielen flink durch die Bankreihen und sprang souverän über Sessel und Schultaschen. Martin Heiterwanger kam nicht vom Heiterwanger See in Außerfern. Er kam von einem anderen Stern, den er seinen Mitschülerinnen und Mitschülern noch nicht nannte, der aber sicher kein Pluto war. Denn als Planet hechelte Pluto gehörig hinterher und als Hund machte Pluto in den Mickey-Maus-Heften auch nicht wirklich was her. Martin wollte eher Jupiter sein.

Die Frau Lehrerin stellte Martin als neuen Mitschüler vor, der gerne Fußball spielte und mit seinen Eltern gerade eben ins Arbeiterheim eingezogen wäre, weil diese in der Fabrik Arbeit gefunden hätten. »Die Fabrik und das Arbeiterheim, eine unheilige Allianz«, sagten die Biertrinker beim Frühschoppen im Gasthof Post gern. Alle tranken Bier, manche rauchten Pfeife, einige Jüngere wuzelten. Der Herr Pfarrer gönnte sich, so wie Oma und Opa, an Sonntagen Zigarillos. Die wären gut für seine Stimme, behauptete der Herr Pfarrer. Der Herr Pfarrer hatte eine kräftige Singstimme. Das war insbesondere bei den Frühmessen wahrlich ein Segen.

Im Winter war es stockdunkel, wenn sich Lukas um dreiviertel Sieben auf den Weg zum Gottesdienst machte. Immerhin war der Schulweg deckungsgleich mit dem Kirchweg. Die Volksschule stand direkt neben der Kirche. Von der Sakristei bis zum Schuleingang waren es keine hundert Schritte. Die Rennstrecke sollte allerdings nicht an der Sakristei vorbeiführen. Von der Sakristei ging es nur direkt zum Widum (Pfarrgut) und da lief man nur hin, wenn man etwas sehr Wichtiges zu fragen hatte, oder die Kirchenblätter abholte, die man spätestens am Sonntag zu verteilen hatte. Genaugenommen war Lukas also nicht nur berufener Ministrant, sondern auch verlässlicher Kirchenblattausträger und als Kirchenblattausträger musste man mitunter schnell sein, denn die Hunde der Kirchenblattbezieherinnen und Kirchenblattbezieher waren es. Die Vorgärten waren groß, die Hunde auch, die Hunde waren auch laut, ausgehungert und einsam und stürzten sich daher auf alle Besucherinnen und Besucher. Laufende Beute spornte sie an. Die Hundehalterinnen und Hundehalter versicherten stets, dass ihre Bestien nur spielen wollten. Lukas spielte mit. In kurzen Sprints war er daher geübt. Dass er der Schnellste in der Klasse war, musste er bisher nicht extra beweisen, das wussten alle vom Turnunterricht. Der Neue nicht. Der Neue schlug ein Wettrennen vor, Lukas nahm, milchzähneknirschend und die Zehen in die Erstkommunionsschuhe krallend, an.

»Wo waren wir stehengeblieben?«, fragt Kurt nach einem genüsslichen Schluck warmen Biers.

»Wir sind nicht stehengeblieben, es lief grad ganz gut. Ich sagte zuletzt: Laufen ist nichts Schlechtes.«

»Ja, eh, aber davor?«

»In Tiflis.«

»Ah ja, Tiflis it is – also war's! Danke.«

»Keine Ursache«, sagt Lukas und fragt sich: Heißt so nicht auch ein Thomas-Bernhard-Buch? Nein, das war *Die Ursache*.

Kurt hat sich wieder orientiert und fragt weiter: »Die Friedensbrücke, die haben Sie aber schon gesehen?«

»Ja, da bin ich, am Vorplatz der Brücke, sogar in ein Europafest geraten. Da war eine richtige Zeltstadt aufgebaut, ein Europazeltfest. Mit riesiger Bühne, auf der gesungen und getanzt wurde«, sagt Lukas.

»Und lassen Sie mich raten: Österreich hat sich in Dirndl und Lederhose präsentiert?«

»Stimmt. Aber das Herzstück des Europazeltfests war die Foodstreet.«

»Sagen Sie ruhig Fressmeile, Fressmeile ist die korrekte Eindeutschung und im Grunde ja auch die Wahrheit.«

»Und dort befand sich ein ...«

»Leberkässtand von Schirnhofer«, sagen beide gleichzeitig. Leberkäs verbindet.

»Überrascht mich nicht«, sagt Kurt. »Leberkässsemmeln sind die Chatschapuris Österreichs. Wie Sie sicher wissen ...«, da ist es wieder, da ist sie wieder, diese Floskel, »heißt ›tbili‹ warm.«

»Tbili Leberkäs will i!, wäre ein guter Slogan für den Markt der deutschsprachigen Georgier«, wirft Lukas ein. Wortspiele: seine Domäne.

»Aber dieser Markt ist wohl klein.«

»Stimmt«, sagt Lukas nur, obwohl er es genauer weiß. Die Anzahl der Deutschsprechenden und Deutschlernenden in Georgien ist überschaubar. Das hat er bei seinem Besuch der Österreich Bibliothek in Tiflis vor ein paar Jahren hautnah erfahren. Hautnah erfuhr er auch, dass die Stadt, wenn es nicht grad regnete, nicht nur tbili, sondern richtig heiß sein konnte. Der Sonnencremekauf zum Schutze seiner mitteleuropäischen Winterhaut erwies sich als gar nicht so einfach. In Drogerien, Apotheken und Supermärkten wurde nur extrem überteuerte Importware angeboten. Ob das heimische Produkt, das er schließlich erstanden hatte, vor Sonne schützte oder ganz etwas anderes mit der Haut machte, war ihm nicht klar. Die Creme, die keinen Namen hatte, den wiederzugeben er fähig wäre, roch stark, aber nach nichts Bösem. Lukas wurde an diesem überraschend heißen Apriltag nicht weiß-rot wie die georgische Landesfahne, die irgendwie wie die englische, nur mit vier weiteren Kreuzen in den Vierteln, ausschaut. Er verzichtete auf warmen, österreichischen Leberkäs in Tiflis. Die Sonne war ihm Wärme genug, er ließ sich von Menschenmassen durch die Altstadt fluten und strandete schließlich in einer recht edlen Flaniermeile, einem städtischen Vorzeigeprojekt mit schmucken Fassaden und einer Fußgängerzone gesäumt von fancy Shops mit unnützen Dingen und hippen Straßencafés, die sich beschallungstechnisch battelten. Ein Stadtteil, dessen Namen Kurt sicher wüsste, und den Lukas nur mit Nachmittagsschwips und Sonnenschein erträglich fand. Vielleicht geht es Kurt mit Zugfahrten ja ähnlich. Die Sonne jedenfalls schien, Bier gab's auch. War also ganz nett dort. Ist aber keine Reiseerfahrung, die man einer Speisewagenkurzzeitbekanntschaft anvertrauen möchte.

Frage an Radio Eriwan: Erleben immer nur die anderen Erzählwürdiges auf Reisen? Radio Eriwan antwortet: Im Prinzip ja. Vor allem, wenn sie sich mit Schöngefärbtem selbst belügen.

Ist Kurt so einer? Kurt ist einer, der das Gespräch am Laufen hält. Martins Lauf konnte nichts stoppen. Lukas ist wieder voll und ganz von der Erinnerung an das legendäre Wettrennen gepackt.

»**Frühstart, Wiederholung!**«, probierte es Lukas noch einmal.

»Lahmarsch!«, quittierte Martin.

»Das ist gilet nicht!«, legte Lukas energisch nach.

»Pfff«, machte Martin und hatte jetzt schon mehr Vorsprung, als Lukas lieb sein konnte.

»Das ist gemein.« Das war zwar richtig, aber Einsicht und Trotz halfen Lukas nicht. Das Rennen war im Gang, Martin lief schneller als erwartet und wenn Lukas jetzt nicht gleich aufschloss, war das Rennen auch schon so gut wie gelaufen. Also schluckte Lukas seinen Unmut und hetzte Martin nach. Der bog bereits beim Misthaufen vom Sureler ab in die Gasse, die Richtung Kindergarten führte. Der Sureler hieß so, weil er der erste Bauer war, der sich einen Surbansen zulegte und die Klärgruben im Dorf entleerte (ob er auch Gülleler genannt worden wäre?).

Wenn der Sureler gerufen wurde, fuhr er mit Traktor und Surbansen vor, schloss einen gerippten, metallenen Schlauch, der vorne ein mächtiges Saugrohr mit langem, halboffenem Schlürfmaul hatte, an den Bansen an. Der Sureler wuchtete sodann das Schlauchsaugungetüm in die Grube, versenkte es in der Halbjahresscheiße, die den unbekannten Gast blubbernd begrüßte. Dann wurde der Traktor hochgefahren und vom Traktor zum Antrieb des Scheißesaugers. Das Metallschlangenmonster fraß in sich rein, was die jeweiligen Klärgruben-Familien aus sich raus ließen. Ein faszinierendes Ereignis, ein faszinierender Kreislauf. Später dann verteilte der Sureler das Surgut auf seinen Feldern. Die Sur war besser als jeder Kunstdünger und stank noch immer gewaltig, obwohl doch auch ganz schön viel Waschmittel drinnen war.

Von der Schule am Sureler vorbei Richtung Kindergarten, am Kindergarten vorbei Richtung Post-Wirt-Haus, durchs Postgässchen, über den Postplatz zurück zum Schulvorplatz, der auch der Kirchvorplatz war. Oder einmal rund um das Hotel-Gasthof-Post samt Post-Wirt-Haus. Das war eine beliebte Rennstrecke, die alle kannten. Auf der Hotel-Post-Runde wurden Roller-, Fahrrad- und eben auch Lauf-Wettkämpfe ausgetragen. Lauf, Lukas, lauf!

Wer ein Wettrennen verlor, war zwar kein Opfer, aber er war auch nicht mehr der Klassenschnellste. Es auf den Frühstart und die Schuhe zu schieben, brachte nichts. Der Rallyefahrer Walter Röhrl hatte anfangs auch mit Materialproblemen zu kämpfen. Sein Audi Quattro überschlug sich sogar bei seinem ersten Rallyeeinsatz. Walter

Röhrl musste seine Fahrtechnik ändern. Er musste seinem Co-Piloten blind vertrauen können. Und dann gewann er die Rallye von Monte Carlo! Monte Carlo, das war *die* Rallye. Wer Monte Carlo gewonnen hatte, war der Allergrößte, war ein Idol. »Idole sind Götzen«, sagte der Herr Pfarrer. Egal ob Idol oder Götze, Walter Röhrl hatte einen Platz im Leben von Lukas. Den größeren Platz hatte jedoch eindeutig Michèle Mouton. Die Französin verlor zwar die Weltmeisterschaft 1982 knapp gegen Walter Röhrl, aber sie eroberte Lukas' Herz. Sie fuhr mit ihrer Co-Pilotin Fabrizia Pons allen Männern um die Ohren. Sie wuzelte sozusagen die Ohren der Männer-Rallyewelt. Das hatte es noch nie gegeben, eine Frau im Rallyesport, die auch noch regelmäßig aufs Stockerl fuhr!

Der Job der Co-Pilotin war es, die Marschroute vorzugeben, sie sagte an, was es über die Strecke zu wissen galt. Von Fabrizia Pons ließe sich Lukas gerne alles einflüstern, und Michèle Mouton durfte schalten und walten und Gas geben und durch die Landschaft brettern, dass es nur so staubte. Fabrizia Pons zeigten sie im Fernsehen selten, aber der Name bezauberte Lukas. Wenn er später Wörterbücher zur Hand nahm, sollte er immer an Fabrizia Pons denken. An Michèle Mouton dachte er beim Kirchenblatt-Austragen und Vor-den-Hunden-davon-Laufen, beim Sitzen auf der Matte im Turnunterricht, in den Klingelintervallen beim Ministrieren, beim Erdäpfelschälen, beim Abtrocknen und natürlich nach dem Abendgebet und vor dem Einschlafen. An Michèle Mouton dachte Lukas oft. Er hatte sogar als Denkhilfe ein Foto von ihr aus dem Sportteil der Tiroler Tageszeitung ausgeschnitten. Er bewahrte es im Mitteilungsheft auf. Ein riskanter, aber sicherer Ort. Das Mitteilungsheft hatte man immer bei sich zu haben, es hatte sorgfältig aufbewahrt zu werden und es herauszunehmen, war immer etwas Besonderes, weil eine besondere Mitteilung folgte. Außerdem – so die Logik des Kindes – gab es keinen Französischunterricht und kein Französischheft, in das Michèle Mouton natürlich noch besser gepasst hätte. Aber es gab das Mitteilungsheft: Mitteilungsheft mag Michèle Mouton. Das hatte Klang! Das ging ins Ohr und ins Herz. Freilich konnte sich ein Tiroler Volksschüler, Ministrant, Kirchenblattausträger, Klassenschnellster und Rallye-Fan in den 1980er Jahren in eine französische Auto-Rallye-Fahrerin verlieben. »Liebe ist unergründlich«, sagte der Herr Pfarrer mal.

Liebe ginge durch den Magen, sagten alle immer. Lukas ging liebend gern in den Kindergarten. Er mochte die Kindergarten-Tanten alle lieber als seine verwandten Tanten. Wenn es sein Stundenplan zuließ, suchte Lukas seine Wahltanten selbst noch als Volksschüler, Ministrant, Kirchenblattausträger und Klassenschnellster auf. Die Kindergartenzeit hatte er genossen. Für alles gab es einfache Lösungen. Wer in die Hose machte, wurde im Winter auf einen Katalog und die Heizung gesetzt, im Sommer setzte man die Angepieselten einfach in die Sonne. Wer weinte, weinte. Wer Köpfe von Puppen abriss, durfte nicht mehr mit Puppen spielen. Wer anderen Bauklötze an die Köpfe warf, bekam selbst welche auf den Kopf. Nur wenn Blut floss, Zähne flogen oder ganze Haarbüschel ausgerissen wurden, traten die Tanten in Aktion, stellten die Täter in eine Ecke des Raums, auf dass diese, die Beschaffenheit der Ecke inspizierend, ihre Mütchen abkühlen konnten. Die Opfer wurden mit Süßigkeiten belohnt, zum Hausarzt Doktor Lungenschmied gebracht, oder frühzeitig von der Mama abgeholt. Opfer zu sein, hatte also nicht nur schlechte Seiten.

Der Kindergarten war nicht nur Kindergarten, er war auch Wohnort. Wie in der Volksschule wohnte auch im Kindergartengebäude ein Mensch. In der Volksschule war es ein jüngerer Mann, im Kindergarten eine alte Frau. Sie waren beide geheimnisvoll und hatten an sich weder direkt mit Kindergarten noch mit Volksschule was zu tun, waren also weder Hauswart noch Hausmeisterin, hatten aber sicher eine Vergangenheit, die sie an die Gebäude band. Sie waren ein ewiges Rätsel der Kinder. Lukas innere Co-Pilotin wusste dazu auch nur zu berichten, dass sich auch im Widum, vom Herrn Pfarrer abgesehen, immer mindestens eine Person rumschlug. Da gab es einerseits die Häuserin, die die haushaltsführende Person im Widum war und da gab es andererseits den sogenannten Kooperator, der anscheinend ein Hilfsgeistlicher sein sollte. Bei was der Kooperator dem Herrn

Pfarrer behilflich war, wenn doch eh die Häuserin den Haushalt schupfte, war nicht ganz klar. Vielleicht beim Zigarillos rauchen oder Cognac trinken. Denn ja, das war kein Geheimnis im Dorf. Der Herr Pfarrer trank ganz gern seinen Cognac. Seine Liebe galt Gott, seine Lust stillte er mit Tabak und Cognac und die Häuserin und der Kooperator waren ihm wohl einfach dabei behilflich.

Die Luststillung via Tabak und Alkohol war gesellschaftlich anerkannt und auch einem Herrn Pfarrer erlaubt. Sünde war das keine. Eindeutig eine Sünde war aber das Fluchen. Es gab zwar kein eigenes Gebot, das das Fluchen als Sünde deklarierte, aber der Herr Pfarrer machte mehrmals unmissverständlich klar, dass Fluchen des Teufels wäre, vor allem, wenn man dabei den Namen Gottes verunehrte (dafür gab es ja ein Gebot), die Eltern verunehrte (auch ein Gebot) oder gar unkeusch redete (hier schrieb der Herr Pfarrer für die Kinder die 10 Gebote ein wenig um, machte sie altersgerechter, in dem er das 6. Gebot umformulierte in: Du sollst nicht unkeusch sein.). Unkeuschheit treiben war natürlich die größte Verfehlung, gefolgt von unkeusch reden, aber selbst unkeusches Denken musste bereits gebeichtet werden.

Was Lukas jetzt ausgerechnet vor dem Kindergarten aus dem Mund von Martin zu hören bekam, war zwar nicht unkeusch, aber eindeutig ungehörig und sündig. Lukas spürte den Blick der geheimnisvollen Kindergartenbewohnerin, die am Fenster stand und runter schaute, auf sich. Seinen Vorsprung auskostend, drehte sich Martin im Lauf um und legte los, ging auf den braven Ministranten und Kirchenblattausträger los, wie noch nie jemand auf ihn losgegangen war. Er verwendete dabei Worte und Wendungen, die dem bis dato Klassenschnellsten gänzlich unbekannt, aber mit den Geboten sicher nicht vereinbar waren. Dass er ihm die Ohren langzöge und ein Mascherl draus auf seinem Eierschädel machte, dass er ihm den Arsch aufreißen und ihm seine Eier reinstopfen würde. Sehr würdelos und eierlastig und ganz und gar nicht kindgerecht war das, was Martins Mund entfuhr, aber damit nicht genug. Dass er ihn durch Sonne, Mond und Sterne schösse; dass er ihm das Hirn wegradierte;

dass er ihn tintenkillte, ihn auslöschblattelte, ihn ungespitzt in den Boden rammte; dass er ihn zur Schnecke machte, haha, nein, denn eine Schnecke wäre er ja schon; dass er Schnecken schlucken sollte, ein Lahmarsch wäre; dass er scheißen gehen sollte, ein Pfrollen wäre; ja, gar, dass er ein Opfer wäre und sterben gehen sollte.

All das prasselte auf den nun doch etwas Hinterherhechelnden ein und der Täter schien den gelungenen Angriff sichtlich zu genießen und lief dabei auch noch weiter. Bloß keine Schwäche zeigen, versuchte sich Lukas an einen Ratschlag seiner Oma zu erinnern. Kein Opfer abgeben, vielmehr die Opferrolle direkt ab- und weitergeben. Selbst loslegen. Sich erst gar nicht auf das Niveau des Angreifers begeben, sondern den Michèle-Mouton-Rallyegang einlegen, und die Schimpfkanone überrumpeln und überholen.

Der noch amtierende Klassenschnellste nützte also den Augenblick, schloss nicht nur flugs auf, sondern war, bevor das Schandmaul wieder seinen Rhythmus gefunden hatte, auch schon an diesem vorbei und sprang auch mühelos über das gestellte Bein, auch davor scheute Martin also nicht zurück. Lukas hoffte, dass Martin das Geschimpfe Seitenstechen bescherte, und fühlte sich auf der Siegerstraße. In Wahrheit war er noch immer auf dem Kindergartenweg, der jetzt leicht abschüssig zum Post-Wirt-Haus führte. Das Post-Wirt-Haus, war ein modernes Haus, das sich unter anderem durch eine Glaskachelwand auszeichnete, die sich über zwei Stockwerke erstreckte und dem Stiegenhaus einerseits Licht, andererseits Sichtschutz bescherte. Das Post-Wirt-Haus war aber vor allem für seinen Pool im Garten bekannt. Mitten im Dorf, ein Pool im Garten! Der erste Pool des Dorfes. Gleichzeitig gebaut mit dem Hallenbad. Das Hallenbad ging auf Initiative der Gemeinde zurück, der Post-Wirt-Pool war eine private Anschaffung und Demonstration der Zahlkraft und Fortschrittlichkeit des Post-Wirts. Neben dem altehrwürdigen Hotel Post baute dieser nämlich sein Familienhaus mit allem, was damals angesagt und neu war: holzvertäfelter Partyraum mit Discobeleuchtung im Keller, hochtechnisierte Küche, Stehbar mit Hockern im weitläufigen Salon, Sitzsäcken in den Ecken, Videoleinwand im Wohnzimmer und eben Pool im Garten. Wer Freundin oder Freund der drei Post-Wirt-Kinder war, bekam, quasi als Freundschaftswertschätzung, gerne eine Haus-und-Hof-Führung. Corina war das jüngste der Post-Wirt-Kinder und ging mit Lukas in die Klasse.

Im Kindergarten, in der Puppenecke spielten Corina und Lukas oft Vater-Mutter-Kind, was Vater Lukas den ersten Kuss auf die Wange einbrachte, und ihn so auch berechtigte, das Anwesen der Mutter Corina präsentiert zu bekommen. Als Arbeiterheim-Bewohner standen die Chancen für Martin vorerst nicht sehr gut, ebenfalls in den Genuss einer Haus- und Hofführung inklusive Kracherlverkostung an der Hausbar zu kommen. Es sei denn, er würde plötzlich zum Klassenschnellsten. Das galt es zu vermeiden, mit aller Kraft und Schnelligkeit.

Die Duellanten liefen auf die scharfe Linkskurve beim Haus zu und bogen mit Höchstgeschwindigkeit in das Postgässchen ein. Die Erstkommunionsschuhe waren dafür nicht gemacht. Die verliehen zwar Sicherheit beim Empfangen des Leib Christi, aber in die Kurve legen konnte man sich damit nicht wirklich. Was würde Michèle Mouton machen? Die Kurve nicht ausfahren sondern andriften. Sich schlittern (schliefern) lassen. Das machen, was man mit rutschigen Schuhen, auf rutschigem Untergrund gerne machte, weil es ja auch Spaß machte und die Erstkommunionsschuhe waren rutschig, sehr rutschig. Also nicht wirklich ein rallyemäßiges Andriften, eher ein Gleiten ohne Skier. Nicht die schnellste Fortbewegungsart, aber eine Art, nicht aus der Kurve rausgetragen zu werden, oder überhaupt zu Sturz zu kommen. Lukas hörte auf seine innere Co-Pilotin und kam immerhin nicht zu Sturz, aber Martin überholte wieder. An sich war ja kaum Verkehr im Postgässchen und das Gässchen breit genug, aber gegenüber vom Post-Wirt-Haus war auch die wirkliche Post, das Postamt, genauer gesagt die Rückseite des Postamts, auf der sich der Lieferanteneingang der Post befand, und einmal am Tag stand da dann halt auch der Paketwagen (Packlewagen) und es wurde ausgeladen, was die Dorfbevölkerung so bestellt hatte bei den Katalogversandhäusern der Wahl. Der Paketwagen kam nicht immer früh am Morgen. Der kam, wenn er kam, und am Tag des Wettrennens halt gegen Mittag. Stand so ein LKW im Postgässchen, wurde der Platz schon sehr knapp. Eine Schlüsselstelle und Martin in Führung. Nicht auszudenken, wenn plötzlich die Fahrertür aufgegangen wäre. Sie blieb zu. Die Kontrahenten schlängelten sich am Paketwagen vorbei und hatten nun den Postplatz erreicht. Den galt es noch zu queren, der war zwar zum Teil zugeparkt, zum Teil Gastgarten des Hotels, aber noch immer breit genug für überraschende Manöver oder mutige Attacken. Der Postplatz führte direkt auf den Schulvorplatz zu und dort war das Ziel, dort warteten Corina und all die anderen, deren Gekreische ausbrach, sobald sie in Sichtweite waren, was sie, hatten sie die Betonblumentröge, die die Gastgartengrenze bildeten, hinter sich gelassen, dann auch schon waren.

Der Hinterherhechelnde war noch nicht abgeschlagen, er war sich bewusst, dass er noch eine Chance hatte. Co-Pilotin Fabrizia Pons flüsterte, er solle Leder geben. Er verstand nicht gleich, löste aber dann seine Zehenverkrallung im rechten Schuh und schleuderte so seinen Lackleder-Schlüpfer mit Schwung vom Fuß in Richtung Rücken des vor ihm Laufenden. Schuhschusstreffer versenkt! Martin ging nicht etwa zu Boden oder in die Knie, er wankte nicht mal, aber er war getroffen und wusste kurzzeitig offenbar nicht, wie ihm geschah. Da flog schon der zweite Schuh in hohem Bogen über den Vordermann, der verlor an Geschwindigkeit, blickte sich gestresst und verwirrt um und konnte nun sehen, wie ihn ein entschlossener Zielsprinter in Tennissocken mit blau-roten Bündchen überholte und unter Begeisterungsstürmen des Publikums mit gut und gerne zwei Sockenlängen Vorsprung die Ziellinie, die von einer Superman- und einer Tom & Jerry-Schultasche (Schultaschen, die ersten Statussymbole) markiert wurde, überquerte.

Der Klassenschnellste blieb der Klassenschnellste. Der neue Wilde lernte, dass nicht nur er mit unterschiedlichen Waffen kämpfte, sondern auch Lukas allerhand Tricks auf Lager hatte. Corina brachte dem Gewinner den linken, Katharina den rechten Lackschlüpfer. Michèle Mouton gab ihm ein Bussi links und ein Bussi rechts. Der Trainer gratulierte und meinte, er hätte im richtigen Moment die richtige Technik angewandt. Die Serviceleute versicherten, dass sie das Sockenwaschen übernähmen, die Mama würde ihm wohl trotzdem einen Wochendienst Geschirrabtrocknen aufbrummen und wie aus dem Nichts tauchte plötzlich auch noch der Herr Pfarrer auf. Er polterte, was ihnen, den gottlosen Kindern, einfiele, den Kirchvorplatz zu einem Sportplatz zu verunehren; dass sie sich schämen und auf eine gerechte Strafe in der nächsten Religionsstunde vorbereiten sollten und so fand die Siegesfeier schließlich ein abruptes, aber von niemandem groß beklagtes, Ende.

»Weil wir gerade bei warm waren«, ließ Kurt nicht locker. Ist Ihnen aufgefallen, dass das warme Wasser in Georgien rechts kommt?«
»Ja, schmerzlich. Ich stand schon regendurchweicht und halb unterkühlt, denn am ersten Tag, wie schon erwähnt, hatte es mich ordentlich erwischt, unter der Dusche und drehte voll auf und …«
»Dann waren Sie wach«, sagt Kurt und lacht.
»Wohl wahr. Ansonsten finde ich Munterwerden in Löslichkaffeeländern ja schwierig«, sagt Lukas und lacht ebenfalls. Beide lachen. Schadenfreude verbindet.
»Der Speisewagen-Kaffee ist auch nicht besser, oder?«
»Stimmt.«
»Der Kaffee war bis vor kurzem beim mobilen Bord-Service immer besser als im Speisewagen. Aber erst haben sie den Caterer gewechselt und gleich drauf das mobile Bord-Service überhaupt ganz eingestellt. Zugfahren war auch schon mal angenehmer.«
»Frage an Radio-Eriwan: Fahren Sie viel Zug?«, fragt Lukas.
Kurt sagt: »Antwort: Im Prinzip ja, aber nicht, wenn ich nicht muss.«
So schnell bind ich dem nicht auf sein Brillennäschen, was ich mache, denkt Kurt.
Hat sich ganz gut unter Kontrolle, der Reiseführer, denkt Lukas. Dann halt zurück zum Bier. Kurt nimmt einen Schluck. Der Espresso ist längst weg.
»Ich finde die georgische Sprache ja schon ganz lustig. Also nicht,

dass ich viel davon wüsste. Aber die Währung heißt Lari und Bier heißt Ludi. Ich habe Lari und will Ludi ...«

»Und Leberkäs«, sagt Kurt und lacht. Lukas lacht auch. Leberkäs verbindet nachhaltig.

»Frau Oberin«, sagt Kurt und plustert sich kurz auf wie ein Gockel, der seine freilaufenden Hühner beeindrucken muss, weil der Nachbarbauer auch Hennen hat, auf Bio macht und sein Hahn noch voll im Saft steht.

Er sagt Frau Oberin, denkt sich Lukas. Interessant. Immerhin nicht Fräulein. Bei Frau Oberin denkt er sofort an die Oberschwester Rosa. Das hat mit seinen vielen Krankenhausbesuchen als Kind zu tun. Die Oma hatte ein gutes Verhältnis zur Schwester Oberin Rosa.

Bord-Restaurant-Bedienstete Tunja registriert Kurt, nähert sich und lächelt aufnahmebereit: »Hier bin ich, ich höre.«

»Frau Oberin, Sie können mich doch noch glücklicher machen. Seien Sie so lieb und bringen Sie mir bitte eine Leberkässemmel. Leberkäs bindet Bier, wie Sie sicher wissen. Wer Leberkässemmel isst, kann kein ganz schlechter Mensch sein, sag ich immer.« Kurt lächelt und sonnt sich in seiner vermeintlichen Gewitztheit. Kellnerin Tunja weiß, wie mit derartigen Gockeln zu verfahren ist, lächelt professionell und fragt: »Nackt oder blutig?«

Kurt überlegt kurz und sagt dann selbstzufrieden: »Eitrig.«

»Käsleberkäs hamma ned«, antwortet Tunja gelassen: »Senf können S' haben. Ist quasi Eiter in fortgeschrittenem Stadium.«

»Perfekt! Sie sind ein Engel«, sagt Kurt und denkt sich: Was macht die hier? Die ist ein Vollprofi. Die werb ich ab. Die stell ich sofort ein. Die schmeißt mir die Kellerbar. Das wird der Renner. Die wird der Renner der Saison.

Lukas schaut verlegen aus dem Fenster. Dort ist nichts. Stimmt nicht ganz. Dort ist fast nichts. Sie halten – warum auch immer – irgendwo in den unendlichen Weiten des Tullnerfelds.

Während Kurt seinen Leberkäs verzehrt, fährt Lukas sein Netbook hoch und nützt die Gelegenheit, seine *Verwortung Österreichs* mit Nußbach und Silz zu füttern.

NUSSBACH

1) Die Gemeinde Nußbach im Traunviertel in Oberösterreich ist bekannt für den »Nußbacher Nußgeist« und die einzige Holzofen-Fleischerei Österreichs.

2) Das Verb »nußbacheln« ist leider etwas veraltet und wird heutzutage nur mehr von Medizinern verwendet, um das Ausscheiden von sehr intensivem, gelbbräunlichem Urin zu bezeichnen.

3) Der Nußbach ist ein mehr stehendes als fließendes Gewässer und jährlich Schauplatz der Österreichischen Meisterschaften im Nasenschnorcheln. Dabei haben die Teilnehmenden sich an einer beliebigen Stelle des Nußbaches auf dem Rücken ins Wasser zu legen und zwar möglichst lange. Beim Nußbach-Nasenschnorcheln wird im Idealfall durch die Nase geatmet (sprich: nußgebachelt).

SILZ

Die Gemeinde Silz im Tiroler Oberinntal gehört zum Bezirk Imst. Silz wollte eigentlich Salz machen. Hall ist damit immer gut gefahren. Silz wollte Halltrittbrettfahren. Silz wollte auch weißes Gold verschiffen. Allein, es gab kein Salz in Silz. Es gab nur Holz und Schmalz in Silz. Es gab aber experimentierfreudige Holzbrenner und Schmalzbrater, die sich berieten und drauflosbrieten, die Schmalzbratzutaten variierten, verfeinerten und mutig Neues ausprobierten und eines Tages war es soweit: zwar kein Salz in der Sudpfanne, aber Sulz in der Schmalzschmelze. Sie ward geboren: die Sulz zu Silz am Inn. Bald schon pilgerten Wurstkönige, Fleischmeister und Schweinepriester nach Silz, um der Sulzgeburt ihre Aufwartung zu machen. Sie folgten einem Morgenstern, das war damals grad urmodern. Seither gilt Silz international als Sulzkultstätte und trägt einmal im Jahr die Silzer-Sulz-Sause® aus, bei der der Silzer Kirchplatz mit Sulz überzogen wird und die Silzer-Sulz-Sausen-Contest-Teilnehmer*innen barfuß Sulzfeeling erleben und sich auch gerne gänzlich nackt in der Silzer Sulz wälzen dürfen. Silzer-Sulz-Sausen-Contest-Champion*ess ist, am Ende des Tages, die Person, die am meisten Sulz an sich hat. Sie erhält Silzer-Sulz-Vorrat auf Lebenszeit.

»In Tiflis ist der Sonntag ja der Flohmarkttag«, hebt Kurt unbeeindruckt davon, dass Lukas offensichtlich schreibt, wieder an. »Dort gibt es von Dichtungen, Widerständen, Transformatoren, Stalinbildern, Bakelitlichtschaltern, Trinkhörnern, Dolchen über Bratpfannen in allen nur erdenklichen Formen bis zu Gürtelschnallen in allen nur erdenklichen Formen alles ...«

Kurt hat Lukas damit noch nicht zurück an den Speisewagentisch und in die Gegenwart geholt. Lukas schaut sein erzählendes Gegenüber zwar an, ist aber abwesend. Ist in eigene Gedanken und Silzer Sulz versunken.

»... und alles ist sehr schön auf Tüchern auf dem Gehsteig beziehungsweise auf Autokühlerhauben alter Ladas und Opel Kadetts ...«

Jetzt hat er ihn wieder. Die Autos triggern Lukas.

»... angerichtet und aufbereitet. Ich find mir dort immer was. Letztes Mal zum Beispiel hab ich ...«

Kurts an sich informatives Geplätscher hilft Lukas sehr dabei, sich seinen eigenen Erinnerungen hinzugeben. Der Opel Kadett hat ein fast schon vergessenes Kapitel seiner Familiengeschichte aufgeschlagen. Ein Kapitel, das voll und ganz dem Opel Kadett gewidmet war. Denn der Opel Kadett war eine Zeit lang lebensbestimmend.

Der Opel Kadett gab den Lebensrhythmus vor. Der Opel Kadett war ein Dauerthema, wie es auch die Trauer war. Denn der Tod war den Kindern im Dorf stets nah. Irgendwer starb immer und irgendwie kannten sich ja alle. Aber es gab auch andere Trauergründe. Die ganze Familie war von Trauer betroffen, wenn der Opel Kadett wieder an etwas litt und eine Reparatur notwendig war, die wiederum ein Loch in die Haushaltskasse riss, woraufhin der Kartoffelkonsum erhöht werden und das Speckaufschneiden und gemeinsame Speckessen reduziert werden musste. Auf den so familienverbindenden Akt des gemeinsamen Speckaufschneidens und Speckessens gerne auch mal zu später Stunde, nach dem Samstag-Abend-Fernsehshow-Schauen, das sonst für Erhabenheits- und Luxusgefühle sorgte, musste, wenn der Opel Kadett wieder mal muckte, mindestens ein Monat lang verzichtet werden. War man beim konkreten Gebrechen des Opels mit dabei, kam vor der Trauer die Wut.

Wenn der Opel ausgerechnet bei einer der seltenen Fahrten nach Innsbruck an einer vielbefahrenen Kreuzung den Geist aufgab, dann war das das Peinlichste, was passieren konnte. Denn wenn schon aus dem Dorf kommend, wollten sie alles, nur ja nicht auffallen in der Stadt. Mehr auffallen als auf einer Kreuzung stehenzubleiben und den gesamten Verkehr aufzuhalten, ging nicht. Mit Verkehr kannten sie sich aus, den hatten sie vor der Haustüre, täglich. Innsbruck-Ausflüge im Familienverband arteten zu regelrechten Freitags-Dramen aus, denn einfach den ÖAMTC rufen, ging nicht. Lukas' Eltern waren nicht beim ÖAMTC. Sie waren auch nicht beim ARBÖ. Es gab einen Onkel, der sich mit dem Abschleppen und Ausschlachten von Autos und Maschinen nebenbei etwas dazu verdiente. Onkel Werner machte das nicht ungern. Onkel Werner machte auch Speck, seinen eigenen. Er war der ältere Bruder von Ernst und wenn er den alten Opel wieder mal aus der Stadt rausschleppen musste, war ihm das mehr als Verwandtschaftsdienst und Gefälligkeit. Er verlangte dafür natürlich nichts, es gab ihm genug. Es gab ihm Stoff für Sticheleien, die natürlich immer nur witzig gemeint waren, aber schon klar machten, dass der kleine Bruder ohne den größeren halt nicht weit käme. Dass sie dann stundenlang irgendwo in Innsbruck rumstanden, gehörte dazu. Denn an Einkehren war nicht zu denken. Sie gingen nie ins Gasthaus. Papa ging am Sonntag, nach der Kirche und vor der Männergesangsprobe, gelegentlich in die Post und nahm die Kinder mit auf ein kleines Getränk. Aber das war das höchste der Gefühle.

Bei Ausflügen nach Innsbruck kam das gleich mehrfach nicht in Frage. Weil sie erstens: nicht wussten, wohin, und zweitens: wenn schon das Auto streikte, dann erst recht kein Geld mehr für einen Gasthausbesuch da war. Zuhause wartete irgendwas mit Erdäpfeln. Erdäpfel sind ja so wandelbar! Sie fuhren auch nie auf oder in den Urlaub. Im Urlaub galt es Holz für den Winter zu machen. Papa ging auch gerne pfuschen, um diverse Löcher in der Haushaltskasse stopfen zu können. Die Ferien verbrachte die Familie immer im Dorf, die

Kinder loteten aber gerne die Grenzen des Dorfes aus. Sie gingen Getränkedosen sammeln im Wald, machten Schlammschlachten im Bachbett, unternahmen Schlauchbootfahrten im Blindsee, betätigten sich archäologisch, gruben im Schatten des Schloss Fernsteinsee eine 15 Meter lange Spurrinne der Via Claudia Augusta aus und reinigten diese mit der gebündelten Kraft ihrer Urinstrahle. Sie tranken viel Wasser. Das Wasser war gut und nah: kaltes, klares Wasser, frisches, gesundes Quellwasser. Wasser half immer. Ein nasser Waschlappen war ihr Universalheilmittel. Wasser war ihr Freund: das Wasser im Gurgltalbach, das Wasser im Blindsee, das Wasser als Schnee. Lukas und Katharina wälzten sich im Schnee. Sie formten gemeinsam Schneewürste, Schneekugeln, Schneemonster. Sie patschten gemeinsam in Schneematsch. Ihre Atemwölkchen vereinigten sich. Ihre Backen glühten. Sie kannten sich seit dem Kindergarten. Sie waren Nachbarn. Sie gingen gemeinsam zur Schule. Sie gingen nach der Schule gemeinsam heim. Sie redeten über die Schule und das Daheim. Katharina wurde regelmäßig geschlagen. Nein, sie wurde versohlt, das klang lieblicher. Geschlagen mit einer Gummiwurst: vom Papa. Immer, wenn sie zu spät (nach 17 Uhr) vom Spielen nachhause kam; wenn sie frech war; wenn sie vorlaut war; wenn sie so war, wie sie war. Katharina war fröhlich und lustig bis 16 Uhr 45. Dann musste sie heim, weil der »Datte« kam.

Die Familie kannte aber auch Momente des Ausscherens aus dem Sparmuster. Beim Kleiderkauf wurden Ausnahmen gemacht. Einmal im Jahr, wenn Ausverkauf bei *Bilgeri*-Moden war. Wahrscheinlich war es nur alle drei Jahre, das hing auch vom Jahreszustand des Autos ab. Jedenfalls gab es immer mal wieder ein schönes Kleid für die Mama oder ein schrilles Hemd für den Papa. Etwas, das der sehr geschätzte Verkäufer mit dem Schnauzbart anpries als etwas ganz Besonderes. Ja, etwas ganz Besonderes sollte es dann immer mal wieder sein. Wenn beim Kirchgang ein neues Kleid getragen wurde, ließen sich die Erdäpfeltage wieder leichter ertragen. In die Kirche gingen sie. In die Kirche gehen war gratis. Auf Bälle oder Feste gingen die Eltern kaum. Sie gingen eher auf Begräbnisse. Sowohl die

Kinder als auch die Eltern. Die Kinder, weil sie ministrierten. Die Eltern, weil es sich gehörte.

Qualitätsware musste es sein. Was gute Qualität war, wusste die Mama. Sie hatte lange genug in der Textilabteilung des Lebensmittelgeschäfts im Dorf gearbeitet. Qualitätsware wurde auch beim Umbau des Elternhauses angeschafft. Das war noch vor der Geburt von Lukas. Die Schulden wurden in Kauf genommen. Ernst und Inge hatten Arbeit. Wenn nichts dazwischen kommen würde, ließen sich die Schulden locker zurückzahlen. Das machten doch grad alle so! Qualitätsware also: Eine Eckbank (Domus-Set) für die Ewigkeit, ein Musikschrank mit Schallplattenwechsler, ein modernes Badezimmer mit Dusche, Wanne und Waschtisch mit zwei Waschbecken. Anfangs war das Musikhören den Eltern noch wichtig. Dann kamen die Kinder. Für die Kinder war es dann in den Teenagerjahren auch wieder wichtig und so flossen ganze Ferialjobersparnisse in den Stereoanlagenkauf. Die Musik war der Zugang zur Welt. Sie radelten auf der viel befahrenen Bundesstraße in die Bezirkshauptstadt, um die Single »19« von Paul Hardcastle zu kaufen. Sie verstanden den Text nicht, begriffen trotzdem was. Zeitschriften gab es im Lebensmittelladen im Dorf. Sie kauften sich lieber MAD als Bravo. Sie lernten aktuelle Kinofilme durch die MAD-Satirebrille kennen. Geld fürs Kino hatten sie keins. MAD prägte ihren Humor, MAD und die Oma.

Alles wertvolle Erinnerungen für Lukas. Alles längst vergessen oder zumindest schwer zugänglich irgendwo in den hintersten Erinnerungsräumen abgestellt geglaubt. Alles sehr persönlich. Nichts davon kann er seinem Gegenüber auftischen. Nichts davon will er preisgeben. Tiflis ist unverfänglicher. Tiflis-Erinnerungen hat er schon auch noch zu bieten. Was aber dem Bildungsreisenden Kurt von seiner Tiflis-Wahrnehmung mitgeben? Dass er auch am Flohmarkt war, dort aber nichts gekauft hat, weil er nicht recht wusste, wie es mit dem Handeln so gehandhabt wird? Dass er an einem Fruchtsaftstand am Europafest übte und das ziemlich schief ging? Da wollte er, der Landessitte entsprechend, handeln, zeigte also in guter Absicht auf einen mittelgroßen Becher und das Geschäft nahm seinen Lauf. Er wollte Granatapfelsaft, sie wollte fünf Lari. Er bot drei, in der Hoffnung immer noch auf einen kleinen Becher downgegradet werden zu können, sie schimpfte, gab ihm nicht den kleineren Becher, gab ihm gar nichts und schickte ihn lautstark zum Teufel. Gut, ging er halt zum Teufel, der war nebenan und verkaufte Bier: Kazbegi, kannte er noch nicht. Ein Kazbegi im kühlen Krug serviert, und ganz ohne verhandeln zu müssen, kostete ihn drei Lari. Ätsch! Jetzt aber. Lukas sammelt sich wieder, stellt mehrmals blinzelnd seinen Blick scharf, klickt so die Gedanken weg, klappt sein Netbook zu und sagt: »Hab dort, also nicht am Flohmarkt, sondern beim Europafest, ein Ludi für drei Lari getrunken. Ein Kazbegi im kondenswasserbeschlagenen, kühlen Krug.«

»Qasbegi ist der dritthöchste Berg Georgiens«, sagt Kurt unbeeindruckt. »Kasbek heißt auf deutsch soviel wie Eisgipfel. Das Bier ist aber auch nach dem georgischen Schriftsteller Aleksandre Qasbegi benannt. Es schmeckt so, wie man das von einem klassischen Lagerbier erwartet. Es lässt sich gut trinken, hat keinen speziellen, aber eben auch keinen schlechten Geschmack. Gutes Vieltrinkbier.«

Lukas fragt sich, mit wem er es da zu tun hat. Etwa mit einem vielgereisten Gastronomen? Vielleicht sogar einem international erfolgreichen Koch? Lukas fragt sich noch mehr: Essen Köche Leberkässemmel? Pflanzen Gärtnerinnen Thujen in ihre Gärten? Lesen Autoren Bücher? Fliegen Lokführerinnen in den Urlaub? Brechen Polizisten das Gesetz? Sperren Einbrecherinnen die Tür zu? Bestellen Paketzusteller online? Bedienen sich Kellnerinnen zu Hause selbst? Wie löschen Feuerwehrmänner ihren Brand? Wie komm ich aus diesem Gespräch raus?

»Na dann, Madloba«, sagt Lukas.

»Wohl eher Gagimardschos«, sagt Kurt. »Prost also. Gmadlob heißt danke.«

»Madloba und Gaumarjos!«

»Naja, Prost-Mahlzeit!«, sagt Kurt und nimmt einen Schluck seines Glücksverstärkers. Lukas nippt symbolisch an der leeren Espressotasse, es schaudert ihn. Noch schlechter als schlechter Kaffee ist kein Kaffee. Lukas schaut aus dem Fenster und tief in das Land, das schwärzer nicht sein könnte. Niederösterreich. Der Espresso hätte schwärzer und stärker sein können.

Sie fahren in St. Pölten ein, es schaudert ihn erneut. Schlimmer als keine Städte sind Kleinstädte. Tiflis ist eine Millionenstadt, St. Pölten laut offizieller Definition keine Klein-, sondern eine Mittelstadt. Mittelstadt! Das klingt nach Fantasylandschaft. Dabei ist St. Pölten an sich viel mehr Österreich als Wien. Wien ist Attersee, St. Pölten ist Deix. Wien ist Aichinger und Gerstl, St. Pölten ist Weinheber und Bodmershof. St. Pölten ist die neuntgrößte Stadt Österreichs. St. Pölten ist mit seiner Universalirrelevanz eine typisch österreichische Großstadt. Nicht lachen. In Österreich gelten Gemeinden mit mehr als 10.000 Einwohnern als Städte. St. Pölten hat über 55.000! 21,5 Prozent der österreichischen Gesamtbevölkerung leben in Wien. 37 Prozent der Wiener*innen nennen einen PKW ihr Eigen, in Niederösterreich kurven zwei Drittel der Bevölkerung mit eigenen Autos durch die Gegend. Niederösterreich ist ein Auto- und Gemüseland.

Niederösterreich hat natürlich längst einen prominenten Eintrag in Lukas' *Verwortung Österreichs*. Melk hat er längst verfasst, auf Krems freut er sich schon.

MELK

Bevor der Ort an der Donau westlich von Wien im 11. Jahrhundert von den Benediktiner-Mönchen verstiftet und schließlich gar zur Stadt wurde, lebte man in der damals schon Melk genannten Siedlung ausschließlich von der Milchwirtschaft. Alles, was gemolken werden konnte, graste einst auf den Wiesen am Donaualtarm: Kühe, Schafe, Ziegen, Stuten. Melk genoss den Ruf, das Milch-Eldorado, die Milch-Metropole, das Zentrum der Zitzen zu sein. Händler aus fernen Ländern brachten Antilopen, Alpakas, Yaks in den Donauraum und baten um Aufnahme in den Melk-Bestand. Das Prädikat »melkwürdig« war das begehrteste Gütesiegel jener Tage. Die Stiftsmönche profitierten vom gut eingeführten Geschäftsmodell und belieferten das gesamte Habsburgerreich mit speziellen Milchprodukten.

Im 16. Jahrhundert machte der neu nach Melk berufene Abt Urban Pentaz der Muttermilchwirtschaft ein jähes Ende. Das Geschäftsmodell war ihm zu geil, es käme der Enthaltsamkeit der Mönche in die Quere. Fortan konzentrierte man sich auf das Bierbrauen und schickte die einstigen Melk-Stars auf Gnadenwiesen rund um Unterstockstall. Auch das Prädikat »melkwürdig« erfuhr eine Umdeutung. Von nun an wurde es an besonders gelehrige Jungmönche verliehen. Ein gutes Beispiel dafür ist Christian Slater (Adson von Melk) in der Verfilmung von *Der Name der Rose*. Helmut Qualtinger (Remigio da Varagine) hingegen (immer noch in der Verfilmung des Umberto-Eco-Historienroman-Krimi-Klassikers bleibend) hätte nichts dagegen gehabt, wenn Melk weiterhin auch Muttertiere und mutterwerdwillige Menschen für melkwürdig erachtet hätte, quasi liberal-zölibatär. Er musste sterben. Das Stift Melk lebt noch immer prächtig.

Niederösterreich ist ein Kreis- und Individualverkehrsland. In Tiflis dürfen Autos auch alles. Zebrastreifen sind dort so rar, wie Kreisverkehre in Niederösterreich häufig. Statt Zebrastreifen gibt es dort Unterführungen unterschiedlichster Grindstufen. In Niederösterreich gibt es Kellergassen für die geneigten Trinker*innen, in Tiflis Unterführungen für die Fußgänger*innen. Niederösterreichisches Gemüse wird Tiefkühlgemüse, georgisches Gemüse wird eingelegtes Gemüse, das noch wirklich Saures gibt.

»Frau Oberin«, Kurt hat noch einen Wunsch. Die Servierkraft signalisiert, in der Bord-Restaurant-Küche werkend, mimisch Aufnahmebereitschaft. »Weil sie so gut war, seien S' so gut, bringen Sie mir noch eine Leberkässemmel und legen S' mir zwei Krokodile dazu. Sie wissen schon, Essiggurkerl haben immer Saison.«

Lukas verzieht das Gesicht. Kurt nimmt eine Visitenkarte aus einem silbernen Etui.

»Hat aber was, das Saure«, sagt Kurt. »Und die Kellnerin hat definitiv was. Die ist viel zu gut für den Speisewagen. Die hat das Zeug zur Barchefin.«

»Aber Hallo!«

»Gamardschoba heißt Hallo, aber auch Guten Tag!«, weiß Kurt wie-

derum und weiß nicht, dass er Lukas damit wieder verliert. Denn mit
»Gamardschoba, guten Tag und Grüß Gott!« wurde Lukas schon mal
begrüßt und zwar von der Direktorin der Österreich Bibliothek Tbili-
si. Die besuchte Lukas in offizieller Mission, um die Deutsch-Studie-
renden vor Ort mit Spoken-Word und Slam-Poetry, also neuer, österreichischer Literatur zu versorgen. Derartige Auslandsauftritte waren immer ein Wagnis. Lukas war aufgeregt. Die Direktorin der
Österreich Bibliothek war ebenfalls nervös. Das Wetter beunruhigte
sie. Es hatte geregnet, da könnten die Studierenden zuhause bleiben.
Es war kurz vor offiziellem Beginn. Noch wäre es eher kein Publikum
gewesen. Aber die Institutsvorständin hat Apfelkuchen gebacken,
das hob die Stimmung. Zwei Stücke waren für Lukas reserviert. Na,
wenn das keine Vorschusslorbeeren sind! Auch der Lehrende mit der
tiefen Stimme und dem stets passenden Zitat, den es auf jedem Aus-
landsgermanistik-Institut gab, war bereits da, wünschte Lukas viel
Glück und Erfolg und verwickelte ihn, kurz vor Beginn des Auftritts,
in ein Gespräch über Schoko Schachner, Bruno Pezzey, Hans Krankl
und Herbert Prohaska. Da konnte Lukas tatsächlich halbwegs mitre-
den, vor allem aber brachte das Fußballgespräch Ablenkung und
ließ ihn seine Nervosität kurz vergessen. Warum auch nervös sein?
Es kannte ihn hier ja niemand. Ob das ein Vorteil war? Der Aufzug
pingte und brachte den Botschafter in Begleitung seiner Assistentin.
Lukas schüttelte Hände und Antworten aus den Ärmeln.
Der Botschafter sagte: »Sie sind also Rapper.«
Lukas sagte: »Eher MC.«
Der Botschafter fragte: »MC wie Musikkassette?«
Lukas sagte: »MC wie Master of Ceremony und Papa Slam.«
Der Botschafter sagte: »Das erinnert mich an die Barbapapas.«
Lukas sagte: »Schlümpfe! Papa Schlumpf – Papa Slam. Ich bin Grün-
der der Poetry-Slam-Szene Österreichs.«
Der Botschafter fragte: »Was machen Sie da eigentlich?«
Lukas sagte: »Das werden Sie bald erleben.«
Der Botschafter sagte: »Nein, wir warten nur, bis alle da sind, dann
machen wir ein Foto und sind weg.«

Lukas sagte: »Na dann ... Habe die Ehre!«

Der Botschafter lächelte undiplomatisch vielsagend.

Inzwischen war sogar eine Gruppe aus Jerewan eingetroffen. Jerewan-Studis auf Tiflis-Exkursion! Jerewan-Lektor Moritz übernahm die Smalltalk-Front. Lukas war froh. Er war fertig, bevor es begonnen hatte. Smalltalk vor Auftritten machte ihn regelmäßig fertig. Dank Lektor Moritz hatte er nun wieder Zeit, nervös zu sein. Der Aufzug pingte jetzt immer öfter. Der Raum füllte sich gut, das fühlte sich immer besser an. »Wir fangen bald an«, sagte die Direktorin. »Der Apfelkuchen ist schon da, der Gast auch, der Boss nicht!«

Alle lachten, Lukas auch. Es wurde Apfelkuchen gegessen. Lukas bangte um seine zwei zugesicherten Stücke. Nein, er bangte nicht um den Apfelkuchen. Schnaps wäre ihm lieber gewesen. Der sollte später kommen. Noch später als der Boss. Das Buffet war bald abgegrast. Alle nahmen Platz zum Verdauen. Es wurde ruhig. Die Mägen arbeiteten. Müdigkeit würde unweigerlich folgen. In der ersten Reihe waren noch Plätze frei. In den hinteren Reihen wurde bereits gegähnt. Das war das Zeichen für die Direktorin zu beginnen. Es wurde begrüßt und allen gedankt, dem Wetter nicht. Die Direktorin hatte Schmäh. Die Direktorin sagte: »Ich habe Schmäh.«

Alle lachten. So wie andere Menschen gerne gelegentlich bestätigend nicken, so sagte die ältere Dame in der ersten Reihe ab der ersten Minute ungefragt: »Warum denn nicht?«, halblaut aber hartnäckig wiederholt.

»Ich hab Schmäh«, wiederholte die Direktorin. »Aber unser Gast ist im Schmäh daheim.«

Alle lachten. Lukas war entzückt. Zweideutiger konnte man das nicht sagen.

»Warum denn nicht?«

Besser konnte man Österreich nicht zusammenfassen und gleichzeitig kritisch kommentieren. »Warum denn nicht?«

Das löste seine Nervosität, es blieb produktive Aufgeregtheit. Es wurde ihm das Wort erteilt. Lukas übernahm. »Besser als die Frau Direktorin kann man das nicht sagen«, sagte Lukas. »Ich möchte

Österreich auch zusammenfassen und kritisch kommentieren.«

»Warum denn nicht?«

»Und habe zu diesem Zweck als Auftakt eine Art Fünf-Minuten-Österreich-Crash-Kurs vorbereitet. Quasi ein Semester Landeskunde verdichtet auf fünf Minuten. Sprachliche, österreichische Eigenheiten verpackt in einen Vortragstext gewürzt mit Pikanterien und Pointen, also Inhalt und Schmäh für alle.«

Es wurde zögerlich, aber doch gelacht. Lukas fühlte sich willkommen und sagte sich: Los geht's! Los geht's erst, wenn ich da bin, dachte sich wohl der Nestor der georgischen Germanistik. Er kam natürlich später als vermutet. Er genoss seinen Auftritt.

»Warum denn nicht?«

Er mochte 100 sein. Er bewegte sich greisengestaucht, aber graziös.

»Warum denn nicht?«

Er war altherrenelegant gekleidet, trug Stock und hatte einen Freund im Schlepptau.

»Warum denn nicht?«

Der Freund war wichtig, der würde hinterher dann den Schnaps überreichen. Der emeritierte Professor nahm natürlich in der ersten Reihe Platz.

»Warum denn nicht?«

Er ließ sich nicht davon stören, dass Lukas schon begonnen hatte.

»Warum denn nicht?«

Er begrüßte laut und deutlich, schließlich sprach er beinahe akzentfreies Deutsch. Er wurde begrüßt, noch lauter, weil Exzellenz offenbar nicht mehr ganz so gut hörten.

»Warum denn nicht?«

Lukas ließ sich auch davon nicht stören, begrüßte ihn ebenfalls, sehr, sehr laut und fing nochmal von vorne an.

»Warum denn nicht?«

Es fotoklickte mehrmals. Der Botschafter verließ mit Gefolge den Raum. Lukas legte los mit *Na Servas und Habe die Ehre, Österreich* einem Hassliebeseingeständnis. Oder: *Wir sind nicht so – so sind wir nicht!* (→ Text im Anhang, ab Seite 219)

»Warum denn nicht«, sagt Lukas.

»Ja, warum denn nicht«, bestätigt Tunja und stellt Kurt seine zweite Leberkässemmel, diesmal garniert mit den georderten Essiggurken, auf den Tisch.

»Die Zweite ist immer die Beste. Die Erste ist zu wenig. Die Dritte ist zu viel. Die Zweite ist perfekt. Das trifft nicht nur auf Leberkässemmel zu. Da spreche ich aus Erfahrung. Das kann ich Ihnen sagen.«

»Müssen Sie aber nicht«, unterbricht Tunja lächelnd und steckt die Businesscard, die ihr Kurt entgegenstreckt, in die Brusttasche der Bluse.

Kurt lässt nicht locker: »Wenn Sie mal raus müssen, also einen Tapetenwechsel brauchen, rufen Sie mich an.«

Tunja macht mit der Rechten eine Geste wie die Großgrundbesitzerin, die ihrer Tochter signalisieren will, dass all das einmal ihr gehören wird und weist sowohl auf die Tische im Speisewagen, als auch auf die Fenster: »Mehr Tapetenwechsel als hier kann ich mir kaum vorstellen.«

Kurt lacht und es entspinnt sich aus dem Geplänkel allmählich ein Gespräch zwischen Tunja und Kurt, in dem kein Platz mehr für Lukas vorgesehen ist. Lukas greift also in die Tasche, nimmt den Brief heraus und schaut ihn sich noch einmal an. Der Pickel auf seiner Nase spannt. Lukas versucht, drauf zu kommen, was der Hintergedanke des Ganzen ist. Denn einen Hintergedanken muss es geben. Warum wollen sie ausgerechnet jetzt von ihm eine »künstlerische Auseinandersetzung« mit dem Dorf? Es stehen keine Wahlen und Jubiläen an. Was will Nassereith wirklich von ihm?

Lieber Lukas!

Nicht erschrecken. Ich bin's: Corina. Du weißt schon, aus dem Kindergarten. Die Post-Wirt-Tochter, die mittlerweile für die Gemeinde arbeitet.

Ich weiß, es ist jetzt schon fast ewig her, das letzte Klassentreffen. Und keine Angst, das ist auch keine Einladung für ein erneutes

Klassentreffen. Obwohl es schon sehr lustig war, wenn Du Dich noch erinnern kannst!

Wir jedenfalls werden nie vergessen, was Du damals aufgeführt hast. Wir werden Dich und Deine Qualitäten nie vergessen und hoffen, Dir geht es ähnlich mit uns.

Wie Du vielleicht weißt, bin ich seit einiger Zeit Gemeindesekretärin und mein Chef, der Bürgermeister, hat mich gebeten, Dich zu kontaktieren.

Sein Wunsch war, das verrate ich Dir jetzt einfach, dass der Brief inhaltlich freundlich-salopp gehalten sein soll. Nicht in Handschrift, wer macht das überhaupt noch, nicht auf normalem Papier, schon auf dem offiziellen Gemeindepapier. Da haben wir ja unterschiedliche. Das ist meiner Meinung nach das Schönste. Es ist schon ganz schön schwer, lässt sich aber noch immer gut falten. Anfangs hatte ich ja echt Schwierigkeiten mit dem Falten. Meine ersten Briefe hab ich eher in die Kuverts reingezwängt. Schaut natürlich nicht sehr professionell aus, wenn zernudelte Briefe auf offiziellem Briefpapier daherkommen. Mittlerweile kann ich aber so was von falten! Und was Du alles kannst, ist uns allen im Dorf mehr als bewusst.

Deshalb – und jetzt halt Dich fest! Deshalb möchte die Gemeinde Nassereith Dich offiziell damit beauftragen, Dich mit dem Dorf künstlerisch auseinander zu setzen. Es pressiert nicht sehr. Es ist uns bewusst, dass Du viel gefragt und beschäftigt bist. Aber das Ergebnis soll dann in absehbarer Zeit öffentlich präsentiert und in gewisser Form auch honoriert werden.

Genaueres kann und soll ich an dieser Stelle noch nicht preisgeben (einen Hinweis darf ich Dir aber schon geben: Franz-K.-Preis. Na, klingelt's?). Betrachte dieses Schreiben bitte als fröhliches Anklopfen.

Wir hoffen, Dich dafür gewinnen zu können, Deine Beobachtungsgabe, zum Wohle aller, in den Dienst Deiner Heimatgemeinde stellen zu wollen. Denn Nassereith wird immer Deine Heimat bleiben.

Wir hoffen alle, bald von Dir zu hören, auf welchem Weg auch immer. Wir nutzen alle modernen Kommunikationskanäle, schreiben zur Not aber auch weiterhin Briefe, und erlauben uns, demnächst wieder mal anzuklopfen und nachzufragen.

Mit freundschaftlichen und hochachtungsvollen Grüßen aus Deiner Heimat

Corina

     Bürgermeister Hermann Kogel

P.S.: Der Hermann hat den Brief nur unterschrieben. Beim Schreiben hat er mir nicht dreingeredet. Wenn mir wer geholfen hat, dann der Dorfchronist Martin (ja, der schnelle, wilde Martin ist zahm geworden) und Dein Bruder Thomas. Den hab ich angerufen. Der findet auch, dass Du wieder öfter in deiner Heimat auftauchen könntest.

Ob Corina lamprechtshausig ist?

2

Der Railjetdrache faucht

»Ist es okay, wenn ich mich zu Ihnen setze?«, fragt Mo.

»Ich denke, ja«, antwortet Lukas. Er ist heute ausnahmsweise schon am Hauptbahnhof eingestiegen. Er hat zu tun. Er muss seiner Kindheitsfreundin und nunmehrigen Gemeindesekretärin endlich antworten. Er wird das per Mail machen.

»Danke«, sagt Mo und denkt sich: Ich denke, ja. Gute Antwort. Wenn eins das generell so sagen könnte, beziehungsweise, wenn das generell mehr machen würden, wär' schon was getan. Danke, ich denke auch, wäre die bessere Antwort gewesen. Es ist nicht so, dass es Mo immer ums Bessersein ginge. Aber oft bereut Mo schon, manche Dinge nicht an- und ausgesprochen zu haben. Hinterher ist eins immer klüger, ist zwar eine Binsenweisheit, aber es ist immerhin eine Weisheit. Und im In-die-Binsen-Gehen ist Mo richtig gut. Andere gehen in die Berge, Mos Beziehungen gehen in die Binsen. Mo weiß auch nicht warum. Mo weiß noch nicht warum. Dafür ist es noch zu wenig hinterher. Mo ist in der Aufarbeitungsphase von allerhand Beziehungs-, Herkunfts- und Identitätsballast und generell auf der Suche. Mo hat sich zu diesem Zweck ein Round-the-World-Ticket geleistet. Mo ist grad auf Zwischenstopp, um bei den Eltern vorbeizuschauen. Mo hat ihnen was Wichtiges zu sagen.

Lukas hat seinen Eltern die Neuigkeit schon mitgeteilt, hat ihnen den Brief am Telefon vorgelesen und sie waren nicht überrascht, im Gegenteil. Sie taten so, als ob das im Dorf ohnehin schon alle wüssten, als ob das bereits beschlossene Sache wäre. Sie beteuerten, dass sie sich freuten, dass Lukas den Dorfschreiber-Posten annähme. Ja, sie sprachen wirklich von einem Posten. Sie wussten weit mehr als er und fragten lediglich, ob er dann auch den Franz-Kranewitter-Literaturpreis verliehen bekäme und wie hoch denn das Preisgeld wäre. Lukas wusste nicht recht, ob sie ihn bloß an der Nase herumführten, die schon wieder verdächtig zu jucken begann, oder ob im Dorf wirklich schon alle dachten, es wäre fix ausgemacht, dass er sich »künstlerisch« mit Nassereith auseinandersetzen wird. Was Lukas nach dem Gespräch allerdings wusste: Es war höchst an der Zeit, selbst zu antworten. Er wollte die Begeisterung seiner Eltern nicht bremsen, aber er musste, wenn er den »Posten« annehmen sollte, jetzt seine Bedingungen stellen. Am Ende des Telefonats gab ihm seine Mutter noch einen ausführlichen Wetterbericht der vergangenen Tage und fragte, ob es ihm eh gut ginge.

Ob es Mo gut ginge, wollten auch Mos Eltern wissen. Ob der geplante Zwischenstopp eh stattfände. Sie wären gespannt, was Mo alles erlebt hätte, schrieben sie auf Facebook. Fürsorge mit Maß. So sind sie, Mos Eltern. So waren sie schon immer. Mo erkundete die Welt schon früh, früher als all ihre Mitschüler*innen. Europa hat Mo per Interrail erfahren. In New York war Mo mit 18. Allein. In New York steht auf den Treppenabsätzen, wenn man von der U-Bahn-Unterwelt Richtung New Yorker Oberfläche steigt: »If you see something, say something«. Ganz und gar nicht das Motto von Mos Familie. Hinweisschilder sind ja schon in Österreich exotischer als einem lieb sein kann. Man denke nur an »Bitte sich festzuhalten« oder »Das Überqueren der Gleise ist lebensgefährlich und deshalb verboten«. Die Schilder in New York aber eröffneten Mo ganz neue Dimensionen. »Employees must wash hands«, stand da schon lange bevor Covid-19 die Welt eroberte, und das sah Mo ganz gern, wenn Mo sich auf einen Deli-Restroom wagte. Wobei, Wagnis …, es war immerhin New York, nicht beispielsweise Bischkek.
Der Bus- und Taxibahnhof in Bischkek, an dem Mo grad mal vor gut einer Woche Halt machte, wartete mit einer Bezahltoilette auf, die den meisten Menschen aus Mos Bekanntenkreis einen Nervenzusammenbruch beschert hätte, und Mos Freund*innen sind bei Gott

nicht zimperlich. Wenig später sollte Mo dann lernen, dass kirgisische Raststättentoiletten in Punkto Grindfaktor noch eines draufegen, und bezahlte anstandslos 5 Som, um eines der drei dreckigen Löcher im Boden, die mit kniehohen Anstandsmäuerchen getrennt waren, zu benützen.

»Employees must wash hands«, beruhigt. Ob »Stand pipe siamese« oder »Doppellöscheinspeisung« eleganter ist, sei dahingestellt. »Alive and well donation 1 $« überraschte Mo allerdings doch etwas. Immerhin war dieses Hinweisschild in einer Kirche und nicht beim Zahnarzt angebracht. Firmenschilder sind nicht minder interessant und in New York vermutlich immer ein paar Jahre voraus. Mo staunte damals über »United sleep diagnostic« neben »Imagine smile design«, rätselte über das »Signature smile design«-Schild und übersetzte es für sich damals mit »Unterschriften-Unterzeichnungs-Lächeln-« und »Lach-Markenzeichen-Hersteller*in«.

Mit 18 wollte Mo, wenn man schon unbedingt was werden musste, dann vielleicht Lach-Markenzeichen-Hersteller*in werden. Damals hatte Mo einen vagen Plan: Erstmal Matura, dann soziales Jahr, dann wird sich schon was ergeben haben. Mittlerweile hat sich allerhand ergeben, ging allerhand in die Brüche, war manches immer noch nicht ganz klar, aber vieles noch zu entdecken. Deshalb: Round-the-World-Ticket. Alleine.

Mit 18 machte Lukas den Führerschein. Als Führerscheinfrischling nützte er jede Gelegenheit, um Fahrpraxis zu sammeln. Es war zu dieser Zeit für eine Tiroler Familie Usus zum Zuckerkaufen in Großmengen nach Samnaun zu fahren. Samnaun war ein schweizerisches Zollausschussgebiet, man konnte dort auch billig tanken, Butter, Zigaretten, Parfums und diverse hochprozentige Getränke günstiger als im Tal erstehen. Die Zollfreizone Samnaun war so eine Art Duty-Free-Shop, nur nicht am Flughafen, sondern in luftiger Höhe, zu erreichen über ein schwindelerregendes, meist einspuriges Sträßchen. Nicht immer kotzte Lukas, oft schon. Diese sprichwörtlichen Grenzerfahrungen wurden allerdings getoppt von seinem ersten Mal

Samnaun am Steuer. Er transportierte alles Erlaubte: 50 Kilo Zucker, drei Kilo Butter (für die Mama, aber eigentlich natürlich für alle), Old Spice Rasierwasser (für den Papa), zwei Stangen Camel (für einen Freund). Die Flasche Asbach Uralt war da an sich nicht mehr drinnen, die schmuggelte er. Der Cognac war nicht für den persönlichen Gebrauch gedacht, sondern als Geschenk für den braven Papa, der ihm das Auto borgte, mit einem Vertrauen, das, angesichts seiner damaligen Fahrkünste, an Verantwortungslosigkeit grenzte. Die Zöllner winkten ihn ran und inspizierten den durch seine Unauffälligkeit auffälligen orange-roten Lada Samara. Lukas kotzte nicht aber schwitzte sehr. Der Himmel schickte quasi als Ausgleich starken Schneefall. Das Cognac-Versteck in einem Seitenfach im Kofferraum war gut genug, Lukas' Schneefahrbahnkompetenz eher nicht. Die Fahrt kostete Lukas viele Nerven und Stunden und da sich alle einig waren, dass seine Gesundheit das Wichtigste war, fiel die ramponierte Stoßstange gar nicht so sehr ins Gewicht. Der schuldige Hauseinfahrts-Zaunpfosten hielt stand. Der Papa erhielt eine Flasche Asbach Uralt (für besondere Anlässe und besonders schwere Sonntagsessen), der Lada Samara behielt die ramponierte Stoßstange. Auf gemeinsames Speckessen musste vorerst nicht verzichtet werden.

Vor grad mal zehn Tagen begegnete Mo auf dem Rollfeld des Flughafens Osch in Kirgistan einem grimmig blickenden Mann in Camouflage-Montur, der schwere Stiefel und ein Funkgerät trug und dafür zuständig war, aufzupassen, dass niemand Fotos machte am Airport Osch. War das ein Foto-Spionage-Abwender? Heute fragte der Schaffner beim Einstieg am Hauptbahnhof, ob er ein Foto von Mo machen sollte. Wohl weil Mo so entgeistert, aber offensichtlich auch beglückt auf das Wien-Hauptbahnhof-Schild starrte. Der höfliche Schaffner wollte wissen: »Wo kommen S' denn leicht her?«. Leicht, dachte Mo. Haha. Mo hatte 48 Stunden Reise in den Knochen und seit Istanbul nichts mehr im Magen. Vor wenigen Tagen kaufte sich Mo gemeinsam mit einer kanadischen Travellerin drei Plätze, also eine Rückbank in einem alten Toyota. Auf einen weiteren Fahrgast für vorne mussten sie nicht lange warten und los ging's Richtung Berge und Fahrtziel Naryn. Der Beifahrer war ein Einheimischer, der den Mann am Steuer ausdauernd und lautstark in einer Sprache unterhielt, von der Mo so gut wie gar nichts verstand, und am Straßenrand überraschte ein reiches Angebot an klassischen Straßenbesen aus Reisig. Heute wird sich Mo im ÖBB-Speisewagen zwei Frühstücksangebote gönnen: das Wiener-Frühstück und das Vital-Frühstück. Heute wird Mo in zwei Stunden in Salzburg sein und von den Eltern abgeholt werden. In Bischkek ging's gleich mit einer ordentlichen Buckelpiste samt unberechenbarem Gegenverkehr los und fünf Stunden Rallye samt Sonderprüfungen sollten folgen. Heute geht's flawless auf Schienen in die Mozart-Stadt. Mo ließ sich vom Schaffner unter dem Wien-Hauptbahnhof-Schild fotografieren, nahm sich vor, ihn auf einen Kaffee einzuladen, und fragte sich gleichzeitig, ob es Bahnbediensteten erlaubt wäre, Getränkeangebote von Fahrgästen anzunehmen. Dem Fahrer in Bischkek überantwortete Mo ihr Leben.

Hiermit (mit dem Schließen der Autotür) akzeptiere ich die allgemeinen Beförderungsbedingungen. In diesem Auto, für dieses Auto, gilt die Straßenverkehrsordnung nicht. Der Fahrer macht die Straßenverkehrsordnung.

Der Fahrer holte alles aus seiner fünfundzwanzig Jahre alten Kiste raus. Polizeikontrollstellen passierte er mit am Schaltknüppel eingehängtem Gurt. Ja nicht anschnallen! Wer sich anschnallt, verliert! Und ein richtiger Berg-Pass kennt keine Straße!

Jetzt sitzt Mo einem mittelalterlichen Mann gegenüber, der sich vermutlich sogar im Zug anschnallen würde, wäre es Gesetz.

Lukas räuspert sich, als ob er sich über das Gedachte empörte. Aber Lukas hat andere Sorgen. Lukas vermutet, dass Nassereith ihn gewissermaßen einkaufen möchte. Er nimmt an, dass irgendwer im Dorf mitgekriegt hat, dass er für die Österreich-Werbung Beiträge verfasst und dass sie schlicht und einfach wollen, dass er in seiner Funktion als Texter Nassereith gut dastehen lässt. Den künstlerischen Beitrag nehmen sie in Kauf. Der ist nur dazu da, ihn positiv, dem Heimatdorf gegenüber wohl gesonnen zu stimmen. Sie wissen vermutlich nicht, dass da ein ganzes Team dran arbeitet, und dass er sich gar nicht aussuchen kann, welche Orte er beschreibt. Aber Nichtwissen war schon immer ihre Stärke. Nichtwissen und Bauernschläue.

Lukas wollte Corina eigentlich höflich absagen und einfach Überbeschäftigung als Grund angeben. Aber jetzt, wo seine Eltern schon stolz darauf sind, dass er sozusagen die Geschichte des Dorfes schreiben wird, kommt er da so leicht nicht mehr raus. Das Letzte, was er will, ist, seine Eltern enttäuschen.

Vielleicht tu ich ihm unrecht, denkt Mo. Vielleicht war er auch einmal jung und hat eh einen coolen Job. Vielleicht ist er sein eigener Chef und hat halt beschlossen, heute im Speisewagen zu arbeiten. Ich sollte ein Gespräch anfangen. Ich muss wieder in das Österreichische rein finden, nimmt sich Mo vor. Mit internationaler Kommunikation ist die österreichische Redeweise ja nicht zu vergleichen.

Mo ist mit dem Kopf noch mitten in der kirgisischen Prärie, hat grad noch auf Steppengrasbüschel, auf rötliches Gestein, frei galoppierende Pferdeherden, Kühe mit bunt eingefärbten Hörnern, auf windschiefe, hölzerne Strommasten, verlassene Bahnstrecken aus dem Anno Schnee und auf Werbesprüche, die mit weißen Steinen in den Hang gelegt wurden, geblickt. Jetzt klickt der Mo Gegenübersitzende am Laptop grad was weg oder auf.

Lukas hat *Die Verwortung Österreichs* geöffnet und tippt. Lukas hat einen neuen Ort in Arbeit. Lukas hat Spaß mit Fusch.

FUSCH

Landflucht ist Fuschs Hauptproblem. Fusch stirbt langsam aus. Lange wurde gerätselt, warum Fusch schwindet. Mittlerweile glaubt man zu wissen, warum immer mehr Fuscher*innen das Dorf an der Großglocknerstraße verlassen. Wer mit einem Mann aus Fusch verbunden ist, hat einen Fuscher. Niemand will einen Fuscher haben. Da können die Fuscher*innen noch so angestellt und gesetzeskonform agieren. Sie werden immer als Fuscher bezeichnet werden. Die Gelassenheit von früher ist heute eine Bürde. Früher wurde in Fusch gerne jede Unbill mit einem gleichgültigen »pf« quittiert. Heute hat Fusch den Ruf weg. Heute ist der immerwährende Imageschaden Fuschsache. Der Volksmund sagt: Vorsicht, das sind pf-Fuscher. Die Bevölkerung ist fuchsteufelswild und kehrt ihrem Herkunftsort vermehrt den Rücken.

Grad noch begegnete Mo Eseln, die unbeeindruckt auf der Straße standen und störrisch ihr Aufenthaltsrecht reklamierten. Jetzt fragt Mo: Ist es okay, wenn ich mich zu Ihnen setze? Wenn der Mittelaltermann doch eh an einem Tisch sitzt, wo mindestens noch drei bis fünf Menschen sitzen könnten. In der kirgisischen Prärie ritten Cowboys mit Filzspitzhütchen und leuchtenden roten Backen durch die Landschaft mit Werbung aus weißem Stein. Jetzt sitzt Mo ein Trainman mit Brille gegenüber, der sicher irgendwas mit Internet macht. In Kirgistan blühte das Handwerk. Da waren Autowerkstätten noch so, wie Mo es aus den Erzählungen vom Opa kannte. Jetzt wähnen sich alle Tippenden bereits als Handwerkende, wenn es die Jobdescription verlangt. Mo ist etwas melancholisch. Mo macht sich Sorgen um die Zukunft der Welt. Ob sich Mo nach einer vergangenen Welt sehnt? Mo sehnt sich nach Welt. In Kirgistan leben mehr Schafe als Menschen und am stärksten vertreten sind Schlaglöcher. Nicht New York, aber definitiv eine andere Welt. In Kirgistan wird Brautraub noch immer toleriert. Jährlich werden dort an die 15.000 Frauen entführt und zwangsverheiratet. Das wird vor allem im Süden und Norden des Landes mit Tradition gerechtfertigt. Das Fahrtziel Naryn liegt in Zentralkirgistan und ist eine alte Garnisonsstadt an der Seidenstraße.

Mos Pilot bewies grenzenloses Vertrauen in die Stoßdämpfer und Bremsscheiben seines Vehikels.

Lukas hat in seinem ersten Führerscheinjahr nur einen Strafzettel kassiert. Da ist er etwas gar zu forsch in eine Straße eingebogen und hat – so waren sich die in der Nähe postierten Polizisten sicher – eindeutig den Vorrang verletzt. Die 500 Schilling bezahlte die Mama.

Denn immerhin waren sie ja auf dem Weg ins Spital zum Papa, der sich von seiner zweiten Hüftoperation erholte. Lukas hat in seinem ersten Jahr als Autofahrer allerdings nicht nur die Stoßstange ramponiert, sondern es auch geschafft, beim Einladen seines Schlagzeugs die Heckscheibe derart anzuknacksen, dass sie wenig später zur Gänze rausbrach. Sie wurde ersetzt durch ein transparentes Plastikplanen-Provisorium, das sich erstaunlich lang hielt, im Winter allerdings seine Nachteile hatte.

Der Railjet faucht wie ein Drachen aus dem Netflix-Serien-Universum und es riecht nach verbranntem Gummi. Der Railjetdrache hat offenbar schlechte Laune und spuckt diese aus.

Mo wurde gemeinsam mit einer gut geschüttelten Kanadierin nach fünf Stunden Schlagloch-Slalom-Up-and-Downhill-Race in Naryn nahe der chinesischen Grenze ausgespuckt, den Beifahrer mussten sie irgendwo auf der Strecke verloren haben. Es war Abend. Nichts hatte mehr offen. Es gab nichts zu essen. Es gab keine Teigtaschen mit Fleisch (Mante), keine rausgebackenen Teigwuzerln mit süßer Soße (Borsok) oder Honig (Tschak-Tschak), ja, nicht mal Hammelfett (Kurdak) war zu kriegen. (In manchen Ländern wich Mos Vegetarismus dem Pragmatismus). Nur ein Bett gab es für Mo, und zwar in einem kalten Zimmer, das immerhin für poetisch sättigende Träume sorgte: Ich wünsch mir einen Mante-Mantel / Mit Kurdak in den Taschen / Dann wär mir niemals kalt / Und hätt ich Hunger, könnt ich naschen / Ich wünsche allen alles Süße / Borsok-Borsok, Tschak-Tschak / »Ich wünsch mir einen gedeckten Tisch, das ist es, was ich mag«
»Na, dann sind Sie hier ja richtig«, ergänzt Lukas.
Die letzte Zeile des Naryn-Traums hat Mo wohl grad laut ausgesprochen. 48 Stunden Reise sind auch eine Art Rausch, 48 Stunden Reise machen was mit dir, lassen dich leicht die Kontrolle verlieren.
»Ganz richtig«, bestätigt Tunja hellhörig und steht auch schon aufnahmebereit am Tisch. Lukas und Tunja haben Augenkontakt und erkennen einander. Mo sitzt mit dem Rücken zur Speisewagenservierkraft.

»Oh, schön, Sie wieder zu sehen«, sagt Lukas.

Typisch Österreich, denkt sich Mo. Österreich ist klein. Österreich ist mir zu klein. Und: Ich will nicht heim; ich will wieder weg; holt mich hier raus!

Dann fällt Tunjas Blick auf Mo. Mo schaut kurz auf, sackt dann in sich zusammen und es zerbrechen gefühlt alle Railjet-Restaurant-Tassen gleichzeitig.

Ein Bruch. Ein Schlag. Ein Cut.

»Mo?! Du da?!«, ruft Tunja aus. »Wie das?! Bist du nicht weiß-Gott-wo?«

Da wär Mo jetzt gern.

Lukas nimmt die Stimmung im Raum wahr und verhilft dadurch der Ortschaft Virgen zum Auftritt in seinem Lexikonprojekt.

VIRGEN

1) »Virgen« ist ein leichtes Würgen, ein Recken. Das Verb wird nur mehr selten verwendet, benennt aber präzise das, was vor dem Würgen und vor dem »Wörgeln« kommt. Wörgeln ist ein heftiges Würgen. Beim Würgen geht eine Welle durch den Körper; beim Wörgeln ein Material-Tsunami; beim Virgen entweicht der Speiseröhre vorwiegend Luft, der Magen unter Druck lässt Dampf ab, er virgt. (→ Weitere Bedeutungen auf Seite 236.)

»Mo, hallo?!«, spricht Tunja etwas zu laut.

Mo blickt wie versteinert. Mo möchte im Boden versinken. Versinkt aber nur in Erinnerungen an das Leben mit Tunja, an das Jobben mit Tunja, an das Unterwegssein mit Tunja.

Tunja fuhr, Mo war Co-Pilotin. Ihren Renault Clio nannten sie Clit. Sie fuhren von Salzburg Richtung Lofer, machten eine Ehrenrunde im Walser Kreisverkehr. Da stand nämlich ein Walser Birnbaum in einer Art Calimero-Schale. Sie fuhren vorbei an vielen Betrieben, an Zäunen hingen Werbebanner mit Anzugmännern, die Festnetz-Tastentelefonhörer ans Ohr hielten und sich als Versicherungs- und Immobilienmakler präsentierten. Sie passierten einen Trödelverkauf, eine Forellenräucherei, ein Landratsamt, ein Bergwachtsheim. Im Grün weideten Alpakas. Alpakas waren fortan ihr Totemtier. Sie überquerten Gewässer, die Unkenbach, Saalach und Schwarzbach hießen. Sie kurvten sich voran. Schilder amüsierten sie. Es ging nach Schneuzelreuth, zum Kniefpass, zum Röhrenwirt. Clit schnurrte. Hangsicherungsgitter bewahrten sie vor Steinschlag, nicht aber vor Steinmauern. Es wurde hier gern in Stein gemauert. Es wurden hier auch gerne Steine in Käfigen gehalten. Auch Hangsicherungsgitter hatte man gern hier. Fensterumrandungen waren ebenso ein Muss. Es gab aber auch nackte, neue Häuser. Die waren dann schnittig modern in Reihe mit Tiefgarage und Grasbalkon-Deko oder sonst irgendwie trendig kunst-am-bauig. Es reichenhallte. Da ein Waffeneck, dort das Café Bobo's, Skiständer da und dort. Die Fleischhauerei hieß Rass und der Familientagespass kostete ausgerechnet 88 Euro. Rundherum – klar – Berge: die Reither und die Lofer Steinberge mit dem Reifhorn (2504 m) in der Mitte. Das gab sich matterhornig, schneebedeckt und exponiert. Das Ortszentrum hatte noch Läden und Leben und war nicht von einem Vorstadt-Fressnapf-Drive-In-Baumax-Gebäudekomplex bestimmt. Mo nahm immer gierig alles auf, Tunja war eher der Anker. Tunja war die Gelassene, Mo war getrieben.

Tunjas und Mos gemeinsames Ziel war eine Firma, die feinste Confiserie produzierte. Mos Eltern hatten vermittelt. Das Vorhaben von Tunja und Mo war, schnelles Geld zu verdienen; ihre Aufgabe, Osterhasen herzustellen. Für Mo ging es beim Jobben immer darum, Geld fürs Reisen aufzustellen. Tunja investierte eher in ihr Nest.

Sie gingen ihren Job in schokobraunen Mänteln und in weitgehender Unkenntnis des Prozesses an. Sie lernten aber schnell. Schokolade floss und härtete schnell. Sie arbeiteten langsam. Sie waren keine Schminkroboter. Sie bepinselten händisch Qualitätsschokolade mit weißer, brauner, grüner Farbe. Die Formen waren negativ und spiegelverkehrt zusammenzuklappen. Das erforderte schon Umdenken genug. Sie betupften Hasen; sie streiften Hasen; sie verpfuschten Hasen; sie malten mal Hasen mit fetten Blumen; sie malten mal Hasen mit schlappen Ohren; sie malten mal Hasen mit Pfiff. Sie waren jung (gefühlt) und unbekümmert (vorübergehend) und bald wieder weg. Sie wurden gemocht. Sie machten gern, was sie zu machen hatten. Sie verliebten sich in das Temperierrohr (eine nie versiegende Schokoladenquelle, ein Schokobrunnen im Loop). Sie verliebten sich generell in Wörter: Schokoladenfladen, Knuspernougatmänner, Knallbrausehasen. Sie hatten ein Faible für die Rüttelplatte, die die Hasen hoppeln und die Form auskleiden ließ. Die Schokoschleuder erinnerte sie an Prater-Attraktionen: *Jetzt geht's up and down und hoch und her und rauf und runter und munter weiter bis zum Magenbruch!* Nur bescherte die Schokoschleuder den Hasen ihre generelle Hohlheit, wohingegen Prater-Attraktionen maximal für Magenfreiheit sorgten. Sie gaben den Hasen Zeit zum Hartwerden, und verbissen sich einstweilen in Konfekt und alkoholischen Eiern. Sie schauten angehenden Pralinenmeister*innen beim Mandelsplitterstreuen und Verpacker*innen beim Zellophaneinschlagen zu. Sie drangen in den Bürotrakt ein, Anschauungsobjekte unter Glasstürzen, Bürokräfte vor Bildschirmen, im Eck das Besprechungszimmer mit rundem Tisch und freier Sicht auf die Bergmassive. Sie waren überwältigt, obersgetrüffelt und voll edel satt. Hätte man sie jetzt conchiert, sie wären feinste Masse, Walzengut bester Qualität geworden. Alles war zartbitter-süß. Tunja und Mo waren zart-bitter-süß und alpaka-kuschelflauschig-weich.

Sie wurden bezahlt, sie schüttelten Chefität*innen-Hände wie vorher Hasenformen. Sie fühlten sich bestens behandelt und ließen sich im Verkaufsraum verführen. Sie kauften Geschenke für mehr Freund*innen, als sie hatten. Aber sie wussten: Investitionen in Schokolade sind gut angelegtes Geld, denn ein Schokoladevorrat ist ein Glücksvorrat.

Mo taucht langsam wieder aus der Erinnerung auf. Tunjas Gesichtsfarbe rötet sich merklich. Für Tunja war Mo Gegenwartsglück. Mo war Glück am Stück. Mo war Glück im Ganzen. Tunja zehrte lange vom gemeinsam angelegten Glückskontostand. Mit gelegentlichen Fake-Mos, also Ersatzfrauen und -männern für Mo, versuchte sie im

Plus zu bleiben. In Wahrheit aber lebte sie längst auf Glückspump.

Lukas sagt: »Ach, ihr kennt euch auch? Ist ja lustig«, und meint es so.

»Sehr lustig«, sagt Tunja: »Und wie wir uns kennen.«

»Wie kennen wir uns, kennen wir uns noch?«, fragt Mo und meint es zumindest ein bisschen lustig. Was Tunja ganz und gar nicht so versteht.

»Kennen wir uns noch, geht's noch? Ich glaub, ich spinn. Nein, du spinnst! Und ich spring dir monatelang hinterher. Sprang dir hinterher. Mach ich jetzt nicht mehr. Sicher nicht. Ich bin ja nicht von allen guten Geistern verlassen. Nur von dir, Mo. Und guter Geist bist du offenbar keiner. Eher ein Arsch mit Ohren. Nein, ein Arsch mit Traveller-Rucksack und dem Grinsen von Fernreiserückkehrenden. Kehr lieber mal vor deinem Hirnstüberl-Hintertürl, bevor du in die weite Welt flüchtest. Das hilft dir auch nichts. Das hilft dir nicht beim Klarwerden, wer du bist und sein willst. Auf Reisen hast du dich selbst mehr mit, als du dich zu Hause je aushalten musst. Reisen sind Verstärker der Suche. Reisen heißt nicht, dass du findest, wonach du suchst. Außer du suchst nur das Weite. Nein, dann auch nicht. Denn das Nahe, den inneren Zwiespalt, hast du dann ja erst recht immer mit dabei und viel mehr Zeit als daheim, diesen Zwiespalt zu fühlen.«

Füllen wär aber auch möglich, denkt sich Lukas, hütet sich aber, es auszusprechen.

Mo ist perplex und sprachlos.

Lukas ist begeistert, ist sich aber auch bewusst, dass ein Einschreiten schwierig sein dürfte. Er beschließt, das Mail an Corina noch etwas zu verschieben, zwar weiterzuarbeiten, aber gleichzeitig dem Konflikt beizuwohnen.

Mo zieht bloß die Augenbrauen hoch und legt die Stirn in Falten. Mo drückt sich auch ein bisschen fester in den Sitzpolster der Bank, zu entgegnen weiß Mo noch nichts. Viele Argumente hatte Mo sich zurechtgelegt, seitenweise hatte Mo sich im Reisetagebuch mit ihren Beziehungen, also Nicht-mehr-Beziehungen auseinandergesetzt. Alles schien Mo klar und für alle besser. Mo war mit sich im Reinen, was die Beziehungssache mit Tunja anbelangte. Mo meinte, Tunja ging es ebenso. Mo irrte sich. Gewaltig! Tunja noch immer am Wort.

»Jetzt sag doch auch mal was. Oder hast du unterwegs die Sprache verloren? Sprache und Anstand gleich mit. Das ist doch keine Art. Hier aufschlagen, *Ich wünsch mir einen gedeckten Tisch, das ist es, was ich mag* zu trällern wie, wie, wie, wie was weiß ich wie, wie eine Nachtigall auf Ausgang und dann zu verstummen wie ein Fisch. Für dich spiel ich jetzt sicher nicht Tischlein-deck-dich-Esel-streck-dich. Knüppel-aus-dem-Sack kannst du haben. Mach den Mund auf, oder schau, dass du Meter gewinnst und Meter reichen vermutlich nicht. Brauch deine gesammelten Flugmeilen auf und schau, dass du Luft gewinnst. Denn ich find dich! Haha, wir finden uns immer wieder. Es wär zum Lachen, wär's nicht zum Weinen. Oder wie sagt man? Egal. Es ist jedenfalls ein Witz, ein schlechter. Es ist ein Lachweinwitz, du bist ein Lachweinwitz, ein Lachweinwitzgummi, eine schlechte Lachweinwitznummer. Verzieh dich aus meinem Speisewagen oder ich hol den Schnitzelklopfer, den es hier zwar gar nicht gibt. Aber glaub mir, Mo, ich find was, was weh tut. Obwohl du dich da zugegeben besser auskennst.«

Tunja tut das grad gut. Tunja ist in Fahrt und der Zug grad mal irgendwo in Niederösterreich. Bis Salzburg ist es noch lange. Die Speisewagen-Gäste schauen amüsiert bis beklommen. Kalt lässt Tunjas Brandrede niemanden. Selbst Mo hat rote Backen bekommen, ist aber auch in Schockstarre verfallen. Die Szenerie friert ein. Railjet-Speisewagen-Stillleben-Standbild irgendwo in Niederösterreich. Mo wünscht sich weit, weit weg: Bischkek, New York, San José.

Lukas ist mit einem Ohr voll dabei, aber an sich tief in Salzburg, im Dorf Dienten beziehungsweise auf der Homepage desselben und holt sich, was er braucht. Lukas im Dienten-Text, Tunja noch immer am Wort.

»Na, was ist jetzt, mi-mi-mi Mo, mau-mau oder was?«

»Peace?«, piepst Mo.

DIENTEN

1) »Dienten« (das »ie« ist kein langes »i«, beide Vokale sind auszusprechen) ist eine im Salzburgerischen übliche Ortsangabe. Dienten ist nicht ganz hinten und nicht ganz drüben (»enten«). Dienten ist genau dazwischen. Dienten wird verwendet, wenn man sich nicht sicher ist, wo genau sich etwas befindet, aber es eingrenzen kann. Zum Beispiel: Der Heustadel im Wald vom Hofschlager vor dem Feld vom Bamsberger dienten.

2) »Dienten« ist ein nicht mehr gebräuchliches Verb, das verwendet wurde, um serviles Dienstleisten auszudrücken. Mägde und Knechte, die ihrem Bauern wie Gänse hinterher watscheln, dienten ihrem Bauern. Wer einmal diente, kniete wenig später und kam nie mehr wieder hoch.

3) »Dorf Dienten« ist ein Ort im Pinzgau, der für seinen Sagenreichtum bekannt ist. Die Sagen entstanden vorwiegend in einem Kessel, in der Küche vom Beisteinwirtshaus, das sich auf der übergossenen Alm am Hochkönig befindet. Sie wurden von einem Geist diktiert, der für kurze Zeit sogar von der Gemeinde angestellt und wie ein Gemeindesekretär entlohnt wurde. Über die Dorfgrenzen hinaus bekannt ist Dorf Dienten allerdings für seine Schnalzergruppe. Im Wappen von Dorf Dienten schnalzt ein Dententatzler (bekannt aus der Sage »Der Tatzler vom Hochkönig und Bratschenkopf dienten«) mit dem typografischen, männlichen Gendersymbol, was die Fortschrittlichkeit des Tourismusortes zum Ausdruck bringen soll.

»Peace?«, wiederholt Mo.

»Peace finde ich einen guten Vorschlag«, sagt Lukas entschlossen. Tunja schaut nicht minder entschlossen, hat die Hände in den Hüften, scheint über die Gesprächsinitiative des Kunden etwas überrascht, aber durchaus geneigt, mal zu hören, was da kommt. Mo ist froh, dass Tunjas Anschuldigungsschwall unterbrochen wird, sucht kurz Blickkontakt mit Tunja. Tunja schüttelt das Gesuch ab, wirft den Kopf zur Seite, die Halsmuskulatur plustert sich auf. Da ist sichtlich wer geladen, bloß nicht anstupsen. So hat Mo Tunja nicht kennengelernt. Tunja hat sich verändert. Tunja ist härter geworden. Tunja ist auch älter geworden. Mo ist vor allem reifer geworden.

Lukas hat hier nichts zu sagen, aber auch nichts zu verlieren. Lukas spielt im Gedanken, wagt, setzt alles auf Peace und legt los.

Peace ist gut und der richtige Anfang. Ich kann nicht sagen, dass ich mich nicht einmischen möchte, ich mische mich ein, denn die Situation braucht offenbar einen Einmischer, aber nennen wir ihn anders, nennen wir ihn Mediator. Ich will nicht mansplainen, ich will nichts raten, ich will nur, dass wir alle körperlich unversehrt an unser jeweiliges Ziel kommen. Das ist mir wichtig. Das mag auch egoistisch sein, ja, zugegeben. Ich habe heute noch einen wichtigen Termin in Innsbruck, den ich nicht versäumen möchte. Ich weiß aber auch, dass es hier nicht um mich gehen kann, es sei denn, Ablenkung ist gewünscht. Ja, ich bin gern ein Ablenkungsmanöver, um die verfahrene Situation auf dem Pannenstreifen zur Beruhigung zu bringen. Euer gemeinsames Gefährt, wenn ich mir diese Metapher erlauben darf und wenn ich mir auch erlauben darf, in die zweite Person Plural zu wechseln, obwohl ich Sie nicht kenne, aber die dritte Person erscheint mir zu distanziert für die gegebene Angelegenheit. Euer gemeinsames Gefährt läuft mehr als unrund, ist vor einiger Zeit zum Stillstand gekommen, ausgelaufen. Was die Gründe dafür sind, kann ich nicht wissen. Mir scheint aber, dass es diesbezüglich keine einheitliche Meinung gibt. Es gibt Schuldvorwürfe und offene Wunden. Den Grad der psychischen Versehrtheit kann ich auch nicht wissen, nur erahnen und er geht mich auch nichts an. Aber ich bin von Berufswegen neugierig und ich erwähne den Beruf an dieser Stelle bewusst, denn der Konflikt, den ihr offenbar habt, lässt sich in dieser Konstellation auf keinen Fall lösen. Du, Tunja, ich glaub wir waren schon per du. Du arbeitest hier und Sie, ich konnte Sie noch nicht näher kennenlernen, sind Gast. Ihr befindet euch aktuell also nicht auf gleicher Ebene und könnt den offensichtlichen, privaten Konflikt so auf keinen Fall lösen oder auch nur adäquat besprechen, also eine Konfliktlösung angehen, also reden. Ihr könnt hier auf keinen Fall auf Augenhöhe reden. Deshalb finde ich das Friedensangebot gut. Vorläufig gut. Einen ersten wichtigen Schritt.

All das denkt sich Lukas bloß, aussprechen tut er lediglich: »Peace ist gut und der richtige Anfang.«

»Der Anfang von was?«, fragt Tunja in wenig friedlicher Stimmung. Der Anfang vom Ende ist schon längst vorbei. Der Anfang von einem Neuanfang? Also der Anfang eines Anfangs? Das ist doch gar nichts. Wir sind doch keine Anfänger*innen, wir sind Pros. Der Anfang einer Freundschaft? Sicher nicht. Der Anfang eines Fights? Der Anfang der ersten Runde eines auf zwei Stunden – bis Salzburg – angesetzten Kampfes im Railjet-Restaurant-Ring?, fragt Tunja nicht.

»Der Anfang von was?«, fragt Tunja erneut.

Anfang ist ein Dorf am Ende der Welt, in dem ich noch nicht war, sagt sich Mo. Ich will zurück an den Anfang von allem. Ich will mich neu anfangen. Ich hatte mich mit meiner Reise schon ganz gut gefangen. Ich muss mich wieder neu anfangen.

»Der Anfang von was, frag ich?«, wiederholt Tunja.

»Der Anfang von was zu Bestimmendem«, wirft Lukas ein.

Tunja wirft den Kopf in den Nacken, schüttelt die Schultern und wer weiß was alles von sich ab, zückt den Notizblock, schlüpft zurück in die Rolle der Bord-Restaurant-Bediensteten und fragt Mo und Lukas: »Sie wünschen?«

Tunja ist wirklich Vollprofi.

Tunja verlässt Wien mehrmals die Woche. Tunja war nicht immer in Wien. Tunja ist ein Tourismus-Kind. Tunja ist die Frucht eines Seitensprungs: Vater Wirt im Salzkammergut, Mutter Köchin aus Kroatien auf Saison. Kind und Köchin durften immerhin bleiben. Tunja kellnert, seit sie gehen kann, konnte aber irgendwann den Gasthof Seeblick und ihre Halbgeschwister, die so viel mehr wert waren, nicht mehr sehen. Tunja ging also ihrerseits auf Saison, ging zahllose Liaisons ein, halb zu Grunde, dann auf Reha, dann nach Wien, um da und dort dies und das und eigentlich eh alles zu machen. Neuerdings geht sie es ruhiger an. Aber klar, Tunja ist Vollprofi.

Gast: »Ein Schnitzel, Schwester!«
Tunja: »Schnitzelschwester?!«

»Ja, ein Hühnerschnitzelsemmerl bitte, Schwester.«

»Brudi, wir sind nicht verhabert, nicht verbrüdert-und-schwestert, nicht verwandt. Ich bin Frau Tunja und ab einem anständigen Trinkgeld von mir aus die Tunja. Aber wir sind nicht Familie. Wir sind in einer Geschäftsbeziehung. Sie sind respektvoll, ich bin respektvoll. Alle sind zufrieden. Okay, wertgeschätzter Kunde?«

»Okay, Schwester.«

»Arrgh!«

»Sorry, Frau Tunja. War nur Spaß!«

»Spaß kostet extra.«

Mit Mo war Tunja für jeden Spaß zu haben. Aber irgendwann hört sich der Spaß auf. Tunja ist an diesem Punkt angelangt, Lukas nicht. Der hat sich grad in Tamsweg verliebt. Tunja ist sauer. Tunja ist extra-sauer. Tunja ist auch Profi im Extra-sauer-Sein. Lukas wird langsam zum Profi in seiner *Österreich-Verwortung*. Mo und Tunja sind gute Stofflieferant*innen und inspirieren Lukas.

TAMSWEG

1) Mit »Tamsweg« wird der plötzliche Zustand des Nicht-mehr-Vorhandenseins des »Tams« bezeichnet. »Tams« ist der kleine Bruder von »Bahö«, der große heißt »Tamtam«.

2) Der »Tamsweg« ist ein Leidensweg. Der Tamsweg ist der Kreuzweg der Stammtischritter, das heißt ihr frühzeitig angetretener Rückzug (Heimweg) aufgrund plötzlicher (meist familiärer) Abkommandierung.

3) »Tamsweg« ist eine Marktgemeinde im Lungau. Hübsch ist die Anreise per Murtalschmalspurbahn (von Unzmarkt über Murau nach Tamsweg). Der Tourismus in Tamsweg ist mehr Tamtam als Tams.

In Erinnerung versinken kann auch Tunja. Es sind feine Erinnerungsspitzen, die da hochkommen und sich bemerkbar machen. Erinnerungen an die Pandemie: An den Job, den sie annahm, weil das Gastgewerbe lahmgelegt wurde. An das Daten in Pandemiezeiten, sobald es wieder möglich war. An Ersatz für Mo in diesen schwierigen Tagen. An Geschenke von Mo beziehungsweise Erinnerungen daran, was für ein Geschenk Mo für sie war. Tunja geht ganz in sich, es geht viel dabei zu Bruch.

Cut / Bruch / Klirr!

»Fuckshit!«, immer fallen Tunja die Lieblingstassen aus der Hand. Nie geht beispielsweise ein DB-Häferl zu Bruch, immer die aus Gründen liebgewonnenen Kurzzeitlieblingstassen.

Hat Mo für sie besorgt, die Katzentasse mit Pfotenabdrücken im Tasseninneren. Mo verbarg alles hinter dem weit gefassten Konzept der Fürsorge.

Mo hat ihr gutgetan. Mo wollte nicht sehr viel von Tunja. Leider. Ein paar schöne Monate in schlechten Zeiten. Ein paar mehr wären ihr sehr recht gewesen.

Wenn der Insta-Post nicht fake ist, trampt Mo gerade durch Costa Rica. Costa Rica!

Mo in der Karibik und sie hat sich seit Monaten nicht mal erlaubt, an Kurzurlaub in Kärnten zu denken.

Wo verdammt ist jetzt wieder die fucking Kehrschaufel?

Search the fucking Kehrschaufel wäre ein guter Titel für ein Handygame. Oder besser *Search the fucking Kehrblech*? Und wie lange es wohl noch dauern wird, bis Seniorenresidenzbewohner*innen Pflegeroboter Careblech nennen werden?

Das kann ja heiter werden heute: Tassenbruch und Fragenbefall schon vor dem ersten Schluck Kaffee.

Dass die auch immer so fein splittern müssen. Hat sie dann sicher irgendwann in den nächsten Tagen noch Erinnerungsspitzen an Mo in ihren Socken stecken. Sind übrigens auch noch zwei Paar hier. Eins mit Schildkrötenmuster: Landschildkröten oder Meeresschildkröten? Eher Meeresschildkröten, die sind nicht ganz so arg gepanzert. Wobei, gepanzert ist Mo, und wie! Und das zweite Paar sind My-Ugly-Clementine-Fan-Socken in Grell-Gelb-Orange. Dass Mo nicht damit besockt in die weite Welt zog, ist eigentlich verwunderlich. Mal anziehen? Mal Kaffee jetzt. Kaffee im DB-Häferl.

Klonck / Krach / Bruch!

Verfickt noch mal, echt jetzt!? Auch du, DB-Fuck-Häferl?

Haha! Glatter Bruch in zwei Teile. Himmel, wie symbolisch!

Nicht mal der Henkel ist abgebrochen. Solide Sache. Was ist das: höhere Verarsche? Wunscherfüllung? Eine Belehrung einer Instanz, die sie nicht anerkennt? Metaphysische Konzepte, my Ass! Alles nur Schwerkraft.

DB-Häferl musst du ja direkt mitnehmen, da zahlst du ja vor allem das Häferl, denn der Kaffee ist keinen Cent wert. Quasi Tara für Brutto oder so. So wie ein Flirt, auf den du dich einlässt, weil die Schale stimmt. Kannst du mal machen. Brauchst du dich nicht schlecht fühlen. Machen viele.

Schon klar, was viele machen, ist auch nicht immer das Wahre, aber das Wahre zu finden, ist ja das Lifegoal schlechthin.

Grübeltag! Auch das noch. Existenzialistische Gedanken in prekären Zeiten wie diesen kann ich mir wirklich nicht leisten.

Kann sie schon noch, will sie aber nicht. Noch ist die Miete bezahlt. Noch setzt wer auf sie. Noch setzt sie wer ein. Ihren wirklichen Beruf gibt es ja bis auf weiteres nicht. Das wird sich schon wieder ändern, aber ob sie nicht doch rechtzeitig, also jetzt, umsatteln sollte? Vielleicht künftig doch auf vielseitig einsetzbare Careschaufel machen?

Aktuell schaut sie Menschen beim Gurgeln zu. Acht Stunden am Tag. Das sind circa 1000 Gurgelnde in ihrer bevorzugten Gurgelumgebung. Offiziell klingt das natürlich anders. Sie ist IT-Consultant.

Du unterstützt unsere Lizenzpartner bei der Projektabwicklung. Als techn. ProjektmanagerIn koordinierst du die IT-Projekte von der Idee bis zum Go-Live für unsere int. Lizenznehmer in unterschiedlichen Ländern. Unterstützt wirst du dabei vom Sales Project Team.

Anfangs waren regelmäßig ein paar Lustige dabei. Mittlerweile spucken nur mehr wenige versehentlich auf die Tastatur oder den Bildschirm.

Du erstellst Lastenhefte, machst Documentation, Testing und Troubleshooting.

Generell sind die Smartphonegurgler*innen souveräner. Die setzten sich auch so ins Bild, dass sie vorteilhafter rüberkommen. Gar nicht so leicht sich beim Gurgeln vorteilhaft und von oben zu filmen.

Ebenso liegen die Themen DSGVO und Datensicherheit in deinem Bereich. Auch für MySQL Abfragen bist du zuständig.

Manche gurgeln sogar Melodien: »Veronika, der Lenz ist da«, »Take my breath away«, »I will always love you«. Ja, eher alte Sachen.

Natürlich sprichst du verhandlungsfähiges Deutsch, auch ein bisserl Englisch schadet nicht.

Auf den ersten Death-Metal-Growler wartet sie bisher vergeblich. Nicht dass sie Death-Metal hörte, aber manchmal fühlt sie ihn. Mo war eher die Eurodance- und ESC-Type. Ob ironisch oder nicht, war Tunja nie ganz klar.

Sie schiebt die zwei DB-Häferl-Teile in den Spalt zwischen Gasherd und Kühlschrank. Sollen sie erst ein paar Wollmäuse anziehen, bevor sie in den Müll kommen. Müll. Auch so ein Zustand, den sie immer mehr fühlt. Momentan fühlt sie sich noch zweckentfremdet verwertet. Noch ist das besser als nichts. Aber auf lange Sicht ist dieser Gurgel-Job nichts. Sie wollen dich nicht wirklich beschäftigen, bloß bei Laune halten. Aber wie soll da groß Laune aufkommen? Du hörst beständig ein Gr-gr-gr-Gurgel-Gegrummel. Das ist es dann auch, was du fühlst: Gr-gr-grummeligkeit. Obwohl du es natürlich gar nicht hörst. Du kontrollierst die Probenummer am Proberöhrchen, mehr nicht.

Für die Mitarbeit im Team gibt es eine marktkonforme Bezahlung beginnend ab EUR 4.000.– brutto p. m. auf Basis einer Vollzeitanstellung. Deine tatsächliche Bezahlung hängt natürlich von deiner Vorerfahrung und Qualifikation ab.

Plötzlich wären ihre Qualifikationen nicht ausreichend. Plötzlich wäre jahrelange Erfahrung im Gastgewerbe keine solide Basis fürs Gurgelgeschäft. Dann halt technische Projektmanagerin mit Schwerpunkt Testing und Troubleshooting und wenn's hoch kommt 1.200 netto, weil der Staat ja seine Steuern, sozusagen sein Tara braucht. Gurgeltestauswertung hat keine Zukunft, Gurgeltestauswertung soll auch keine haben. Tunja aber muss eine haben.

Ging auf einer der letzten Geschäftsreisen in ihren Besitz über, das

DB-Häferl. Wie das immer gleich wichtig klingt: Geschäftsreise! Souvenir aus dem ICE Dortmund-Wien. Waren DB-Züge immer schon namenlos? ÖBB-Züge hatten früher wenigstens Namen: »Markus Sittikus«, »Thermenlandschaft Soundso«, »Unser Heer« fährt ein. Jetzt ist alles nur mehr railjetsteril. Tunjas Küche ist alles andere als railjetsteril. Ihre Küche ist mehr Retro-Tschocherl-Style mit Fundstücken, Mitbringseln und Überbleibseln von der Vormieterin.

Mo hat, um hinterher nicht abspülen zu müssen, kalten Kaffee auch mal direkt aus der Espressokanne getrunken. Mo hat Linsensuppe schon in Schalen, Tassen, Häferln serviert, da waren für die High-End-Gastronomie noch die Oversize-Teller das Maß aller Dinge. Und weil in der Schale, der Tasse, dem Häferl vorher schon was drinnen war, hatte Mos Linsensuppe immer eine spezielle Note: Ingwer-, Blasen-, Fencheltee, Gin Tonic, Averna, Mangolassi.

Was wohl in Costa Rica so getrunken wird? Sicher irgendwas mit Früchten, die hierzulande kaum bekannt sind.

Curuba, Pomelo, Cherimoya, Rambutan, Pitahaya, Tamarillo – kannst du nur wissen, wenn du dort warst oder gegoogelt hast. Früher machte sie Googletests für persönliche Zwecke, jetzt macht sie Gurgeltests beruflich. Was für eine Entwicklung!

Sie schnappt sich das eh schon arg angeschlagene Häferl ihrer Vormieterin mit der Aufschrift »Cup der guten Hoffnung« und lässt die gute Hoffnung fallen.

Krrrach!

»Was is'n hier los?«, fragt Mo. Tunja nennt all ihre Love-Interests seit Mo »Mo«, auch Ivo.

»Oh«, sagt sie: »Hab grad an dich gedacht.«

»Ich hab grad an dich gedacht und deshalb Krach gemacht, oder was? Klingt nach einem AnnenMayKantereit-Song.«

»Schenk ich dir.«

»Danke. Ein Geschenk schon am Morgen.«

»Kaffee gibt's auch.«

»Toll.«

»Tassen keine mehr.«

»Egal.«

»Scherben viele.«

»Lieferst du mir jetzt gleich den ganzen Songtext oder was?«

»Schreib mit und werd' reich.«

»Erstmal Kaffee.«

»Erstmal Kaffee.«

»Gut geschlafen?«

»Nach einem guten Orgasmus schlaf ich immer gut.«

»Gern geschehen.«

»Mir auch.«

Mo trägt ein ausgeleiertes Nirvana-T-Shirt mit dem Bleach-Sujet. Woher die jetzt plötzlich wieder auftauchen? Schon klar, dass alle nur mehr second hand shoppen. Aber sind die T-Shirts jetzt seit den 1990er Jahren mal dort mal dahin verschifft worden, um jetzt wieder in österreichischen Humana-Läden zu landen? Sind das einst ausgemusterte, dann weitgereiste und dadurch veredelte Shirts, die jetzt eben ihren Preis haben? Ist deren ökologischer Fußabdruck womöglich gar nicht so klein? Oder ist dieser Mo-Ersatz etwa alt genug, um Originalträger zu sein?

Untenrum ist Mo noch frei.

Sein Penis baumelt in der Breite des »each« von »Bleach«.

Ja, Tunja nennt wirklich all ihre G'schichteln seit Mo »Mo«, auch Ivo. Sie datet nur mehr Mos. Für sie ist das ganz normal.

»Was steht an heute?«, will Ivo wissen.

»Aufräumen!«

»Sehr sexy. Küche, Bad, Schlafzimmer?«

»Vergangenheit.«

»Oh. Brauchst du Hilfe?«

»Hm, ein Zeuge kann nicht schaden. Bereit?«

»Vielleicht nicht doch erstmal Kaffee?«

»Wut duldet keine Kaffeepause!«

»Du sprichst in Song-Lyrics und T-Shirt-Sprüchen. Darf ich bei dir einziehen?«

»Gr-gr-gr-gr.«

»War ein Scherz. Wo drückt das Herz?«

»Gr-gr-gr-gr.«

»Sorry, war ein schlechter Scherz. Was soll ich bezeugen?«

»Meine Abrechnung mit dem Küchenkastl.«

»Okay?«

»Küchenkastl, nimm das!«

»Ich habe …«, sie nimmt eine weiße Cappuccino-Tasse aus Barista- und Cappuccinotrinkzeiten aus dem Schrank und: Krrrach!

Sie neigt zu impulsiven Aktionen.

»Ich habe nicht mehr …«, sie nimmt eine Diddlmaus-Teetasse in die Hand, hat ihr doch echt mal ihre ehemals beste Freundin geschenkt und: Klirr!

Sie neigt zu impulsiven Aktionen und Übersprungshandlungen.

»Ich habe nicht mehr alle Tassen im …«, sie nimmt die klobige, gelbe Raiffeisen-Bank-Schale und überlegt kurz, ob das die Fliesen aushalten, entscheidet sich dagegen und pfeffert das Unding in die Abwasch. Irgendwas geht zu Bruch, nicht das Raiffeisen-Weltspartag-Geschenk aus dem Jahre 1999. Sie nickt Ivo zu. Der übernimmt und hat sichtlich Freude daran, das Symbol der österreichischen Land- und Bauwirtschaft, ja des Wirtschaftens überhaupt mit Hilfe eines Schnitzelklopfers (dem Symbol österreichischer Kochkunst) zu zerschmettern.

Klonk-Krrach-Klirr!

»So beginnen Revolutionen!«

Sie vollendet ihren Abrechnungssatz: »Ich habe nicht mehr alle Tassen im Schrank!«

Sie hat viele Scherben am Boden.

Ivo schnappt sich zwei Shot-Stamperl und gießt Kaffee ein.

»Ex oder nie mehr Sex«, sagt Ivo.

»Ex«, sagt Tunja und fügt im Gedanken hinzu: Und leider nie mehr Sex mit Ex Mo.

Nach den Lockdowns heuerte Tunja beim Bahn-Caterer an. Von Gurgeltestkontrolle hatte sie die Nase voll. Sie wollte es wieder mit Menschen zu tun haben, nicht bloß mit deren Spucke.

Tunja wünschte sich künftig eine gastronomisch ruhige Kugel in ÖBB-Zügen schieben zu können.

Mo wünscht sich, jetzt einfach aufstehen und Tunja um den Hals fallen zu können. Mo wünscht sich die Superkraft, das, was man schon mal gedacht und für sich ausformuliert hat, im richtigen Moment dann auch anwenden und aussprechen zu können. Mo wünscht sich nie mehr wieder jemanden zu verletzen. Mo wünscht sich, zu spüren, wenn sich jemand verletzt fühlt. Mo wünscht sich aber weiterhin auch persönliche Unbekümmertheit. Mo wünscht sich, sich persönlich endlich auszukennen. Mo wünscht sich, dass die Eltern mit Mos Entscheidung irgendwann klarkommen. Mo wünscht sich vom Nachbarn der Eltern selbst gebrannten Birnenschnaps. Mo wünscht sich Goldzähne und keine Pronomen. Mo wünscht sich keine proaktive Empathie. Mo wünscht sich, einfach nur Mo sein zu dürfen. Mo wünscht sich, dafür nicht enterbt zu werden. Mo wünscht sich, dass es was zu erben geben wird. Mo wünscht sich, von allen als Mo angesprochen zu werden. Mo wünscht sich weiterhin Abenteuerlust und Experimentierfreude. Mo wünscht sich die oben gewünschte Superkraft im bevorstehenden Gespräch mit den Eltern. Mo wünscht sich, dass es einen Mohn-Zwetschken-Fleck geben wird zum Kaffee und Kuchen nach dem Mittagessen, zu dem es Griesnockerlsuppe, Vogerlsalat mit Erdäpfeln und Sellerieschnitzel geben soll. Mo wünscht sich, dass die Eltern nicht alle Reise-Postings gelesen haben. Mo wünscht sich, dass das Outing von der Mutter nicht mit »Ich bete für dich« quittiert wird. Mo wünscht sich, dass das Outing vom Vater nicht mit »Ich hab es immer schon gewusst« kommentiert wird, denn Mo hat es nicht immer schon gewusst. Mo wünscht sich, bald wieder abzuheben und mit jemandem schweben zu können. Mo wünscht sich, die Weltreise bald fortsetzen zu können. Mo wünscht sich, bald irgendwo möglichst in der Nähe von sich anzukommen.

Mo wünscht sich: »Ein Wiener- und ein Vital-Frühstück mit Extra-Marillenmarmelade und Melange und statt Schinken doppelt Käse, bitte.«

»Extra Käse und extra Marillenmarmelade«, wiederholt Tunja und denkt sich: Süß. Und nach wie vor vegetarisch. Schön. Nach wie vor schön. Eigentlich.

Tunja wünscht sich, sie wäre vorher nicht so ausgezuckt. Sie wünscht sich, dass diese Fahrt ein gutes Ende nimmt.

Warum denn nicht?

Lukas wünscht sich, dass Tunja nicht in Mos Melange spuckt und keine Giftampulle für Fälle wie diesen um den Hals trägt. Er wünscht sich, dass sich die beiden nicht die Köpfe einschlagen. Er wünscht sich, dass sich niemand den Kopf einschlägt. Er wünscht sich Weltfrieden und Kaspressknödel. Er wünscht sich insgeheim, dass seine *Verwortungen Österreichs* von einem deutschen Verlag entdeckt werden, dass er einen Vertrag, ja, gar einen Vorschuss angeboten kriegt und das Buch dann mit dem kryptisch-kulinarischen Titel »Schnitzel haben große Brüder« zum Bestseller wird. Lukas wünscht sich, das Wünschen nie zu verlernen. Er wünscht sich, nie seinen Humor zu verlieren. Er wünscht sich, seine Eltern möglichst lange nicht zu verlieren. Er wünscht sich ein angenehmes Verhältnis mit allen Geschwistern. Er wünscht sich unkomplizierte familiäre Verhältnisse. Er wünscht sich aber auch, immer kompliziert sein zu dürfen. Er wünscht sich, mehr von dem auszusprechen, was er sich denkt. Er wünscht sich, mehr zu schreiben, was er denkt. Er wünscht sich, dass das, was er schreibt, aufgeht. Er wünscht sich, dass das, was er schreibt, gehört und gelesen wird. Er wünscht sich, seine Herkunft lesbar aufzuarbeiten, auf dass es persönlich, beruflich, privat weiterhin bergauf gehe. Er wünscht sich, dass sich das Mail an Corina von selbst schreibt, der Beitrag über Nassereith von selbst schreibt, sich alles von selbst löst. Lukas wünscht sich, dass seine Wünsche nicht zu unverschämt sind. Er wünscht sich eine Entscheidungshilfe. Der letzte Wunsch geht prompt in Erfüllung. Sein Handy vibriert. Eine

Textnachricht ist eingegangen.
Warum denn nicht?

Lieber Lukas,
ein Vögelchen hat uns gezwitschert, dass du auf dem Weg nach Tirol bist. Magst du vielleicht vorbeikommen und letzte Details im direkten Gespräch mit dem Bürgermeister klären?
Deine Heimat weiß immer, wo du bist.
Corina

3

Die richtige Mischung aus Sorgen, Erfahrungen und Blödsinn

»Und wohin geht die Reise?«, fragt Lukas.

»Nach Graz. IT-Messe. Kundenkontaktpflege. Also keine Reise. Arbeit. Aber ist schon okay. Ich mach gern, was ich mach. Was machen Sie?«, will Ivo wissen.

Lukas denkt sich: Warum nicht mal gleich zur Sache kommen? Netter Kerl. Ähnliches Alter. Vermutlich nicht aus Wien. Wird sich bald klären. Einfach mal locker drauf los »Was machen Sie?« fragen. Frei von der Leber weg plaudern. Wie im Tschocherl. Es ist zwar noch hell, aber es könnte zum Trinken werden. Wartet ja nur mehr das Hotelzimmer heute. Schläft sich ja besser leicht berauscht, redet sich auch leichter und die Zeit, die Fahrt vergeht auch schneller. Ist zwar eine der schönsten Bahnstrecken des Landes, aber nach dem Semmering wird's eh auch wieder langweilig. Kennt er ja schon alles. Außerdem ist Lukas nach Trinken. Er hat Corina geantwortet. Nicht auf die SMS von neulich. Die hat er ignoriert. Da fühlte er sich dann doch etwas verfolgt, wollte keine weiteren SMS anregen und war ohnehin nicht in der Lage entsprechend zu reagieren. Nach Nassereith fahren, wollte er sowieso nicht. Er hat am Tag darauf per Mail mitgeteilt, dass er prinzipiell bereit wäre, sich auf das »Projekt Nassereith« einzulassen, aber noch ein paar Wünsche hätte, die er in Ruhe formulieren wollte, und ihr dann zukommen lassen würde. Er fügte ausdrücklich hinzu, dass sie das Ganze einstweilen noch nicht groß herumposaunen und vor allem NICHT als fixe Zusage betrachten sollte. Die Antwort Corinas per SMS ließ keine fünf Minuten auf sich warten:

Lukas, du bist Bombe! Nein, du bist Torpedo! Die gesamte Mannschaft freut sich, dass du mit an Bord bist und Kapitän Kogel lässt ein fröhliches »Schiff ahoi!« ausrichten und ein gemeinschaftliches Prost aus dem Hotel Post (Post-Gemeinderatssitzung-Nachsitzung)

So viel zu Corinas Diskretion. Ein Zurück gibt es nun kaum mehr, nur mehr ein zu bestimmendes Wie und Was und Wann. Geschlossen hat Corina ihr offensichtlich mehr als leicht angeheitertes Bord-Schiff-SMS mit einem gleichermaßen bedrohlichen wie peinlichen »Bald Meer« und einem Zwinker-Smiley. Was jetzt tun?
Was machen Sie?, hat sein Gegenüber gerade gefragt. Gute Frage. Schwierige Frage. Lukas zögert. Sein Gegenüber scheint sowohl ein geübter Bahnfahrer zu sein, als auch Redebedarf zu verspüren.
»Wohin müssen Sie?«, legt Ivo nach. Das ist einfacher und unverfänglicher.
»Nach Schladming und morgen dann weiter Richtung Dachstein«, sagt Lukas.
Wie ein Bergsteiger schaut mir der aber echt nicht aus, aber man täuscht sich immer wieder, sagt sich Ivo. Kann auch ein Seilbahntechniker sein. Ivo hatte mal den Ruf ein verspulter Nerd zu sein. Seit Jahren ist er erfolgreicher Start-Up-Gründer und hat mehr mit Menschen zu tun, als er sich zu Studi-Zeiten als IT-Tutor an der Uni gedacht hätte. Ivo mag Programme immer noch lieber als Menschen. Aber er mag schon auch Menschen, denn Menschen lassen sich auch lesen. Er findet, dass Menschen meist unlogisch agieren, dass die meisten Menschen einen Fehler in ihrem System haben. Aber das weiß er, damit kann er umgehen, das rechnet er immer mit ein.
»Mit Laptop und leichtem Gepäck auf den Berg?«, fragt Ivo.
»Erwischt. Werde abgeholt und raufgebracht. Also zur Türlwandhütte.«
»Und dann bezwingen Sie den Dachstein?«, fragt Ivo weiter.
»Dann steig ich bei gutem Wetter in die Gondel ein.«
»Das wäre auch meine Herangehensweise an den Dachstein. Aber ich muss zugeben, oben war ich noch nie«, sagt Ivo.

»Ich auch nicht.«

»Obwohl immer alle meinen, ein Vorarlberger wird mit Skiern geboren und hat vor Vollendung des 18ten Lebensjahres mindestens die 18 höchsten Berge Österreichs bestiegen.«

»Hah!«, macht Lukas. »Das kenn ich. Das gilt auch für Tiroler. Sie sind also ein Vorarlberger auf Abwegen?«

»Naja«, sagt Ivo. »Ein Vorarlberger in Wien halt und jetzt nicht auf dem Heimweg, sondern auf dem Weg zur Arbeit.«

»Stimmt. Trifft auch auf mich zu.« Der ist ganz okay, befindet Lukas. Mit dem kann es ganz lustig werden. Mal sehen, ober er für ein Spielchen zu haben ist. Lukas nimmt das mit den 18 höchsten Bergen auf und sagt: »Wer zuerst fünf der 18 höchsten Berge Österreichs nennen kann, gewinnt ein Getränk nach Wahl.« Lukas hat sich auf seinen Job vorbereitet. Fünf kriegt er aktuell hin.

»Spielernatur?«, fragt Ivo, tippt aber eher auf Trinkernatur, Freizeittrinkernatur.

»Mehr Freizeit-in-der-Naturnatur als Spielernatur, aber nicht nur«, räumt Lukas ein.

»Meinetwegen«, sagt Ivo. »Spielen wir. Wer beginnt?«

»Der Jüngere?«

»Nein, wer mehr Geschwister hat.«

»Okay«, sagt Lukas. »Drei. Schwester, Bruder, Bruder. In der Reihenfolge ihrer Geburt: Thomas, Bernhard, Luna, ich – Lukas, angenehm!«

»Gleichfalls. Ivo, Einzelkind, du beginnst.«

»Ausgetrickst!«

»Yep. Spielernatur.«

»Die Nummer eins ist klar: Großglockner«, sagt Lukas.

»Großvenediger.« Den wollte Lukas auch nennen.

»Wildspitz, zwei, wer überprüft überhaupt, ob stimmt, was wir sagen?«, fragt Lukas.

»Dachstein, ich denk, wir kriegen gar keine zehn zusammen.«

»Kreuzjoch, drei. Also fünf insgesamt.«

»Schesaplana sechs. Also drei«, sagt Ivo.

»Schesa... was?«, fragt Lukas. Hab ich noch nie gehört.«

»Ist im Schweiz-Vorarlberger Grenzgebiet.«

»Na dann sag ich Zugspitze, vier.«

»Ist eigentlich geschummelt, aber schon okay«, sagt Ivo. »Jetzt wird es eh schon schwierig. Die Untere Wildgrubenspitze fällt mir noch ein, die gehört zum Lechquellengebirge, auch in Vorarlberg.«

»Okay und ohne Gewähr, aber irgendwas mit Hoch müsste doch passen: Hochkönig, Hochschwab?«, fragt Lukas.

»Passt schon, geht ohne Anspruch auf Richtigkeit an dich, Lukas. Aber sind alles Zweidreitausender Zwerge gegen die 48 Viertausender der Schweiz«, sagt Ivo ehrfurchtsvoll.

»Jaja, die Schweiz«, sagt Lukas.

»Andere Liga.«

»Eigene Liga.«

»Bier?«, fragt Ivo.

»Bier«, bestätigt Lukas und bestellt.

Ortsnameneinträge mit Bierbezug gibt es bereits einige in Lukas' *Österreich-Verwortung*. Die Kleinstadt Vils ist dem Pils nicht nur lautlich sehr nahe. Vils hat noch weit mehr bierverwandte Qualitäten.

VILS

1) Vils ist die einzige Stadt im Tiroler Außerfern (Reutte ist nur eine Marktgemeinde).

2) »Vilsen« ist ein starkes Verb: vilsen – vals – gefulsen; Es ist sogar so stark, dass die Partizip-Perfekt-Form nicht nur den Vokal ändert, sondern sogar den Anlautkonsonanten. Vilsen ist im Tiroler Außerfern ein gebräuchliches Wort für konsensuales, gegenseitiges Ausgreifen. Die Verbformen für »Petting« (ich pettinge, du pettingst, er/sie/es pettingen, wir pettingen, ihr pettingt, sie pettingen) erwiesen sich als schwer auszusprechen und auch zu nah am Bett und dem assoziierten Beischlaf. Vilsen ist lieblicher. Vilsen ist ein Kosen. Vilsen ist ein werbendes, schätzendes, respektierendes Greifen. Vilsen ist so lieblich wie die Landschaft rund um Vils.

3) »Das Vils« ist ein beliebtes untergäriges Starkbier mit zart-lieblicher Note. Das Vils wird in den Nicht-Bockbier-Zeiten gebraut und die wichtigste Zutat ist das Wasser aus der Vils.

4) »Der Vils« ist ein Fluss, der am Fuß des Fuls in Erding entspringt, von dort bringt das Vilser Wasser die Biererfahrung mit. Das Vier-Vils-Vilsen war lange ein Faschingsbrauch in und rund um Vils. In den 1980er und 90er Jahren gab es sogar monatlich einen Vilser Pub Crawl (mit Stationen in Pubs, Imbissbuden, Gasthöfen und Tankstellen) und wer daran zwölfmal im Jahr teilnahm, wurde mit dem »Goldenen Vils« ausgezeichnet. Jetzt gibt es nur noch am Vilser Fußballplatz einen Werbebanner eines Taxiunternehmens, der an diese Tradition und Trinktouren erinnert, darauf steht: Trink deine Vils, vils! Aber land nicht in der Vils, land sicher daheim mit deinem TAXI-669966 aus Vils.

Vils ist fern, zurück zu den Herren im Speisewagen.

»Beim Biertrinken im Speisewagen wird einem die Leichtigkeit des Seins bewusst«, stellt Lukas fest.

»Bier und Pathos sind gute Freunde«, steuert Ivo bei.

»Bier war unser Wir, mit Bier wagten wir uns tastend aus dem Dorf heraus«, gesteht Lukas und schon fährt der Erinnerungszug ein in seinen Kopfbahnhof.

Sie lagen in der Gepäckablage. Wer sie waren? Sie waren die Zukunft und Lukas war Teil davon. Sie waren die Jugend vom Land und Lukas war mit von der Partie. Sie waren Hoffnungsträger*innen und Lukas einer der leuchtendsten. Sie waren 16, die Welt stand ihnen offen, Lukas war offen und wollte im Bier und diesem kollektiven Wir aufgehen. Wir also. Wir würden aufgehen, so viel war sicher. Wir würden wer werden, soviel war klar. Vorerst aber lagen wir in der Gepäckablage.

Der Nachtzug war so voll wie die Passagiere. Destination: Donauinsel. Wir fuhren erstmals eigenverantwortlich nach Wien. Die Wien-Woche in der 4. Klasse Hauptschule zählte nicht, der Umweltkongress als Klassensprecher in der 1. HAK zählte nicht. Wir fuhren nach Wien, um Guns N' Roses und U2 zu sehen. Auch Faith No More und Soundgarden, aber die kannten wir nur vage. Es war nicht Donauinselfest, aber fast. Es war Ende Mai und Rock auf der Insel. Wir hatten noch Schule, aber der Nachtzug am Sonntag sollte uns pünktlich zur ersten Stunde am Montagmorgen wieder in Imst-Pitztal-Bahnhof ausspucken.

Wir mussten nur den Samstag schwänzen. Aber wir schwänzten nicht, wir nahmen uns frei. Wir schützten die Hochzeit eines Cousins in Deutschland vor. Wir fragten frei und logen. Nein, wir logen nicht, wir schwindelten bloß. Wir hatten uns diese Konzerte verdient. Belohnung musste mitunter erschwindelt werden. So viel hatten wir schon gelernt. Wir besuchten immerhin eine Handelsakademie. Das Schuljahr war lang, noch nicht alle Schularbeiten waren geschrieben. Problemfach Mathematik war noch ausständig und fand am Montag nach dem Konzertwochenende in der 3. Stunde statt. Wir würden dort sein. Zwar nicht frisch geduscht, aber wohl noch positiv berauscht. Wir würden dort sein mit Schularbeitenheft und TI30 Texas Instruments, denn Heft und Rechner packten wir in den Rucksack, in dem auch ein Schlafsack, eine Notration Speck und sonst nicht viel steckten.

Bier transportierten wir in Lagen. Eine Palette ließ sich von allen tragen und über die bevorstehenden Tage verteilt auch vertragen. Der Nachtzug brauchte lange. Wien war teuer und wer weiß, ob sie uns dort überhaupt verstanden. Wir sorgten vor und importierten Dosenbier nach Wien. Wir trugen Gösser nach Ottakring. Wir trugen Zipfer nach Schwechat. Wir trugen Kaiser-Bier in die Kaiser-Stadt. Wir hatten aber auch ein Sechsertragerl Starkenberger dabei. Als Geschenk und Gruß aus der Heimat für unseren Mann in Wien. Wir wussten nur, dass wir am Westbahnhof ankommen würden.

Wie wir weiterkamen, wo wir unterkamen, wo wir hinmussten, wo die Donauinsel war und warum ein Strom überhaupt eine Insel hatte, wussten wir nicht. Wir vertrauten der Schwarmintelligenz und der Macht der Masse. Wir folgten den Band-T-Shirts. Wir hielten uns an die »Use your Illusion«-T-Shirt-Träger*innen. Wir wussten, dass uns der Nachtzug »down to the Paradise City« bringt. Wir ahnten, dass es am Westbahnhof »Welcome to the Jungle« heißen würde. Wir hatten »Appetite for Beer-Destruction« und wenn wir irgendwann an die Tür vom Mann in Wien klopften, würden wir »Knock, Knock, Knocking on Heavens Door« singen. Wir hatten »Patience«, waren an sich zwar mehr U2 als GNR-Fans, aber wir folgten der First-Things-First- und Next-Beer-Next-Philosophie. Wir fuhren gut damit.

Wir fuhren mit der ÖBB, wir funktionierten mit Bier, wir glaubten an das Gute und dass wir von der Donauinsel nach dem Konzert eh zu Fuß zu unserem Mann mit Wohnung in Wien Hütteldorf gehen könnten. Wir wussten, dass er in der Hütteldorfer-Straße wohnte, die Hausnummer wussten wir nicht. Wir waren der Meinung, man würde ihn dort schon kennen, man würde sich dort schon finden. Wir hatten nur die Höhenmeter der Wanderung recherchiert. Nein, wir wussten, dass Recherchieren Enthüllungsjournalistinnen und Enthüllungsjournalisten vorbehalten war. Wir recherchierten nicht, wir erlebten. Wir erfuhren, dass wir uns Wien nicht so leicht ergehen konnten. Aber so weit waren wir noch nicht. Noch lagen wir in der Gepäckablage eines ÖBB-Waggons und ratterten nach Wien.

Wir hatten das Glück, einen mit Soundmachine im Abteil zu haben. Wir lernten so auch Faith No More besser kennen. »You want it all, but you can't have it.« Wir lernten so auch alle anderen neun Personen im Abteil für acht Stunden näher, sehr nahe kennen, um sie am Westbahnhof gleich wieder zu verlieren, was uns nicht weiter sorgte, weil wir uns sicher waren, uns in der ersten Reihe beim Intro von »Sweet Child O'Mine« wieder zu treffen. »Cause we care a lot.« Das war ausgemacht. Wir hielten uns an Ausgemachtes. Außer es ließ sich nicht machen. Was sich nicht machen ließ, machten wir eher nicht. Wir hatten Freunde, die das machten, sie blieben es nicht lange. Sie endeten in Kurven und auf Bäumen. Wir machten eh genug. Wir versuchten, die richtige Mischung aus Sorgen, Erfahrungen und Blödsinn zu machen. Also Sorgen machten sich die anderen, die Eltern, die Freunde – Blödsinn und Erfahrungen machten wir.

Warum denn nicht?

Immerhin lernten wir, dass nicht jede Erfahrung selbst gemacht werden musste und vor allem, dass Blödsinniges in der Wiederholung an Reiz verlor. Beim ersten Mal aber war selbst jeder Blödsinn ein Erlebnis. Sich wiederholender Blödsinn wurde schnell zum Stumpfsinn. Ja, so analytisch waren wir Teenager vom Dorf. In gewissen Belangen waren wir altklug und weise wie der Opa, den wir uns immer wünschten. In gewissen Belangen waren wir genau die dummen Buben vom Land in der Stadt, die wir nie zugeben würden wollen, je gewesen zu sein. Wir grüßten alle in der U-Bahn. Wir fragten auch den ersten Tiroler, den wir trafen, ob er unseren Mann in Wien-Hütteldorf kannte und waren relativ enttäuscht, dass dem nicht so war.

Wir bestellten am Ottakringer-Bierstand ein Starkenberger und weigerten uns, das Nicht-Starkenberger zu bezahlen. Wir tranken es aber, weil der Bierstand-Ausschank-Chef uns urlieb fand und es uns Tiroler-Trotteln als gute Tat des Tages spendierte. Wir fanden das sehr anständig und versuchten es mit der gleichen Masche bei fünf weiteren Bierständen. Wir tranken immerhin noch zwei Bier frei, zahlten zwei, kriegten eins ins Gesicht geschüttet und nur eine Watschen, dass uns vierzehn Tag der Schädel wackelte. Damit hatten wir gerechnet, das kannten wir aus »Ein echter Wiener geht nicht unter«. Wir gingen auch nicht unter, wir gingen eher über. Leider folgte auf die Watsche kein ins Gesicht geschüttetes Bier, das hätte wenigstens gekühlt. Denn es war heiß. Uns war heiß. Wir waren heiß. Wir kochten. Wir dampften. Wir schwitzten. Wir nahmen alles. Wir gaben alles.

Wir waren Tiroler Landjugend in der Bundeshauptstadt. Wir hatten einen Kulturauftrag. Wir hatten keine Bleibe und keine Ahnung. Aber wir hatten Durchhaltevermögen. Wir hatten große Blasen. Wir hatten uns. Hatten wir vorher gesagt, wir hätten »Patience«? Hatten wir nicht. Wir hatten in etwa so viel Geduld wie Geld. Wir hatten uns auch gelegentlich gegenseitig satt. Aber dagegen half immer ein Schnaps.

Wenn wir mal nichts hatten, versuchten wir, wenigstens Schnaps zu haben. Schnaps übernahm dann die Regie des Abends und wir müssten lügen, behaupteten wir, des Schnapses Regie führte zu unvergesslichen Abenden. Schnaps war ein Löscher. Wir sagten Löscher zum Tintenkiller. Wir sagten Löscher zum Schnaps. Uns war bewusst, dass Schnaps mehr killte als löschte. Schnaps löschte augenblicklich und nachhaltig. Schnaps löschte dich auf lange Sicht aus. Schnaps killte. Schnaps gelang es, dir den ewig gleichen Blödsinn immer wieder als notwendige Erst- und Unbedingt-Erfahrung zu verkaufen. Wir wussten das bald alle. Dennoch traten einige von uns den Gegenbeweis an, immer und immer wieder. Allen schlechten Beispielen zum Trotz glaubten dennoch einige von uns an das An-sich-Gute-im-Klaren. Wir konnten ihnen nicht helfen. Wir fanden ja auch Gefallen am Enthemmten. Wir sammelten und fassten uns dann aber wieder. Wir hielten uns vorwiegend an Fassbier, an die Quantität.

Die Schnapsopfer waren Qualitäter. Die Schnapsopfer ließen jedes Destillat-Attentat auf sich zu, machten sich zu, delirierten manchmal noch Joyce-like originell, aber nie Bukowski-cool oder Hemingway-souverän. Wir lasen Joyce nicht, wir lasen Hemingway nicht, wir lasen noch nicht mal Bukowski. Wir lasen aber immerhin *profil*. Die Welt da draußen interessierte uns. Wien war irgendwo da draußen. Aber in der Sprache war Wien unten. Wir fuhren nach Wien runter und gleichzeitig gegen ein Hoch an, das wir als Tiroler Rumpf nie zu erreichen gedachten. Wir fühlten uns sprachlich unterlegen.

Wir spürten uns noch nicht. Ich? Wer sollte das sein: ich? War »Wir« schon schwierig genug. Wir wussten noch nicht, was wir alles nicht wussten. Das machte uns zu den freisten, dreistesten, dümmsten und glücklichsten Jugendlichen von Nassereith bis Tarrenz und Lukas war stolz darauf, einer davon zu sein.

Tarrenz hat als Nachbardorf von Nassereith von vornherein eine Sonderstellung. Tarrenz hat Lukas in seinem Lexikon, das sich immer mehr von einem Spaß- zu einem Ehrgeizprojekt entwickelt, mit einem besonders langen Eintrag gewürdigt.

TARRENZ

Tarrenz ist eine Gemeinde im Gurgltal, das Gurgltal ein breites Seitental des Tiroler Oberinntals. »Tarrenz« ist ein Anagramm von »Netz rar«. Tarrenz war schon immer ein Funkloch: »Netz rar«. Funkloch heißt neuerdings ein Ort mit schlechtem bis gar keinem Empfang. Früher hieß Funkloch ein Zentrum des Funks zu sein. Der Funk, der Soul und der 1970er-Jahre-Rock wurde in Tarrenz immer schon gefeiert und gewürdigt. Über viele Jahre hinweg war der Tempel dieser Würdigung ein Kellerlokal namens Allegria. Jetzt ist in den ehemaligen Musik- und Lastertempel eine Freikirche eingezogen, die das Frei nur im Namen hat. Früher war das Allegria ein Ort der gerzirlten Ausschweifung (gezirlt: siehe Zirl). Das Allegria hat Generationen von Tiroler Oberländer*innen mit ausgezeichnetem Musikgeschmack hervorgebracht. Das Allegria war Geburtsort zahlreicher Bands (zum Beispiel Van Gogh's Left Ear). Das Allegria war das Wohnzimmer des Art Clubs, dessen Kulturbildungsmaßnahmen weit über die Landesgrenzen hinaus wirkten und bewundernd aufgenommen wurden. Tarrenz ist aber auch ein Anagramm von »Narrzet«. Narrzet hat aus Jux und Tollerei ein »i« geopfert, um nicht ganz so offensichtlich zu sein. Freilich war Narrzet mal Narrzeit. Zur Dada-Hochblüte haben die unvergesslichen und für immer unerreicht bleibenden Dadaist*innen der ersten Generation, alle Nachfolgenden waren nur Kopist*innen, in Tarrenz ihre Narrzet abgehalten. Sie zarrten einen Arten RZ nach Tarrenz, auch ZR-Raten, quasi die volle Nerz-Art der Kunst, zarten R, raren TZ, voll das Tarrenzzernart Programm. Von der Narrzet zehrt Tarrenz noch immer. Tarrenz hat es geschafft, dass Starkenberg ein Teil von Tarrenz ist, das ist vor allem für Biertrinker*innen eine Freude und es kränkt natürlich Bartträger*innen, denn »Starkenberg« ist auch nur ein Anagramm von »Grenke Barts«.

Es ging gar nicht so sehr ums Konzert. Es ging mehr ums Publikum. Das Publikum, das so war wie wir. Es ging gar nicht so um Einzelschicksale, es ging um das Wir-Gefühl. 50.000, die so waren wie wir. Im Dorf gab es grad mal fünf. Wir wollten möglichst viele der 50.000 kennenlernen. Lukas hatte 55 Zöpfchen am Kopf. Es waren keine Dreadlocks. Es waren Zöpfchen, die seine Mama gemacht hatte. Gefestigt mit Gefriersackerldrahtverschlüssen. Lukas schaute damit nicht rastafaricool aus. Er schaute aus wie ein 16jähriger vom Land mit Gefriersackerldrahtzöpfchen am Kopf. Aber er war nicht alleine. Sein Wir-Rudel schaute anders aber auch nicht besser aus. Es waren vermutlich nicht 50.000 wie wir. Aber doch viele.

Wir gingen nicht in die Donau. Wir rutschten in die Donau. Der Donaustrandbad-Bademeister ließ uns gratis rein und einmal runterrutschen. Wir profitierten davon, dass auch die Mädchen keine Badekleidung dabeihatten. Wir rutschten alle in Unterwäsche. Wir waren Tiroler*innen, die in Wien baden gingen, in Unterwäsche.

Wir waren begeistert von der Freundlichkeit der Wienerinnen und Wiener. Wir waren freigiebig mit warmem Dosenbier. Wir ahnten, dass es strenge Eintrittskontrollen geben würde. Wir tranken schneller. Es wäre schade um das importierte Bier gewesen. Wir prosteten und küssten unzählige Menschen aus nah und fern. Wir verliebten uns geschätzt alle zwanzig Minuten. Wir hatten kein Zeitgefühl mehr. Es war vielleicht gegen Mittag. Die Sonne jedenfalls knallte. Das warme Bier kühlte nur mehr wenig. Der Kopf wurde immer heißer. Wir hatten etwas unterschätzt, dass die Zöpfchen die Kopfhaut ziemlich bloßlegten und Gefriersackerldrähte nichts Kühlendes an sich hatten. Wir hatten auf jeden Fall einen Sonnenbrand, vielleicht sogar einen Sonnenstich. Wir wussten es nicht so genau. Wir lagen aber mit anderen gefühlt stundenlang im Baumschatten und im Halbkoma.

Unsere jugendlichen Körper erholten sich schnell. Wir erwachten umschlungen mit Vorarlberger*innen. Sie waren bestens ausgerüstet. Sie hatten Fohrenburger dabei, in der dazu gehörigen Kühltasche in Grün mit Einhorn drauf. Wir würden nie mehr abschätzig über Kühltaschen reden. Wir wurden mit Tiefkühl-Nuggets erstversorgt. Tina drückte uns einen Kühlakku auf die Stirn, Chris einen in den Nacken und Nina drückte uns ein kleines, kaltes Fohrenburger-Fläschchen in die Hand. Wir hatten uns noch nie so sehr über ein Fohrenburger gefreut. Wir hatten uns noch nie so gut mit Vorarlberger*innen verstanden. Konzertreisen verbanden.

Wir verbrüder-und-schwesterten uns mit Tina, Chris und Nina und vereinbarten, uns spätestens bei »With or without you« in den ersten Reihen wieder zu treffen. Wir räumten in den folgenden Stunden mit allen Tirol- und Vorarlberg-Klischees auf und wachten plötzlich in einem Dixi-Klo wieder auf. Wir wussten nicht, wie lange wir dort geschlafen hatten. Wir waren beruhigt, dass das, was hier so stank, nicht alles von uns stammte. Wir waren mit heruntergelassenen Hosen eingenickt. Wir waren aber immerhin nicht in den Tank geplumpst. Die laute Gitarrenmusik hatte uns geweckt. Der Soundgarden war in unsere Ohren gewachsen und hatte dort zwar nicht Wurzeln, aber Alarm geschlagen. Wir machten uns auf, wurden von der Frischluft abgewatscht, dass uns vierzehn Tage der Schädel wackelte, und freuten uns darüber, dass wir von Tina, Chris und Nina mit einem fröhlichen »G'hörig g'schisse?« und einem noch immer angenehm trinkfrischen Fohrenburger-Fläschchen empfangen wurden. Wir hatten offenbar nicht ewig geschlafen. Wir würden Tina, Chris und Nina aber ewig dankbar sein für ihre Hilfsbereitschaft.

Wir folgten den Gitarrenklängen, die Bass-Drum ließ uns erzittern, die Snare-Drum-Schläge trafen uns direkt ins Rückenmark. Wir schafften es immerhin, die mit Vodka gefüllte Mineralwasserflasche in das Konzertgelände zu schmuggeln. Wir machten uns damit sehr beliebt bei Jung und Alt. Wir speicherten die Stimme des Soundgarden-Frontmans als sehr markant ab. Wir übernahmen ein aufgeschnapptes Urteil den Auftritt von Faith No More betreffend: großes Pathos, große Performance, große Band. Wir beschlossen, diese offenbar große Musik zuhause nachzuhören.

Wir erholten uns etwas vom vermutlich fünften Rausch des Tages und fühlten uns bereit für den Haupt-Act. Guns N' Roses konnte kommen und kam mit einem Song, den wir nicht kannten. Die Menschenmasse setzte sich in Bewegung. Es war weniger eine Woge der Begeisterung, die da gleich Tausende umfasste, als eine Welle unkontrolliert Schwankender. Wir schwankten mit. Wir tanzten nicht, wir stolperten eher. Es war was in Bewegung geraten, das größer war als wir und sich in den nächsten Stunden nicht in den Griff kriegen ließ. Wir hatten damit zu tun, uns auf den Beinen zu halten und auf den Boden Geratenen aufzuhelfen. Wir erkannten die Vorzüge von Stahlkappenschuhen, hatten aber selbst keine.

Wir kriegten vom Konzert nicht wirklich viel mit. Jaja, »Live and let die« und »You could be mine«. Es war mehr »Civil War«, als Konzert-Feeling. Wir freuten uns, dass es ausgerechnet dem Schlagzeugsolo kurz gelang, alle auf die Beine zu holen. Aber kaum kreischte Axel Rose, ging die Menge schon wieder über und Axel Rose kreischte gern. Kaum hob Slash zum Solo an – und jeder Song hat mindestens ein Slash-Gitarrensolo – herrschte wieder akute Untergangsgefahr. Wir halfen Tina, Chris und Nina mehrmals auf, wir kamen selbst auch mit dem Gesicht mehrmals in Kniehöhe und waren einmal Teil einer zum Liegen gekommenen Menschentraube, einem Knäuel, das sich erstaunlich schnell entwirrte und niemanden ernsthaft beschädigte. Von blauen Flecken sprachen wir nicht, und wer keine Abschürfungen davontrug, war nicht dabei.

Wir schenkten Tina, Chris und Nina je eines unserer Gefriersackerl-drahtzöpfchen. Wir schauten insgesamt etwas zerrupft aus, auch weil unsere T-Shirts in Fetzen waren. Aber andere schauten äußerlich noch schlimmer aus. Innerlich leuchteten wir alle. Wir trafen unsere Nachtzuggenossen nicht bei »Sweet Child O'Mine«, wir nahmen es sportlich: »Don't Cry«. Wir wussten, dass nach »Paradise City« alles aus sein musste.

Wir wussten nicht, wie wir dann ausgerechnet auf dem Heldenplatz und nicht in Hütteldorf landeten. Wir waren froh, dass unser Rucksack noch an uns hing. Wir waren froh, dass sich der Schlafsack noch im Rucksack befand. Wir fragten uns, was wir wohl mit der Notration Speck gemacht hatten. Es beruhigte uns aber, dass wir weder den Taschenrechner verloren, noch das Schularbeitenheft größere Schäden erlitten hatte. Wir überflogen irgendwann in den Morgenstunden am Heldenplatz die letzte Mathe-Schularbeit und waren sehr stolz auf das Befriedigend, das uns doch einen gewissen Freiraum für Montag-Morgen bescherte. Wir hatten aber noch immer keinen Schlafplatz.

Wir waren nicht frech genug, unseren Schlafsack auf den Grünflächen am Heldenplatz auszurollen, aber mutig genug, das Baugerüst, das die Nationalbibliothek verhüllte, zu erklimmen und im zweiten Gerüststock unser Nachtlager aufzuschlagen. Wir hatten grüne, blickdichte Vorhänge. Wir fühlten uns sicher, denn am Sonntag würde selbst in Wien nicht gearbeitet werden. Wir spürten die Nähe von unzähligen Büchern, wir rochen die Äpfel von Fiakerstellplätzen, wir atmeten Heldenplatz-, Baugerüst- und Habsburgerluft und würzten die Umgebung mit unseren jugendlichen Körpern, die die vergangenen 30 Stunden sehr intensiv alles aufgenommen, getrunken, genommen und mitgemacht hatten, was ihnen möglich war, und die sich bemühten, möglichst viel davon zu behalten, um in Zukunft und in der Heimat davon erzählen zu können.

Auf einen Schwindelzettel in der Taschenrechnerhülle verzichteten wir. Dass der Mathelehrer in Innsbruck ausgerechnet in unser Abteil einsteigen sollte, glaubte ohnehin kein Mensch. Dass wir nicht aus Deutschland von einer Hochzeit kamen, war ebenso klar, wie dann unsere Konzentrationsfähigkeit in der dritten Stunde nicht vorhanden war. Wir waren Nicht genügend. Aber uns genügten die Erfahrungen der vergangenen 60 Stunden, um uns dennoch nachhaltig sehr gut zu fühlen. Wir wussten, dass wir mehr gelernt hatten, als eine Schularbeitsnote je ausdrücken würde können.

»Bier ist ein bewährtes, gesellschaftliches Schmiermittel«, stellt Lukas fest.

»Wer unbeschwert im Speisewagen Biertrinken kann, hat es geschafft«, steuert Ivo bei.

»Wer morgen Termine und heute im Speisewagen leicht einen sitzen hat, hat es geschafft.«

»Wer hat das gesagt?«, will Ivo wissen.

»Ich.«

»Nein, ich mein ...«

»Juhnke, Harald Juhnke«, sagt Lukas. »Seine Definition des Glücks lautete: Keine Termine und leicht einen sitzen.«

»Eine andere Zeit.«

Beide schauen kurz melancholisch aus dem Fenster. Es lohnt sich nicht, sie ziehen bloß an Ternitz vorbei. Wie wohl der Slogan der Stadt Ternitz lautet, fragt sich Lukas. Auch kein Witz – Ternitz? Leicht einen sitzen – scheint er schon zu haben. Manchmal geht das ja auch schnell. Manchmal schafft schon das erste Bier, was mitunter mühsam ertrunken werden muss. Heute stellt sich jetzt schon eine Leichtigkeit und Beschwingtheit ein, die mit einer ansteckenden Fröhlichkeit einhergeht.

»Kann man sich heute gar nicht mehr vorstellen. Rauchen und trinken im Fernsehen«, sagt Lukas.

»Hat er nicht auch gesagt: Ich bin betrunken immer noch besser als andere nüchtern?«, fragt Ivo.

»Hat er und: Die beste Droge ist ein klarer Kopf.«

»War Harald Juhnke der lustigste Deutsche?«, fragt Ivo.

»Fredl Fesl war auch lustig«, wirft Lukas ein.

»Fredl Fesl. Der Bayer mit Bart. Der Jodler mit Gitarre.«

»Cis-Dur Dreivierteltakt. Das Lied vom Bier. Wollen wir noch eines?«, fragt Lukas.

»Ja, gerne. Aber hieß das nicht: Das Lied vom Rausch?«

»Möglich. Ob man sich das heut' noch anhören kann?«

»Sicher, auf Youtube.«

»Nein, ich mein, ob das noch geht. Der 80er-Jahre-Schmäh?«

»Schwierig. Mir homs ins Bier an Rausch eingmischt. Geht.«

»Und das beste Bier ist?«

»Das Freibier.«

»Der Fesl war, glaub ich, harmlos. Hat nur über Bier und Rausch geredet.«

»Ginge wahrscheinlich auch nicht mehr heute.«

»Geredet, gejodelt und gesungen.«

»Und gezupft.«

»Die Gitarre gezupft und das Bier gezapft, haha.«

»Ja, haha und: Prost.«

»Bier nivelliert.«

»Schnaps bügelt nieder.«

»Bier macht verschwommen, was wer gesagt hat.«

»Sagt wer?«

»Sag ich.«

»Wer, ich?«

»Gut, wir. Sagen wir wir, bevor es hier zu wirr wird.«

Vor dem Fenster zieht der nächste Witz vorbei: Gloggnitz. Ob es auch ein Garnitz gibt?, fragt sich Lukas und ob die Nitz das die Gegend durchfließende Gewässer ist. Niederösterreich: ein einziges Rätsel.

»Polt ist auch ein lustiger Deutscher.«

»Eh, Polt und Fesl sind aber halt mehr Bayern als Deutsche.«

»Uh, das ist gefährlich.«

»Naja, ich mein, Juhnke ist da schon anders.«

»Klaus Kinski!«

»Ich bin so wild auf deinen Erdbeermund. Super. Und dieser Wahnsinn in den Augen. Großartig. Aber halt anders lustig.«

»Muss im Nachhinein aber nicht Bestand haben, muss im Moment funktionieren. Es gilt das Entertainmentmoment zu finden.«

»Schön gesagt.«

»Danke.« Das gilt auch für Unterhaltung im Speisewagen. Da muss man es nicht immer ganz so genau nehmen. Wenn es dem angenehmen Fortgang des Gesprächs dienlich ist, kann man mit der eigenen Meinung schon auch mal etwas hinter den Zaun halten. Man muss sich nicht ganz verleugnen, aber superstreng muss man mit sich und zum Gegenüber im Speisewagen einfach nicht sein, zumal bei Bier, zumal beim zweiten.

»Ich hab's.«

»Ich bin gespannt.«

»Didi. Didi Hallervorden.«

»Ja, auf Didi kann man sich einigen. Hallervorden. Was für ein toller Name auch.«

Draußen hat es sich ausgenitzt. Jetzt sind die Ortsnamen wieder konkreter: Schlöglmühl.

»Und er lebt noch, der Didi.«

»Und ist nie sehr peinlich geworden.«

»Ist an einem ersten April gestorben.«

»Wer jetzt?«

»Der Juhnke.«

»Scherz?«

Payerbach-Reichenau.

»Kein Scherz. Hab sein Grab besucht in Berlin. Waldfriedhof Dahlem im Bezirk Steglitz-Zehlendorf. Schöner Friedhof, viele Bäume. Eh klar, Waldfriedhof. Der liegt, also der Friedhof liegt am Rand des Forstes Grunewald. Klassischer Grabstein. Schlicht. Richard von Weizsäcker und Gottfried Benn sind auch dort begraben.«

Eichberg.

Lukas nimmt genüsslich einen Schluck, stellt das Glas ab, wischt sich mit der linken Rückhand über die Lippen und stellt fest: »Bier-trinken im Speisewagen ist der Himmel auf Erden.« Ivo tut es ihm gleich, verzichtet allerdings darauf, sich den Schaumanflug auf sei-ner Oberlippe wegzuwischen. Er genießt das langsame Zerknistern des Schaumbärtchens, bestätigt, wiederholt und erweitert: »Ja, Bier-trinken im Speisewagen ist der Himmel auf Erden und der tschechi-sche Speisewagen ist der Bierhimmel.« Beide nicken bedächtig, schauen erst auf die weiß gedeckte Tischplatte, dann aus dem Fens-ter: Klamm-Schottwien. Fürs Erste ist jetzt mal alles gesagt.

»Gepflegte Biere, stand früher gern auf Gasthaus-Schildern.«

Breitenstein.

»Bierpflege ist tschechischer Nationalsport.«

»Bierpflege und Eishockey.«

»Puck, Bier, Prost.«

»Bierbully.«

»Budvar-Bierbully.«

Wolfsbergkogel.

Lukas und Ivo verstehen sich prächtig. Das frisch gezapfte Schmier-mittel der Kommunikation fließt. Der Semmering und sämtliche Hemmschwellen sind überwunden. Bier sei Dank. Und nach einem weiteren Bierbully sitzt Lukas schon in Fiffi und ist Teil des ECN.

Fiffi war älter als sie. Sie waren Fiffi zu schwer, aber freilich freute sich Fiffi auch, dass sie geschätzt und gebraucht wurde. Rage Against The Machine dröhnte aus den Boxen. Sie waren froh, dass der Kassettenrekorder noch funktionierte. Sie waren froh, dass Fiffi brav spurte. Fiffi war der Vereinsbus des ECN (Eishockey Club Nassereith). Fiffi war ein VW-Bulli Baujahr 1967. Fiffi schaffte 90 km/h auf der Geraden, abwärts. Sie waren eine Herde junger Burschen auf dem Weg nach Pardubice: Eishockeytrainingslager. Pavel – der Legionär des ECN – wies ihnen den Weg. Die Älteren mit eigenem Auto warteten alle zwei Stunden auf Fiffi und Fracht. Der VW-Bulli war bayrisch blau-weiß und wurde schon immer Fiffi genannt.

Der Ersatz-Goali mit arschlangem Haar wurde Susi genannt. Lukas war Susi. I-Namen klangen so fröhlich: Susi. Zack de la Rocha hatte kein »i« im Namen und schrie: »Bullet in the head!« Bulli Fiffi hatte die ECN-Cracks im Bauch und diese nicht viel anderes als Bier im Kopf: tschechisches Bier. Damals noch so legendär billig, dass selbst sehr finanzschwache Schüler wie Lukas auf den Putz hauen konnten: 6 Kronen pro Pivo. Das waren 2 Schilling 40. Pivo, Gulasch und Vodka ließen sich leicht bestellen. Mehr brauchten sie nicht. Mittagessen gab es in der Eishallenkantine, die sehr an die Wienwochen-Verköstigung in Hauptschultagen erinnerte. Sonst waren die Erinnerungen an diesen Ausflug mit Sport und Prost schon direkt nach dem Trainingslager sehr vage. Sie schluckten einfach zu viel des viel zu guten tschechischen Biers. Ihre jugendlichen Körper liefen auf Hochtouren und wollten beständig mit Sprit versorgt werden.

Es gibt Fotos. Es gibt aufflackernde Momente. Es gibt nichts Zusammenhängendes. Es bleibt dennoch eine unvergessliche Teamgeisterbahnfahrt. Es bleibt ein zusammenschweißendes Erlebnis mit Bierschaumhauberl.

Nicht nur Vils ist dem Pils lautlich ähnlich. Auch Pöls ist bieraffin und lexikontauglich.

PÖLS

1) »Pöls« ist ein Ort in der Steiermark. »Am Pöls der Zeit. Am Pöls des Lebens.«, war lange das Motto der Gemeinde. Heute ist Pöls ein Opfer der steiermärkischen Gemeindestrukturreform. Pöls hat seit 2015 Oberkurzheim an der Backe. Das war kurz cool, ist aber seit dem zuerst Beiseite-, dann Zurücktreten von Ex-Kanzler Kurz mehr Bürde als Auszeichnung. Pöls-Oberkurzheim ist seit Dezember 2021 ein geflügeltes Wort für »nichts Gutes«. Zum Beispiel: Die Jahre 2020 bis 2022 waren ein einziges Pöls-Oberkurzheim.

2) »Pöls« ist eine regionale Bierköstlichkeit aus dem Murtal. Pils ist herb. Pöls ist löblich. Pöls ist das steirische Kölsch. Pöls wird in einer kleinen Privatbrauerei in Oberkurzheim hergestellt und vorwiegend lokal getrunken. Pöls gehört nicht der Brauunion an. Pöls wird im Volksmund »Pölsch« genannt. Pils. Besser. Pölsch.

»Prost, Lukas.«

»Prost, Ivo.«

Lukas schaut aus dem Speisewagenfenster und kommentiert: »Na da schau her: Im Carport ein Quad. Es beginnt immer mit einem. Ein Fahrzeugfreund erweitert seinen Fuhrpark und legt sich ein Quad zu. Weil das so toll war damals in Griechenland: Sonne auf der nackten Haut, Fahrtwind im helmlosen Haar. Ein Quad scheint doch wie geschaffen für hügeliges Land. Und hügelig können wir. Ein Quad muss her! Ein Quad ist was Besonderes. Traktoren, Mopeds, Jeeps, SUVs haben alle. Ein Quad noch nicht.«

»Allein diese Bezeichnungen«, wirft Ivo ein: »SUV, Quad – alles Unwörter!«

»Jawohl, Unwörter«, bestätigt Lukas, versetzt sich ganz rein in den Quad-Besitzer*innen-Kopf und setzt fort: »Wie sie alle schauten beim ersten Mal, auch noch beim zweiten und dritten Mal. Dann aber hatte der Sohnemann vom Spediteur auch einen, größer war er, lauter, bunter. Gut, der ist auch schon 18. Dann aber wollten alle im Dorf ein Quad für den persönlichen Grundstücksgebrauch. Und Grundstück haben alle. Und alle heißt: alle ab 10 Jahren. Geburtstags- und Weihnachtswunsch: Quad! Und Quads wurden gekauft, weil besser ein Quad mehr als quengelnde Kinder und die Kredite sind ja grad besonders billig. Und wie es halt so ist mit Spielzeug, das das Christkind bringt. Irgendwann steht's nur noch rum und im Weg. Und wer räumt's weg? Die Mama. Oder die Oma. Und wer nützt den oder das Quad jetzt? Die Oma. Die Oma fährt mit dem Quad zum Bäcker, zum Hausarzt, zur Singrunde. Gestern fuhren Omas Rollatoren, heute fahren sie Quads!«

»Quad erat demonstrandum.«

»Dixisti illud!«

»Aber wir fahren Zug.«

»Ik bin ein Zugfahrer!«

»Ich auch. Klimaticket und vorher auch schon jahrelang Österreich-Card.«

»Und Biertrinker.«

»Zum Wohl, Lukas!«

»Prost, Ivo. Ich mach übrigens in lustig, in semilustig ...«, sagt Lukas und denkt: Übrigens, lustiges Wort. Ob es einen Ort namens Übrigens gibt? Wenn nicht, müsste man ihn direkt erfinden.

»Geht das, semi-lustig? Ist das nicht halb-lustig und halb-schlecht?«, fragt Ivo.

»Semi-lustig, semi-ernst. Lustig mit Message.«

Ein Handy vibriert.

»Der lustige Lukas mit Message?«

»Nenn ich mich nicht.«

Es ist Lukas' Handy. Er schaut drauf und erkennt die Vorwahl von Nassereith und eine Festnetznummer.

»Und was machst du dann?«

»Ich geh da kurz ran, okay, ist vermutlich wichtig.«

Ivo nickt und setzt sein Bier an. Lukas schüttelt kurz den Kopf, als ob sich so die bereits getrunkenen Biere loswerden ließen. Er steht auf, geht Richtung erste Klasse, da lässt es sich immer ungestörter telefonieren, und nimmt den Anruf an.

Es ist Corina, die Gemeindesekretärin, sie begrüßt kurz und unförmlich: »Hallo Lukasle« und kommt dann gleich zur Sache: »Der Bürgermeister fragt, wie es denn heißen wird?«

»Was es?«, fragt Lukas.

»Na, das Buch über Nassereith.«

»Es gibt kein Buch über Nassereith!«

»Alles klar, ich verbinde.«

Es ertönt der Bergland-Marsch.

»Es gibt kein Buch über Nassereith?«, fragt der Bürgermeister.

»Richtig. Es gibt kein Buch über Nassereith.«

»Das ist ein verstörender Titel, aber deshalb vielleicht gut.«

»Nein!«

»Was, nein?«

»Es gibt kein Buch über Nassereith!«

»Ich hab schon verstanden.«

»Sie haben ...«

»Nix Sie. Lukas, i kenn di, seit du beim Eishockey im Tor gschtonde bisch.«

»Es gibt kein Buch über Nassereith und wird auch keines geben.«

»Als Untertitel?«

»Lieber Herr Bürgermeister Kogel.«

»Konsch Hermann zu mir soge.«

»Hermann, i kenn di, seit du bei der Staßenbobeuropameisterschaft am Holzleitensattel im 4er und im 2er-Bob manchmal nicht überaus gfohre bisch.«

»So olt bisch du schu?«

»So alt bist du schon! Aber: Es gibt kein Buch über Nassereith und wird auch keines geben.«

»Okay. Akzeptiert. Du kennsch di sicher besser aus mit selche Soche.«

»Es gibt vielleicht eine Lesung.«

»Es gibt mit Sicherheit eine Lesung, im Gemeindesaal, mit allem, was du dir wünschst.«

»Mit allem, was ich mir wünsche?«

»Mit allem, was du dir wünschst.«

»Deal?«

»Deal. Außer du ...«

»Nix außer!«

»Warat it *Nix außer Nassereith* der bessere Titel fürs Buch?«

»Es gibt kein Buch über Nassereith und wird auch keines geben. Und wenn das so weiter geht, gibt es nicht einmal eine Lesung.«

»Isch viel zlong fir an Titel, gall?«

»Seit wann sagst du gall, Kogele?«

»Hon i gall gseit?«

»Sall woll hosch du gall gseit.«

»Do schau hea.«

»O meine Leit.«

»Sal woll.«

»Do brauchsch it schauge.«

»Du ou itte.«

»Frept mi, dass'n nou konsch, insern Dialekt.«

»Sall jo, Kogele.«

»Sogor d'Blosmusi steht dir zur Verfügung.«

»Haha. Blasmusikpop.«

»Des warat decht a guater Titel.«

»Eh, aber ist es nicht.«

»Isch es schu.«

»Aber gibt es schon.«

»Schod.«

»Und mach ich auch nicht.«

»Wos?«

»Na Blasmusikpoppiges.«

»Um wos geht's noche in: Es gibt kein Buch über Nassereith und wird auch keines geben.«

»Hermannle, du hosch Humor!«

»Sall jo, Lukasle.«

»Den wirst du auch brauchen.«

»Mir brauche di und des huare Buach.«

»Des huare Buach, klingt nicht grad wertschätzend.«

»Es geaht herawarts war ou schia.«

»Es wird aber nicht schön – it schia.«

»Konn it oibi schia sei, gall?«

»Du sagst es.«

»Hon i gall gseit, gall?«

»In der Ornithologie gibt es die Nachtigall, in Nassereith gibt es den Hon-i-gall.«

»Des hosch schia gseit.«

»Nennen wir den Abend *Schia gseit*, das gefällt mir, das klingt positiv.«

»Wos iatz? I hon mer denkt: Es gibt kein Buch über Nassereith und wird auch keines geben.«

»Stimmt, es gibt nur die Lesung im Gemeindesaal mit Blasmusikein-bindung und die soll *Schia gseit* heißen. Nein, besser noch: *Schia gseit, guat gmuant, schlecht troffe.*«

»Schia gseit, guat gmuant, schlecht troffe?«

»Schia gseit, guat gmuant, schlecht troffe.«

»Als Slogan für die Lesung aus: Es gibt kein Buch über Nassereith und wird auch keines geben?«

»Hermann Kogele, du bist ein Lustiger.«

»Lukasle, i bin der Bürgermeischter.«

(→ Übersetzung des Telefonats im Anhang ab Seite 223)

Nachsatz per Mail drei Minuten später: Achtung, dringend, wichtig! Schick uns bitte ASAP eine Textprobe. Das muss nicht der Text der Lesung »Schia gseit, guat gmuant, schlecht troffe« sein, aber ich muss dem Gemeinderat bei der nächsten Sitzung was vorlegen. Vergelt's Gott! Dein Bürgermeister Hermann Kogel

Lukas schüttelt erneut seinen Kopf, als ob er so den Tiroler Dialekt loswerden wollte, geht aufs nahe Großraum-WC, freut sich über die Innengestaltung desselben: Berggipfelpanorama in Schnee; dann macht er sich erleichtert zurück auf den Weg in den Speisewagen und nimmt wieder Platz am Tisch von Ivo.

»Und, lustiger Lukas, war's wichtig?«

»Wie man's nimmt.«

»Und wie nimmst du's?«

»Ich werd es mir zu Herzen nehmen. Es war der Bürgermeister.«

»Von Schladming?«

»Nein, von Nassereith.«

»Der will auch was von dir?«

»Ja, ich fahr durch die Gegend und mach Auftragstexte.«

»Du trägst dem Dachstein was vor?«

»Den Kulturbeauftragten der Dachsteingemeinden.«

»Nicht den Touristikern?«

»Nicht den Touristikern. Denen, die bemüht darum sind, dem Tourismus Einhalt zu gebieten. Den Tourismus zu regulieren, zu spezifizieren, qualitativ hochwertiger und nicht immer nur noch größer zu machen.«

»Aber sollten das nicht gerade die Touristiker hören?«

»Ja, eh. Die Bürgermeister werden schon anwesend sein und die lassen ja den Chalet-Ausbau zu. Die widmen ja die Agrarflächen um. Die haben ja die Macht im Dorf. Die Bürgermeister, dort sind es ausschließlich Männer, sind die Leiter der Dorfmachtspiele.«

»Und du spielst dich vor ihnen auf und zeigst auf, was dir auf- und missfällt?«

»Exakt.«

»Und so was will auch der Bürgermeister von Nassereith?«

»Der will sogar mehr. Denn da bin ich her.«

»Was mehr?«

»Sie wollen, dass ich was übers Dorf schreibe. Nicht gleich einen ganzen Roman, aber auch nicht nur einen Zeitungsartikel und schon etwas Literarisches. Aber auch kein Gedicht, wenn es nicht gereimt ist.«

»Sie haben da also schon konkrete Vorstellungen.«

»Nein, eigentlich nicht. Ich habe natürlich vollkommene künstlerische Freiheit.«

»Natürlich.«

»Und präsentiert werden soll das dann im Rahmen eines Festaktes im Gemeindesaal mit allem drum und dran.«

»Im Gemeindesaal, soso.«

»Und ich soll dann auch – aber das darf ich eigentlich noch niemandem verraten – was kriegen. Also eine Auszeichnung.«

»Eine Auszeichnung von der Gemeinde?«

»Ja, die wollen da was gründen, wollen einen Preis stiften.«

»Tatsächlich einen Preis, also eh auch Geld, nicht nur Anerkennung?«

»Es soll mehr um die Auszeichnung als das Geld gehen.«

»Natürlich.«

»Sie wollen da was etablieren. Eine Art Alleinstellungsmerkmal, mehr darf ich nicht verraten. Und ich soll der Erste sein.«

»Lukas der Lustige der Erste?«

»Sozusagen.«

»Und, hat Lukas Lust?«

»Sagen wir so: Ich hätt schon Lust, das Eine oder Andere aufzuzeigen und niederzuschreiben. Und wenn ich eh vollkommene künstlerische Freiheit hab ..., aber eine Gratwanderung bleibt es und meine Eltern müssen ja danach auch noch dort leben können.«

»Danach.«

»Also in Zukunft.«

»Natürlich. Die Dorfgeschichte davor und danach. Das Dorf vor und nach der Dorfgeschichtenpräsentation. Im Jahr eins nach dem Dorfschreiber-Eklat von Lukas dem Lustigen dem Ersten.«

»Das gefällt mir. Im Jahr nach dem Kahlschlag. Alles zurück auf null, Neuanfang, neue Zeitrechnung. Wobei ich eigentlich nur enttäuschen kann. Die Erwartungen aller erfüllen ... unmöglich. Ich kann unterhalten oder provozieren. Ich kann dokumentieren oder belanglos dahinfabulieren. Ich kann wohl kaum schockieren und ich will sicher nicht lobhudeln.«

»Naja, so zwischendurch mal ein Löbchen, das Gute loben ...«

»Zwischen den Zeilen vielleicht.«

»Ich nehme an, sie wünschen sich was für alle.«

»Natürlich.«

»Was für die Gemeindezeitung und die Tourismuswerbung, für die Volksschule und das Seniorenheim, für die diversen Vereins- und Gasthäuser, fürs Heimat- und Fasnachtsmuseum, für die Raststätte und die Gipfelbücher, für die Sportstätten und die Stammbücher, für Tauffeste und Grabsteine, für die Chronik und für die Zukunft.«

»Natürlich. Etwas fürs Dorf, das über die Dorfgrenzen hinaus Strahl- und Verbreitungskraft hat und das Dorf in neuem Glanz erscheinen lässt.«

»Sie wollen sich also neu erfinden und du sollst ihr Entdecker und Art Director sein?«

»Einerseits das und andererseits denken sie schon auch sehr praktisch. Sie wissen, dass ich aktuell für die Österreich-Werbung tätig bin und wollen wohl hauptsächlich, dass ich sie in diesem Zusammenhang gut dastehen lasse. Dass ich mir gar nicht aussuchen kann, über welche Dörfer ich zu schreiben habe, wissen sie nicht.«

»Sie wollen sich bei dir einschleimen.«

»Und nehmen dafür sogar meine künstlerische Auseinandersetzung mit dem Dorf in Kauf. Sie sehen mich als Werbetexter, Imagekampagnenleiter, Sloganklopfer.«

»Geschichtsaufarbeiter würde ich sagen.«

»Jaja, Vergangenheitszurechtrücker, Familienclangräbenüberwinder, Scherbenhaufenzusammensetzer.«

»Etwas Auseinandersetzung wird es allerdings brauchen.«

»Ich soll ihnen den Antiversiegelungsstrategen, den Dorfkernverweisungs- und Zersiedelungswiedergutmacher machen.«

»Wenn du das so aufzählst, klingt das nach ganz schön viel Arbeit.«

»Den Mischwaldaufförster, Schadbäumefäller, Fahnen- und Sargträger.«

»Aber vielleicht, ...«

»Den Pflückblumen- und Hochbeeter, den Rosenkranz- und Vorbeter.«

»Vielleicht ist es ...«

»Den Durchzugsverkehrdulder, Erscheinungsbildbehübscher, Ortschaftsgirlandeur.«

»Vielleicht ist es mehr ...«

»Ihren ganz persönlichen Wuchteldrucker, Verniedlicher, Klein- und Großredner.«

»Vielleicht ist es mehr schön als ganz schön viel?«

»Da war nichts schön!«, platzt es aus Lukas. Er greift sich an die Nase. Sie juckt. Ab dem zehnten Lebensjahr war das Wegkommen das Schönste. Das Rauskommen aus dem Dorf. Bis Vierzehn war Sport eine Möglichkeit. Dann aber ging's ums Ausgehen. Betrinken konnte man sich auch im Dorf. Ausgehen ging nur in der Stadt oder zumindest im Nachbardorf. Denn es ging darum, etwas zu erleben, das am nächsten Tag nicht alle schon wussten, weil es Top-Gespräch des Tages in der Tankstelle war. Es ging darum, etwas zu erleben, das nur einem selbst gehörte. Es ging darum, eigene Erfahrungen außerhalb des Käfigs Dorf zu machen. Schon klar, dass die anderen im Käfig eine Schutzzone sahen, die ihnen Auslauf genug und zudem Sicherheit gab. Lukas sehnte sich nach mehr. Lukas wollte weg. Autostoppen war eine Möglichkeit. Die zweite war, sich mit den Dorfplatz-Posern anzufreunden. Ihre polierten Suzuki Swifts, Ford Escorts und Opel Mantas zu bewundern. Sie zu fragen, ob sie es in 12 Minuten ins 12 Kilometer entfernte Imst schaffen würden. Ihren Ehrgeiz und Stolz herauszufordern, um dann doch noch rechtzeitig draufzukommen, dass sie ihre mangelhaften Fahrkünste durch Risikofreude und Waghalsigkeit zu kompensieren trachteten. Es gab verlässlich mehrere Totalschäden jedes Jahr. Einen leichten, permanenten Schaden hatten sie alle. Dann doch lieber Autostoppen.

»Vielleicht lernst du das Dorf neu kennen?«

»Das will ich doch gar nicht«, stellt Lukas klar. Die Nase prickelt. Sie motzten über seine Kleidung, sie motzten über seine Frisur, sie motzten sogar über seinen aufrechten Gang. Sie pöbelten ihn an, sie sagten »Wie redsch denn du?« und wollten nicht wissen, was er zu sagen hatte, wollten sich nur darüber aufregen, dass er nicht mehr nur im Dialekt daherpolterte. Er grenzte sich freiwillig ab, ausgrenzen ließ er sich von ihnen nicht. Er ging erhobenen Hauptes seinen Weg, sie legten ihm weiterhin Steine in denselben. Er ließ sich davon nicht beirren, sie verloren langsam das Interesse: »Mit dem konsch ittemol mer schtreite«. Gut, war er sich in deren Augen halt für alles zu gut. War besser so für Lukas.

»Vielleicht lernst du das Dorf sogar lieben?«

»Sicher nicht!« Lukas schnäuzt sich. Da ist immerhin kein Blut.

In den Jahren, in denen Lukas dem Dorf noch nicht entfliehen konnte, war das Dorfleben kaum was für einen Umgebungs- und Alltagsgeplagten auf Identitätssuche. Aber lieber auf die Matheschularbeit lernen, als den Jungbauernball besuchen. Manchmal besuchte er ihn trotzdem. Und *besuchte* ist das richtige Wort, denn er ging nicht auf den Jungbauernball, sondern schaute nur gegen Mitternacht kurz vorbei, beehrte den Jungbauernball mit seiner Anwesenheit, um stets schnell festzustellen, dass er nichts versäumte beziehungsweise alles schon versäumt hatte, denn das geschätzte Ballpublikum war schon so voll, dass man als Nüchterner, der noch Parabelschnitte und Differentiale und keine Rüscherln und Krügerln im Kopf hatte, keinen gemeinsamen Nenner mehr fand. Partyzug schon abgefahren, Ball schon im Rausch, Abend im Arsch. Das Dorf am Arsch der Welt. Er der, der nicht aus ihm raus kam.

Ivo lässt nicht nach und versucht seiner Rede einen positiven Touch zu verleihen: »Vielleicht sehen sie danach alles anders, vielleicht sehen sie danach richtig?«

Lukas gefällt das. »So ganz nach dem Motto: Der Dorfschreiber wird's schon richten?«

»Richtig.«

»Der Dorfschreiber als Würdiger und Richter.«

»Exakt.«

»Na, bravo.«

»Schaffst du das? Kriegt Lukas, der Semiernstlustige, das hin?«

»Der Hinkrieger zieht in den Schreibkampf.«

»Kriegst du das geschrieben?«

»Passiv läuft da leider gar nichts.«

»Pass auf, horch auf, schreib mit.«

»Das klingt so einfach.«

»Mach's dir nicht zu schwer. Nimm's leicht und betracht's als ganz normalen Job.«

»Du bist gut.«

»Das bist du auch, Lukas. Mach dir Gedanken, aber nicht zu viele. Arbeit dich langsam an das Dorf heran. Das ist ein professioneller Coaching-Ratschlag, den ich dir gerne kostenlos, quasi als Wertschätzung für die angenehme Fahrt mit auf den Weg gebe.«

»Danke, Ivo, sehr hilfreich. Ich werd's mir überlegen. Und was ich den Dachsteinern an den Kopf werfe, möchtest du es hören? Muss eh noch üben.«

»Natürlich.«

»Heißt: Der Berg ruft und bleibt ungehört.«

»Tragisch.«

»Untertitel: Im Herzen der Alpen, im Schmerzen der Gletscher.«

»Ein Herz-Schmerz-Reim, darf man denn das?«

»Semi-ernst-lustig gebrochen geht alles.«

»Wenn du es sagst. Ich bin gespannt und höre.«

Lukas zieht drei gefaltete Blätter aus der Hosentasche, überlegt kurz, aufzustehen, bleibt doch sitzen, nimmt noch einen Schluck vom mittlerweile etwas schal gewordenen Bier und legt los.

Der Berg ruft und bleibt ungehört

Das Dach der Menschen ist das Haupthaar.

Das Dach der Berge sind die Gletscher.

Unter dem Dach der Menschen ist im Idealfall Hirn.

Unter dem Dach der Berge ist Gestein.

Dach. Berg. Stein: Dachstein.

Was schützt ihn, den Dachstein?

Ist der Dachstein Bedecktes und zu Bedeckendes gleichzeitig?

Um es bildlich auszudrücken: Ist der Dachstein Hirn und Haar und
    kommt er damit klar?

Kann der Dachstein mit dieser Doppelbelastung klarkommen?

Der Dachstein ist einerseits einzigartig und andererseits austauschbar.

Der Dachstein ist komplex und paradox.

Der Dachstein kann einerseits durch nichts und andererseits durch jede andere intensiv touristisch genutzte Naturlandschaft ausgetauscht werden.

Der Dachstein ist dialektisch.

Und wenn wer Dachstein ist, wer oder was ist er oder sie?

Der Dachstein ist schön, ist nicht zu übersehen, der Dachsteingletscher ist ein echter Eye-Catcher.

Aber es gibt für den Dachstein kein Übermorgen, wenn wir nicht heute schon dafür sorgen.

Von wegen: Der Dachstein macht, was ihr wollt!

Habt ihr ihn je gefragt? Habt ihr ihm zugehört?

Kann der Dachstein mit seiner Doppelbelastung und Dialektik klarkommen?

Kann mir vielleicht wer ein Doppelzimmer in Dachsteinnähe klarmachen, damit ich mir klar machen kann, was wir machen könnten, um Dach und Stein künftig mit Hirn zu behandeln, geht das bitte-danke?

Ich möcht mir nämlich den Lebensraum zum Erholungs- und Denkraum machen.

Ja, ich bin so frei, ich möchte da, wo ich lebe, mich auch erholen können.

Ist das zu viel verlangt?

Was bitte soll denn das heißen: Lebensraum versus Erholungsraum?

Das Leben darf doch nie und nimmer das Gegenteil von Erholung sein.

Wenn das Leben das Gegenteil von Erholung ist, dann wäre das Leben eine ziemlich unlebenswerte Sache, für was sich dann lebensversichern lassen?

Für was an einem perfekten Lebenslauf feilen?

Ja, nicht einmal Lebensabschnittspartner*innen machen mehr Spaß und Sinn, wenn dem Leben dieser Stellenwert eingeräumt wird.

Wenn das Leben das Gegenteil von Erholung ist, warum dann
überleben wollen?

Das Gegenteil von Erholung ist Stress, und es kann wohl nur darum
gehen, auszuloten,

wie sehr wir unsere Umwelt stressen dürfen, um Erholungsort sein
zu können.

Kennen wir diese Grenze?

Ja, im Grenzen ziehen sind wir generell gut hierzulande.

Aber nur, wenn es ums Ausgrenzen geht.

Im Anerkennen von Grenzen, die die Natur setzt, sind wir weniger
gut.

Nein, formulieren wir es ruhig positiv.

Sagen wir's wieder mal mit Wittgenstein: Es gibt keine Grenzen,
außer man zieht welche.

Ja, sagen wir es so, wie es ist: Im Ausdehnen der Grenzen der
Umwelt gegenüber sind wir sehr tolerant und großzügig. Wir
räumen uns der Umwelt gegenüber einen beträchtlichen
Überziehungsrahmen ein.

So sind wir. Wir meinen es nur gut mit der Natur.

Aber »nur« ist zu wenig, wir müssen es besser machen.

Das hat sich die Natur verdient.

Niemand lebt doch mehr von dem, was er*sie verdient.

Wie soll sich denn das bitteschön auch ausgehen?

Wer bitte kann sich denn schon einen 50.000 Euro Traktor leisten,
wenn sechs Kühe im Stall stehen und sechs Hektar in Hanglage
zu mähen sind?

Mathematik-Beispiel für die nächste Zentralmatura: Wenn eine Kuh
ab dem zweiten Lebensjahr 20 Liter Milch pro Tag bringt, was der
Bäuerin pro Liter 35 Cent bringt, wie alt müssen die sechs Kühe
im Stall werden, um allein den Traktor rentabel zu machen?
Muss Futtermittel zugekauft werden, wenn für einen Liter Milch
pro Kuh eine Futterfläche von drei Quadratmeter zu veranschla-
gen ist? Wie wird sich der Mähertrag im Laufe der Jahre ändern,

wenn sich das Klima pro Jahrzehnt um 0,2 Grad erwärmt? Ist da überhaupt noch was zu holen? Oder ist eine Stilllegungsprämie lukrativer?

Berücksichtige in deiner Berechnung ebenso Inflation, durchschnittliche Traktor-Reparaturkosten, Spritpreisschwankungen – Achtung, Erdölknappheit! – und jährliche Tierarzt- und Besamungskosten.

Zusatzaufgabe: Angenommen die Bäuerin und der Bauer wollten für ihre Arbeit auch ein bisschen entlohnt werden. Wie lange müssten sie bei einer gemeinsamen täglichen Arbeitsleistung von 20 Stunden und 35 Cent pro Stunde für die Anschaffung des Traktors arbeiten, und wie viele Überstunden müssten sie machen, um sich auch die Erhaltungs- und Betriebskosten desselben leisten zu können?

Niemand lebt doch mehr von dem, was er*sie verdient.

Zusatzaufgabe für Einser-Kandidat*innen: Lege das Rechenbeispiel der Landwirtschaft um auf die Tourismusindustrie. Dabei seien die Traktoren die Zimmer und die Kühe die Gäste. Gemolken muss werden, geschlachtet und besamt ebenso. Wie hoch muss der Zimmerpreis pro Nacht, wie hoch der Skipasspreis pro Tag sein, damit alle Angestellten angemeldet und mindestens nach Kollektivvertrag bezahlt werden können?

Geht sich das aus?
Braucht es Zusatzattraktionen, Massenleitsysteme, Eiskaffeepaläste?
Kann sich das ausgehen?
Was geht uns alles aus und ab?
Schätzen wir das, was uns zunehmend aus- und abgeht ausreichend?
Schützen wir es ausreichend?
Auf was basiert denn unser aller Leben?
Wir leben alle längst auf Pump.

Und um dieses Lebensmodell aufrecht erhalten zu können, brauchen wir ganz einfach mehr von allem, nicht wahr?

Mehr Pistenkilometer, mehr Après-Ski-Rambazamba, mehr Parkplatz-Asphaltwüsten, mehr Alleinstellungsmerkmale, mehr Nächtigungen.

Wir brauchen Übernächtigungen, Überbuchungen und Überkompensationen, um weiterhin flott im Überfluss Richtung Abgrund treiben zu können

Nanana, wer wird denn da gleich so übertreiben?

Weiß die Kunst mal wieder nicht, wie sie sich zu verhalten hat, oder was?

Will die Kunst mal wieder nicht bei Fuß und Tourismus stehen?

Will die Kunst mal wieder über das Unterhaltungsziel hinausschießen?

Will die Kunst sich mal wieder nicht anpassen?

Will die Kunst mal wieder nicht bloß Bespaßen und maßt sich an, anzustupsen und Überlegungen anzuregen.

Legt sich die Kunst gar mit dem eigens erstellten Leitlinien-Paper der Dachstein-Gemeinden an und zerlegt die Themenpunkte?

Na, so viel Kunst haben wir gerade noch gebraucht?

Komme uns keiner mit Spiegeln des Allzuoffensichtlichen.

Spiegeln können wir in den Bergen.

Spiegeln ist eine alte Signal-Kulturtechnik.

Das haben wir immer schon gemacht, wenn wir den Gipfel erreicht und den im Tal Verbliebenen ein Zeichen geben wollten.

Dann wäre jetzt also der Gipfel erreicht, oder was?

Welcher Gipfel?

Der Gipfel der Vernunft, der Unerhörtheit?

Die Gierspitz, das Belastungsjöchl, der Zumutbarkeitszinken?

Na, dafür brauchen wir keine Kunst, das sehen wir schon selbst.

Wer zahlt denn diese sogenannte Kunst eigentlich?

Wir. Wir alle. Na also.

Und wer zahlt, schafft an.

Also hat sich die Kunst gefälligst in den Dienst der Allgemeinheit zu stellen!

Hat sie das? Was ist überhaupt diese Allgemeinheit?

Wie wär's mit sowas wie Gemeinwohl-Tourismus?

Was muss, darf, kann Kunst?

Was bringt Kunst?

Kunst kann ein Bringer sein!

Also Kunst, wenn du eine solche sein willst, streng dich an, spring
über deinen Schatten.

Ich spring doch schon und ihr, seid ihr der Schatten?

Wer ihr? Wer wir?

Wir sind überlegen und wir werden es uns gut überlegen, an wen wir
den nächsten künstlerischen Auftrag vergeben.

Wir wissen ja, die Kunst will auch überleben.

Aber niemand lebt doch mehr von dem, was er*sie verdient.

Hat die Umwelt uns verdient?

Haben wir diese Umwelt verdient?

Wir haben längst Kredit genommen bei der Natur.

Ja, wir leben auf Kosten der Umwelt.

Wir stehen bei der Natur in der Kreide.

Abbezahlen dürfen dieses sehr langfristige Darlehen dann die
Generationen nach uns.

Die werden sich schön bedanken.

Wir leben über den Verhältnissen und wir sind darin verhältnismäßig kreativ und innovativ.

Wir finden immer neue Möglichkeiten etwas überzustrapazieren.

Das macht uns so besonders, was noch?

Der beleuchtete Wildbach, der beleuchtete Nachtslalom?

Die generelle Beseeltheit und Erleuchtungsbereitschaft?

Was für ein Licht werfen wir auf uns?

In welchem Licht wollen wir künftig stehen?

Und wie wollen wir mit den Schattenseiten umgehen?

Klar, wir wollen in einem guten Licht stehen.

Wie den Dachstein soll uns niemand übersehen.

Denn der Dachstein ist schön und der Dachsteingletscher ist ein
echter Eye-Catcher, eine Trade- und Landmark.
Aber es gibt für den Dachstein kein Übermorgen, wenn wir nicht
heute, hier und jetzt schon dafür sorgen.
Sonst wird das alles eine Treppe ins Nichts.

4

Bis ans Ende der Durststrecke

»Sie wünschen?«, wiederholt die Speisewagenbedienstete Tunja.

»Sorry, ich war in Gedanken«, sagt Lukas.

»Ich hoffe, nicht in meinen«, entgegnet Tunja.

Es freut Tunja, wenn sie Gäste wiedererkennt. Diesmal allerdings hat der Gast in ihren Gedanken natürlich Mo im Schlepptau. Dafür kann er aber nichts. Das soll er nicht zu spüren bekommen.

»Wer Bitten und Denken lernt, wird nie ganz aufgeschmissen sein, sagte meine Oma immer«, sagt Tunja und ahnt nicht, was sie damit auslöst.

»Gute Oma. Omen sind super. Gute Omen sind was wert. Omen, ich sage euch, Omen sind die Zukunft und die Vergangenheit.«

»Aber auch Open sind für alles offen«, wirft sie ein und ist stolz auf das Open-offen-Wortspiel. Es ist grad nichts los. Ennstalflaute. Gegen ein bisschen Bullshittalken hat sie nichts einzuwenden. So vergeht die Zeit schneller. Sie sind erst in Liezen. Sie hat noch bis Salzburg Dienst, dort muss Lukas auch hin. Kommen tut er aus Graz. Lukas wollte der Stadt Graz, die ja jüngst von der schützenden Hand schwarzer Bürgermeister befreit wurde, eine Marketingidee schmackhaft machen. Die Bestattung Wien ist sehr erfolgreich mit frechen Sprüchen. Der Bestattung Graz wollte Lukas das Verb »abgrazen« und die Möglichkeiten damit aufzeigen: »Gekommen um abzugrazen«, »Hier bin ich Mensch, hier graz ich ab« ... Man würde sich bei ihm melden, hat es geheißen. Lukas weiß, was das heißt.

Liezen ist, von Zugperspektive aus gesehen, an architektonischer Bizarrheit nicht zu überbieten. Liezen ist der flächenmäßig größte

Bezirk Österreichs. Dementsprechend unverschämt großzügig wird auch mit Parkflächengestaltung umgegangen. Ja, Liezen ist eine Industrie-, Einkaufs- und Verwaltungsstadt, aber vor allem ist Liezen eine Stadt, die mehr Parkplätze als Arbeitsplätze hat. Groß und viel ist die Devise von Liezen, nicht klein und fein. In Liezen lassen sich alle Bausünden der letzten 50 Jahre kompakt betrachten, und zwar vom Zug aus und das ist gut, denn so muss man wenigstens nicht in Liezen aussteigen. Liezen ist das Gegenteil von einer Bilderbuchstadt am Land. Liezen sollte zu seinem Charme stehen, und sich als Architekturkatastrophe vermarkten.

»Eine Kindheit mit guten Omen und offenen Open ist eine Bilderbuchkindheit«, sagt Lukas.
»Eine Bullerbükindheit. Will heißen eine pippi-feine Kindheit«, Lukas kann gar nicht mehr aufhören. Tunja versteht sich aufs Zuhören und lässt Lukas reden.
In die Speisewagenfenster schiebt sich langsam der majestätische Grimming. Liezen hat diese Kulisse nicht verdient.
»Geradezu hotzenplotzig«, fällt Lukas auch noch ein, um dann zum Gipfel seiner Aussage zu kommen: »Wer eine Momo-Oma und einen Grüffelo-Opa hat, lebt im Kinderbuchhimmel.«
»Yep«, kommentiert Tunja knapp, um dann hinzuzufügen: »Aber auch wer einen Opa-Raupe-Nimmersatt und eine Heidi-Oma hat, hat's gut.«
»Oh ja, eine Oma tut immer gut«, fährt Lukas fort und schaut gebannt auf den immer näher rückenden Grimming.

Oma Herta gehört auf jeden Fall gewürdigt. Oma Herta hat sich eine Geschichte verdient. Die Leute lieben Oma-Geschichten. Lukas liebt sie auch. Sie sind aus einer anderen Zeit. Geschichten aus anderen Zeiten sind fesselnd und sagen gleichzeitig mehr über die Gegenwart aus, als man direkt sagen würde wollen. »Sag's hintenrum«, sagte Oma Herta immer. »Sag's ihnen hintenrum rein!« Das ist die hohe Erzählkunst. Nicht mit der Tür ins Haus fallen, die Hintertür benützen, sich dort reinschleichen, im Erzählhaus alles vorbereiten, es wieder verlassen und dann alle an den Händen nehmen, gemeinsam, gemütlich hereinspazieren.

Oma Herta war aber schon auch direkt. Sie vertrat ihre Meinung. Sie hatte den Krieg ohne Mann, mit drei Kindern in einem Haus voller Narren, nein, Närrinnen überstanden. Reihenweise tanzten sie an, um der Herta den Hof zu machen, denn der Anton würde wohl nicht mehr zurückkehren. Aber Anton aus Tirol kehrte aus der Kriegsgefangenschaft in Frankreich zurück, um noch drei Kinder zu zeugen. Eines davon war Lukas' Mama. Ja, Oma hat vielen den Kopf verdreht und noch viel mehreren den Kopf gewaschen. Sie hat aber auch für viele Briefe geschrieben, beziehungsweise ihnen ihre amtlichen und wichtigen Schreiben vorgelesen und erklärt. Oma Herta war nicht gerade das Dorforakel, aber Stimme und Einflüstererin von vielen. Oma Herta war die Stimme der Ungehörten. Das war ihr wichtig. Das beherzigte sie, das gab sie weiter. Sie genoss keine besondere Schulbildung, sie bewirtschaftete in den 1930er Jahren eine Skihütte in Saalbach. Da lernte sie den Umgang mit den »besseren« Leuten, lernte ihre Sprache und Ausdrucksweise. Da lernte sie auch, sich nicht unterkriegen zu lassen. Und sich nicht unterkriegen lassen war das, was auch Lukas von klein auf eingeimpft wurde.

»Aber das wäre eine unendliche Geschichte«, sagt Lukas gedankenversunken und: »Apropos unendliche Geschichte. Habt ihr euch wieder ...?«

»Mo kann mich gernhaben und was darf's für Sie sein?«, fragt Tunja gefasst und professionell.

»*Ein bisserl mehr*, Tunja, ich bin der Lukas und ich glaube, wir waren schon per du.«

»Wie auch immer. Wird sicher lustiger heute als das letzte Mal.«

»Fix.«

»Und Foxi«, ergänzt Tunja und freut sich, damit auch ihre Lesevorlieben aus Kindheitstagen eingebracht zu haben. Lukas steigt nicht darauf ein.

»Fix ist mein Lieblingsbier in Griechenland. Jetzt hätte ich bitte gerne einen Espresso. Am liebsten ja einen Affogato, aber ich sehe ein, dass es im Speisewagen ein Automatenkaffee ohne Vanilleeis tun muss.«

»Und was du sagst, muss ich tun«, sagt Tunja stoisch.

»Sehr witzig, Tunja! Und ich hab eh auch zu tun. Ich muss dem Bürgermeister meiner Heimatgemeinde einen Beweis meiner Arbeit schicken. Ich muss Zeugnis ablegen, dass ich würdig bin.«

»Würdig wofür?«, will Tunja wissen.

»Naja, die haben sich was gewünscht von mir und ich soll dafür dann auch einen neu gegründeten Preis kriegen.«

»Was gewünscht? Und was ist dein Preis, bist du teuer?«

»Das ist Verhandlungssache und gewünscht haben sie sich, dass ich über meine Herkunft und das Dorf schreibe und jetzt konkret, dass ich eine Arbeitsprobe vorab gebe, damit es dann bei der großen Präsentation im Gemeindesaal keine ganz große Überraschung beziehungsweise keinen ganz großen Skandal gibt.«

»Gemeindesaalpräsentation – große Sache. Da kann allerhand schief gehen.«

»Eh. Ich bin natürlich noch nicht fertig mit dem großen Opus, hab aber neulich mit dem Bürgermeister telefoniert und der wünscht sich jetzt was, das er dem Gemeinderat vorlegen und von diesem absegnen lassen kann, damit er – im Fall des Skandals – sagen kann, er habe alles richtig gemacht.«

»Tirol-Style.«

»Du sagst es.«

»Und was wirst du schreiben und was schicken?«

»Was ich schicken werde, weiß ich noch nicht. Schreiben möchte ich ein Dramolett in sieben Akten angelehnt an den Kranewitter-Klassiker *Die sieben Todsünden*.«

»Ich kenn *Seven* mit Brad Pitt.«

»Du hast alles richtig gemacht. Franz Kranewitter ist der große Dorfdichter und so wird dann auch der Preis heißen, wenn ich ihn denn wirklich kriegen sollte.«

»Und du schleimst dich einerseits etwas ein und sicherst dich anderseits mit den Sünden ab. Gibst dich also nicht unfehlbar.«

»Richtig. Nicht unfehlbar. Unfehlbar – das wäre doch ein Name für ein Beisl. Tunja, du solltest die Unfehlbar eröffnen.«

»Wird gemacht. Ich stell dich ein als Barhocker. Jetzt aber an die Arbeit.«

Tunja bedient den Kaffeevollautomaten, Lukas fährt seinen Laptop hoch.

Tunja serviert das Heißgetränk. Lukas öffnet das Schreibprogramm.

Tunja sagt: »Nächste Station: Stainach-Irdning.«

»Guter Anfang«, sagt Lukas und legt los.

STAINACH

1) Das »Stainach« (sprich: Stain-Ach!) ist das Seufzen der Steine. »Das Seufzen der Steine« ist ein Klassiker der postmodernen Literatur österreichischer Provenienz und wurde in den Jahren 1983-1986 von Hildegard Sacknaht verfasst, fristete allerdings zwei Jahrzehnte lang ein Schubladendasein. Sacknaht verschickte das Manuskript an 34 Verlage, bekam 19 Absagen, 14 Verlage meldeten sich gar nicht. Ein Verleger sah sich zwar nicht in der Lage, das Buch zu publizieren, pflegte jedoch bis zum plötzlichen Tod Sacknahts 1999 eine intensive Brieffreundschaft mit der leidenschaftlichen Briefeschreiberin Hildegard Sacknaht. Hildegard Sacknaht verunglückte bei einem Brückeneinsturz nahe Bruck an der Mur. Im Kofferraum des Unglückswagens befanden sich mehrere gebundene Exemplare des Originalmanuskripts. Der Kleinverlag »Pusteblume« reagierte am schnellsten und schaffte es tatsächlich, »Das Seufzen der Steine« als literarische Sensation in die staunende Literaturlandschaft zu pflanzen. Der Rest ist Geschichte. Mittlerweile gibt es jährlich Sacknaht-Literaturtage in Stainach-Irdning (siehe dritte Bedeutung) und auch eine Sacknaht-Stiftung, die das Vermögen verwaltet und jährlich einen Hangverbauungswettbewerb ausschreibt.

2) »Stainach« ist auch eine Zeitangabe. 50 Stainach heißt: 50 Jahre nach Aist (»nach Aist« ist ein Anagramm von »Stainach«). Herrgott von der Aist lebte im 18. Jahrhundert auf seinem Anwesen im Ennstal als Fürst mit Hang

zum Unkontrollierbaren. Er lebte die Gottlosigkeit und prägte Wörter und Rituale, die mittlerweile zwar etwas in Vergessenheit geraten sind, aber für einen eingeschworenen »Aist-Kreis« nach wie vor als eine Art Religion gelten.

3) Der Bahnhof in der Ortschaft »Stainach« im steirischen Ennstal heißt »Stainach-Irdning«. Am Bahnhof Stainach-Irdning gab es bis 250 Stainach die beste Bahnhofsreste weitum (mittlerweile geschlossen!).

Lukas speichert Stainach ab, öffnet das Mailprogramm und sucht das Mail vom Bürgermeister. »ASAP« und »bei der nächsten Sitzung« hat es da geheißen. Auch ASAP ist ein dehnbarer Begriff und »Dehnbar« wäre ein guter Name für eine Yoga-Lounge.

Die nächste Sitzung im Gemeindeamt findet sicher nicht allzu schnell, die nächste Sitzung am Stammtisch vermutlich sehr bald statt. Lukas schreibt »Gemeinderatsbeschlussvorlage« in die Betreffzeile und dem Bürgermeister Hermann Kogel folgende Zeilen:

Lieber Hermann,

oft denke ich daran, wie du dich wagemutig mit dem Bob die alte Holzleitenstraße runter stürztest, und oft denke ich auch daran, dass ich einerseits gerne mit im Bob gesessen wäre, aber andererseits schon auch die Hosen voll hatte. Nun sagt man zwar einerseits: Mitgesessen kannst vergessen! Und andererseits: Mit voller Hose ist leicht stinken. Aber was man so sagt, ist nur teilweise von mir zu erwarten. Was man so sagt, fließt schon ein, in das, was ich schreibe. Aber es fließt vorher durch mich. Ich bin der Filter. Du bist der Bürgermeister. Du brauchst eine Beschlussvorlage. Ich schick dir eine und darf dir mitteilen, dass du es sogar in den Text geschafft hast, also in den Vortragstext, nicht in die Beschlussvorlage.

Ich hoffe, das freut dich so sehr wie mich. Ich hoffe, du bist so aufgeregt, was die nahende Lesung angeht, wie ich. Ich hoffe, es kommt nicht die gesamte Blasmusik zum Einsatz (im Publikum dürfen gerne alle sein). Ich hoffe, ich werde nach der Lesung nicht geteert und gefedert, sondern geehrt und gefördert. Ich hoffe, ihr nehmt mich mit Humor. Ich hoffe, euer Humor versteht sich mit meinem. Ich hoffe, wir alle wissen, worauf wir uns da eingelassen haben und bleiben gelassen genug, um den Abend »Schia gseit, guat gmuant, schlecht troffe!« gemeinsam genießen zu können und weil in der für die Lesung geplanten Geschichte vom Gafleiner und vom Joch die Rede sein wird, sei dir hier – quasi als Draufgabe beziehungsweise Fleißaufgabe meinerseits – auch noch eine andere Sagengestalt vorgestellt, und zwar der PENK.

Penk ist einerseits ein Dorf im Mölltal in Oberkärnten und gehört zur Gemeinde Reißeck im Bezirk Spittal an der Drau, der Penk aber ist eine Sagengestalt, die stets um das Wohlsein aller bekümmert ist. Der Penk tritt in Erscheinung mit dem Spruch: »Griaß enk, i bin der Penk, i schenk enk enker Glück zrück. I bitt enk kurz nochz'denkn und i werd donn enker Wunschdenkn lenkn.«
Das machte der Penk in der Regel dann auch, bis sich der als Anti-Penk in die Geschichte eingegangene Hubsi Gnals aus dem Nachbardorf Napplach bei seiner Penk-Begegnung wünschte: »Verrenk dem Penk seine Gelenk, ertränk den Penk, versenk den Penk, henk den Penk.«
So geschah es dann auch und der Penk ward nie mehr wieder gesehen. Am Dorfplatz von Penk erinnert ein Penkmal an den sympathischen Sagenhelden. In Napplach steht eine Hubsi-Gnals-Steinbüste hinter der Bushaltestelle, die aktuell efeuverwucherungsbedingt nicht erkennbar ist.

In diesem Sinne: Pfiat enk und bis bald
Im Anhang weitere Kostproben meines Schaffens (Hüttschlag, Schröcken, Biberwier)
Lukas

»Arbeitsprobe abgeschickt? Job done?«, fragt Tunja.
»Yep. Jetzt hab ich mir einen gespritzten Apfelsaft verdient.«

»Lukas, echt jetzt, so feierst du?«

»Feiern ist später. Ich muss noch arbeiten heute.«

»Ich auch.«

»Wie weit?« Schön, denkt sich Lukas. Speisewagenbedienstete kann man fragen, wie weit sie noch arbeiten müssen, denn die Distanz bestimmt den Dienst. Wenn der Zug Verspätung hat, verlängert sich die Schicht. Lukas verlängert seine Schreibschicht, denn er ist im Flow, er nimmt sich Leppen vor.

Tunja schaut aus dem Fenster, direkt ins klare Wasser des Zeller Sees und sagt: »Bis ans Ende der Durststrecke.«

LEPPEN

1) Das Verb »leppen« ist eine Verschmelzung der Verben »lecken« und »nippen« und wird gebraucht, um die Aufnahme von Flüssigkeiten in Kleinstdosen auszudrücken. Vitamin-D-Tropfen werden geleppt. Schnaps wird nicht geleppt. Schnaps wird geschlippt. »Schlippen« ist eine Verschmelzung von »schlucken« und »kippen«.

2) »Leppen« ist in Douglas-Adams-Fankreisen ein Codewort für »Fast die Antwort auf alle Fragen«. Das hat damit zu tun, dass der Ort Leppen in Kärnten 41 Einwohner*innen hat.

3) »Leppen« ist ein Dorf, das 99 Kilometer von der Landeshauptstadt Klagenfurt und 299 Kilometer von der Bundeshauptstadt Wien entfernt ist. 99 ist die Kraftzahl von Leppen. 1 Meter ist in Leppen 99 Zentimeter. 1 Liter ist in Leppen 99 Zentiliter. 100 Euro sind 99 Euro wert. Das dadurch Gesparte fließt in die Gemeindekasse. Am Geburtstag von Leppen, dem 99sten Tag im Jahr, werden mit dem Ersparten 99 Luftballons gekauft. Der Rest wird angelegt, für schlechtere Zeiten. Ja, in Leppen lässt man sich nicht lumpen, in Leppen läppert's sich. In Leppen lässt's sich leben.

Gegen die Lage von Zell am See lässt sich schwerlich was sagen. Großglockner, Nationalpark Hohe Tauern, Kitzsteinhorngletscher – alles in Sichtweite. Landschaftlich hat diese Region im Salzburger Pinzgau alles richtig gemacht. Touristisch treibt es Zell freilich bunt. Wer dermaßen mit Bergen gesegnet ist, mag mitunter den Weitblick verlieren, wird aber wohl dennoch kaum baden gehen. Twimberg hingegen ist Teil von Bad St. Leonhard. Dort ist Lukas grad. Lukas macht geistig Urlaub bei Freunden, denn Kärnten ist ein Wahnsinn.

»Was steht noch an heute?«, fragt Tunja in Salzburg einfahrend.

»Eine Stefan-Zweig-Wiederbelebung«, sagt Lukas.

Tunja schaut sehr fragend.

»Sorry«, sagt Lukas. »Eine Mischung aus Lesung und Vortrag rund um das Thema Reisen mit möglichst viel Stefan-Zweig-Einbindung. Stefan Zweig ist der, der die Schachnovelle geschrieben hat, aber eben nicht nur. Er ist auch schon ihn sehr jungen Jahren weltweit herumgereist, war ein glühender Europäer und das schon vor über 100 Jahren. In der Nazizeit musste er dann emigrieren und landete schließlich in Brasilien. Es gibt ein Stefan-Zweig-Zentrum hier in Salzburg und die wollen, dass ich Zweig auffrische und mit eigenen Texten kreuze.«

»Ich geh Spritzertrinken«, sagt Tunja.

Lukas Handy vibriert.

Tunja fragt: »Kannst du das auch, später, Spritzertrinken?«

Lukas schaut gleichzeitig in Tunjas Augen und aufs Display und sieht da ein fröhliches Blitzen und dort »Corina Nassereith ruft an«. Lukas geht nicht ran. Er geht vielleicht mit Tunja aus, später.

5

Trainhopping oder der Liebe entgegen

»Tschuldigung. Frage: Ist da noch frei?«

»Antwort: Im Prinzip ja, aber ich kann ganz schön anstrengend sein«, sagt Kurt nicht zum ersten Mal.

»Mit anstrengend kenn ich mich aus«, gibt Ivo zu.

»Beziehungsstress?«

»Wenn Geschwister unter Beziehung fallen, ja.«

»Wenn Geschwister unter Beziehung fallen, gefällt mir. Viele Geschwisterbeziehungen fallen, wenn plötzlich andere der beste Freund oder die beste Freundin sind.«

»Diese Phase haben wir schon hinter uns. Bei uns geht es mittlerweile ums Erben.«

»Klassiker.«

»Wohl wahr.«

»Und jetzt fahren Sie zum Erbgipfeltreffen und fürchten, dass es in eine einzige Streiterei ausarten wird?«

»Nein, jetzt fahre ich bloß bis Meidling«, sagt Ivo.

Ist das einer, der einfach Bahnhöfe liebt, fragt sich Kurt. Soll es ja geben. Aber ausgerechnet Wien-Meidling? Wien-Meidling hat doch die Bezeichnung Bahnhof überhaupt nicht verdient und liegt noch dazu neben einem Friedhof. Wien-Meidling ist mehr U-Bahnstation als Bahnhof, mehr Friedhof als blühendes Leben, mehr Unterwelt als Hochkultur. Wien-Meidling ist einer Weltstadt wie Wien nicht würdig. Wien-Meidling ist ein Zustand, ist als Bahnhof einfach nur menschenunfreundlich und mühsam.

»Von Wien Hauptbahnhof nach Wien-Meidling im Speisewagen?«, fragt Kurt.

»Korrekt.«

»Um das Klimaticket auszunutzen?«

»Um auszuchecken, ob sie Dienst hat?«

»Wer sie, was Dienst?«

»Es hat mich neulich im Speisewagen eine Kellnerin bedient, die ich gerne wieder sehen würde«, sagt Ivo und das ist zwar nicht wahr, aber einem wildfremden, älteren Menschen gleich von seinem letzten One-Night-Stand zu erzählen, das kann er nicht. So ist er nicht.

»Der Dienstplan dürfte kein Staatsgeheimnis sein. Haben Sie bei der Catering-Firma nachgefragt?«

»Ich habe keinen Namen, also Nachnamen.«

»Naja, aber ich nehme an, Sie wissen ja wohl, wann und welcher Zug es war?«

»Schon, aber ich möchte nicht stalkermäßig rüberkommen.«

»Ich versteh. Sie setzen lieber auf einen inszenierten Zufall?«

»Sagen Sie es bitte nicht so.«

»Okay. Neuer Versuch. Frage: Fahren Sie der Liebe entgegen?«

»Im Prinzip ja, aber ich hoffe, sie bleibt nicht auf der Strecke.«

»Falsch. Sie hoffen, Sie ist auf der Strecke.«

»Richtig.«

»Darf ich fragen, wie sie heißt?«

»Tunja.«

»Tunja? Die hat mich schon mal bedient. Mit gutem Spruch und resolutem Auftreten?«

»Absolut.«

»Absolut begehrenswert. Ich kann Sie gut verstehen. Und jetzt fahren Sie also so lange Wien-Hauptbahnhof – Wien-Meidling hin und her, bis Sie Tunja wiedersehen?«

»Im Prinzip ja. Aber ich mach das nicht den ganzen Tag, sondern jeden Tag nur ein paarmal und es war da schon auch mal ein bisschen mehr, an das wir uns vermutlich beide nur mehr oder weniger erinnern können.«

»Sie wissen schon, dass wir da gerade eben beide das Radio-Eriwan-Witz-Schema bedient haben?«

»Im Prinzip ja, aber ich weigere mich jetzt über Radio-Eriwan-Witze zu reden.«

»Ich versteh. Sie haben eine Mission und ich bin natürlich neugierig, was da mehr war.«

»Ein One-Night-Stand in traurigen Pandemietagen«, jetzt sagt Ivo es doch.

»Oh. Und die Mission lautet: Ein Wiedersehen unter besseren Bedingungen?«

»So in etwa. An der Kaffeemaschine werkt ein Mann, die zweite Bedienung dürfte sich grade in der 1. Klasse aufhalten.«

»Was machen Sie, wenn Sie die zweite Bedienung bis Meidling nicht sehen?«

»Aussteigen.«

»Was machen Sie, wenn Sie sie kurz vor Meidling sehen und es ist Tunja?«

»Weiterfahren.«

»So flexibel können Sie ihren Alltag gestalten?«

»Liebe macht flexibel.«

»Finden Sie?«

»Liebe verleiht Flügel.«

»Entschuldigung, das klingt zwar süß, aber mehr nach Marketing als nach Gefühlen. So jung sind Sie doch auch nicht mehr, dass man sich da blind in was reinstürzen will und das noch dazu mit diesem Aufwand.«

»Sie klingen verbittert.«

»Sie klingen wie ein Teenager.«

»Kennen Sie sich mit Teenagern aus, sind Sie nicht verliebt?«, fragt Ivo.

»Meine Lieben sind schon mehrmals auf der Strecke geblieben«, gibt Kurt zu.

»Traurig.«

»Aber geblieben ist dennoch was.«

»Darf ich fragen was?«

»Aber natürlich. Zwei Töchter und ein Sohn und eine der Töchter,

Mia, besuch ich jetzt. Also nicht direkt, das soll und darf ich nicht. Aber sie hat morgen Maturaball und da werde ich auftauchen.«

»Unangemeldet?«

»Es ist eine öffentliche Veranstaltung, wir leben in einem freien Land, ich habe eine Eintrittskarte erstanden und werde dem Dresscode Folge leisten.«

»Darf ich Ihnen eine harmonische Ballnacht wünschen?«

»Im Prinzip ja, aber ich kann nicht garantieren, dass es nicht zu überraschenden Mitternachtseinlagen kommen wird.«

Wir erreichen in Kürze den Bahnhof Wien-Meidling. Aussteigen bitte in Fahrtrichtung links.

6

Von Bregenz bis Übrigens

»Tschuldigung, ist da noch ein Plätzchen frei?«, fragt Lukas.

Plätzchen werden gebacken, denkt Kurt, sagt aber: »Je nach aktueller Sitzverordnung nein bis drei.«

Den kenn ich doch, denkt sich Lukas und sagt: »Keine Sorge, man darf wieder.«

Keine Sorge ist wie keine Ahnung meist falsch, weiß Kurt, wird aber sehr gerne gesagt. Dabei besteht doch gerade in letzter Zeit fast immer Grund zur Sorge. Wer weiß, warum die Jugend »keine Ahnung« so gerne verwendet? Mit Sokrates hat das sicher nichts zu tun. Vorschützen von Ahnungslosigkeit als Konzept? Wirkliche Ahnungslosigkeit? Bescheidenheit? Arglosigkeit? Alles keine Eigenschaften, die der Jugend gerne zugeschrieben werden. Vermutlich bloß Sorglosigkeit was die Tragweite der Worte angeht und korrekter wäre wohl meist: kaum Ahnung. Aber kaum Ahnung ist natürlich keine Antwort, die einen Dialog beschließt. Da muss es weiter gehen. Da muss das Bisschen Ahnung herausgekitzelt werden. Kurt hat's gern korrekt. Kurt hat gern recht. Kurt denkt sich gern seinen Teil und fragt: »Man darf wieder was? Zusammensitzen?«

»Unter anderem«, sagt Lukas.

»Auch mit anderen?«, will Kurt wissen.

»Auch«, erwidert Lukas und noch macht es für ihn den Anschein, als ob sein Gegenüber sich nicht an ihn erinnerte. Lukas beschließt, vorerst auch so zu tun, als hätten sie nicht schon stundenlang über Tiflis und Leberkäs geredet. Aber wirklich angeschaut hat ihn Kurt bis dato ja auch noch nicht und geredet hat er das letzte Mal auch mehr mit sich selbst als mit ihm.

»Schön«, sagt Kurt.

»Schon«, Lukas.

»Na dann, darf ich bitten.«

»Vielen Dank und schönen guten Nachmittag übrigens.« Ob es einen Ort namens Übrigens gibt?, fragt sich Lukas und ihm ist, als ob er sich das neulich schon gefragt hätte. Wenn nicht, muss er Übrigens erfinden. Von Bregenz bis Übrigens. Ob er in sein Ortsnamenslexikon auch fiktive Orte einfließen lassen sollte? Vielleicht. Ist jedenfalls eine gute Art, über Österreich und seine Auswüchse nachzudenken. Ist eine gute Art, Österreich in den Griff zu kriegen. Wer weiß schon, ob es Nötsch wirklich gibt?

NÖTSCH

1) Die Marktgemeinde »Nötsch« im Kärntner Gailtal im Bezirk Villach-Land hat jahrelang versucht, einen Inselstatus im Seenland Kärnten zu erlangen. »Wenn Kärnten, wie der offizielle Werbeslogan behauptet, ein Wahnsinn ist, was es ist, so wollen wir so größenwahnsinnig sein, und uns als Ort einen Sonderstatus erringen«, so die Worte des Pro-Niederösterreich-Initiators (kurz: Pro NÖI) Erwin Rölpl. »Wir tragen unsere Bestimmung im Namen. Nötsch ist NÖ. Nötsch gehört zu Niederösterreich. Nötsch will Teil von Niederösterreich sein. Jeder Wahnsinn braucht blinde Flecken. Jeder Wahnsinn braucht Fluchtinseln. Jeder Wahnsinn braucht ein Escape-Nötsch. Wir wollen das Kärntner Wurmloch gen Niederösterreich sein. Nötsch trägt ja sogar den stolzen Ötscher im Namen. Nötsch gehört nicht nach Kärnten, Nötsch gehört blau-gelb. Und will uns Niederösterreich nicht, so wollen wir fürderhin wenigstens Nötschach heißen. Viele Kärntner Gemeinden tragen den Ach-Schluss-Seufzer im Namen – zu Recht: Ferlach, Arriach, Villach, Mörtschach, Drobollach, Kleblach, Dellach, Kötschach, Pörtschach, Flattach, Döllach, Obervellach, … Auch wenn es oft mehr ein ›Lach‹ denn ein ›Ach‹ sein sollte. Es bleibt dabei: Kärnten ist ein Wahnsinn oder ein Witz. Nötsch will, wenn schon, dann ein NÖ-Witz sein.« So der weitere Wortlaut des Gesuchs von Erwin Rölpl an den damals amtierenden Landeshauptmann Erwin Pröll. Gerüchte rund um das Privatleben des NÖ-Landesvaters verhinderten seine weitere Regentschaft. Nach

seinem Beiseitetreten hat Nötsch das Gesuch zurückgezogen. Erwin Rölpl ist nach Radlbrunn ausgewandert und engagiert sich dort vor allem am Altstoffsammelhof.

2) In den letzten Jahren litt Nötsch an der Verwechslung mit »Netsch« und der geläufigen Redewendung »nua a poa Netsch hom«. Diese negative Konnotierung führte zur Herausbildung des Nötsch-Komplexes, einer Art Minderwertigkeitskomplex, der vor allem im Mittelstand grassiert. Die temporären Liquiditätsprobleme des einstigen Finanzministers Grasser und seine Swarovski-Abhängigkeit wirkten komplexverstärkend. Als fatalistische idiomatische Wendung blieb der Sprache und der Region der Ausspruch: Kan Job und kan Nötsch mehr, aber Hauptsoch a Föhnwöhn!

»Grüeß Goutt!«, sagt Kurt und der schon wieder, aber besser als gar keine Ansprechperson, denkt er. Kurt braucht ohnehin wen zum Reden, also wen, der ihm zuhört. Keine Bühne ohne Publikum.
Griesgram, denkt Lukas, steirisch bellender Griesgram. Lukas nimmt Platz und bettet Jacke und Tasche neben sich. Den Denkprozess anspornender Griesgram. Nicht das Schlechteste für eine mehrstündige Zugfahrt. Kurt erinnert Lukas an seinen Klassenvorstand in der HAK, der hörte sich auch selbst am allerliebsten zu, und an den Türsteher, der damals bei allen Bällen zum Einsatz kam. Bälle waren ein großes Thema seinerzeit. Bälle waren fixe Termine im Partykalender. Bälle strukturierten den Jahreskreislauf. Die Ballsaison begann am 11. 11. und endete mit dem Fasnachtsdienstag. Danach die Durststrecke Fastenzeit. Fasnacht, Fasching, Maskenball waren äußerst willkommene Gelegenheiten sich offiziell aufführen zu dürfen. Alle umliegenden Gemeinden zelebrierten ihre Fasnachtsbräuche: Tarrenz, Imst, Wenns (Text im Anhang), Telfs.

TELFS

1) Die Tiroler Marktgemeinde Telfs hätte Tzwölfs geheißen, hätte die historische Schlacht der dreizehn Telfen gegen vierzehn Tzwölfe nicht nach fünfzehn Stunden Krampfverbiss abgebrochen werden müssen, weil die verbliebenen elf Tzwölfe zurück an die Arbeit zum Mondanheulen mussten.

Die verbliebenen zehn Telfen fühlten sich brüskiert, aber siegten und sorgten dafür, dass die Siedlung am Fuße der Hohen Munde fortan Telfs und nicht mehr Untermunde hieß.

2) »telfsen« war nach der Einführung des Fernsprechgeräts (Telefon) lange das gebräuchliche Verb für fernsprechen (telefonieren). Historisch belegt ist der Ausspruch des Telefon-Miterfinders Alexander Graham Bell: »Ich telfse, also ring ich.«

Kurt erinnert Lukas an eine Zeit, die er genossen hat: die 1990er Jahre. Sie waren 17 und kein Blödsinn war ihnen fremd, kein Wochenende lang genug. Sie waren neugierig auf Neues aber bei Bedarf auch traditionsverhaftet. Sie nützten jeden Anlass im Jahreskreis, um aus einem faden Tag einen Feiertag zu machen. Sie konnten sogar dem Brauchtum Brauchbares zum Feiern abgewinnen. Und wenn gar nichts da war, das eine Abweichung vom Wochentrott bot, dann wurde am Mittwoch halt feierlich die Woche geteilt. Not macht erfinderisch, Jugend macht erfinderisch, Provinz macht erfinderisch. Not, Jugend und Provinz waren im Übermaß vorhanden. Jeder Vollmond wurde gebührend geehrt und angeheult; selbst Namenstage waren Grund genug, um sich die Nacht im Namen des Jubilars um die Ohren zu schlagen. Hatte wer in der Schule einen Fetzen kassiert, wurde der Frust ertränkt; hatte wer einen Einser verbucht, wurde die Freude in Bier aufgewogen. Gab es ein sommerliches Platzkonzert der Blasmusik, gaben sie sich blasmusikinteressiert. Spielte eine neue Band im Umkreis von 40 Kilometern, stürmten sie dort die Tanzfläche. Die Zeltfestsaison überbrückte das Sommerloch, die Ballsaison machte den Winter erträglich. Im Herbst galt es der Ernte zu danken, die wertvollen Früchte der Erde in destillierter Form zu loben, zu preisen und zu würdigen. Im Frühling sorgten die Hormone für Aufruhr genug. An Regentagen trafen sie sich in holzvertäfelten Partykellern. An Sonnentagen am Badeseebuffet. Die Welt lag ihnen zu Füßen, theoretisch.

Praktisch war es so, dass das Geld immer nur für einmal Abenteuer, Action und Eskalation die Woche reichte. Praktisch war es so, dass sie stundenlang im Regen standen, dass sie nicht schweißnass im Moshpit herumhüpften, sondern triefnass nach Hause schlurften, weil sie, nass wie sie waren, keines der Autos mitnehmen wollte. Praktisch war es so, dass bei Zelt- und anderen Festen Aushilfskräfte gebraucht wurden, die zwar schlecht bezahlt wurden, aber dafür gab es den Rausch wenigstens gratis dazu. Praktisch war es so, dass Lukas an Samstagen auch andere Jobs annahm, um sich die nächste Konzertkarte leisten zu können. Praktisch war es so, dass aus dem Mehrzahl-Sie oft ein Einsam-Ich wurde. Ein Ich, das sich selbst noch nicht gefunden hatte; ein Lukas, allein zuhause.

Aber im kollektiven Wir ging er schon ganz schön auf. Im kollektiven Wir konnte theoretisch alles zur Bühne werden, selbstverständlich auch ein herkömmlicher Maskenball in Imst. Imst war Schul- und Ausgehstadt. Imst war Kleinstadt, aber immerhin Stadt. Imst war gerade weit genug weg von Nassereith, um dem Dorfklatsch zu entkommen. Imst war damals ein Segen. Das sieht Lukas mittlerweile natürlich gänzlich anders. Lukas hofft, dass niemand seinen Imst-Eintrag leakt. Nein! Eigentlich hofft er insgeheim, dass irgendwer seine Ortsnamenslexikoneinträge für lesenswert und leakenswert hält.

Ist schlechte Werbung die beste Werbung? Im Prinzip ja, aber Prinzipientreue zeichnet sich leider oft durch Humorlosigkeit aus.

IMST

1) Imst ist ein Anagramm von Mist.

2) Als Verb hat sich »imsten« nur in Formen mit den Präfixen aus-, ab- und ver- erhalten. Aus-, ab-, verimsten ist ein stadtgeografisches Phänomen. Wenn der Stadtkern ausstirbt und das Stadtleben in die Industriezone und in Fachmarktzentren abrutscht, spricht man in Landschafts- und Stadtarchitekturkreisen vom Verimsten. Und wo ist das Aus-, Ab- und Verimsten am schlimmsten? Natürlich in der namensgebenden Bezirkshauptstadt im Tiroler Oberland.

3) Alle vier Jahre befindet sich die Stadt Imst in Schemenhaft. Das ist ein Ausnahmezustand, der mehrere Wochen andauert und an einem Sonntag im Februar mit dem sogenannten Schemenlaufen kulminiert. Das Schemenlaufen kann man sich als Freigang aller Schemenhäftlinge (ja, nur Männer) vorstellen. Dabei maskieren sie sich, vollführen komische Tänze, betrinken sich und machen alles, um den nach der Schemenhaft wieder anstehenden vierjährigen Dämmerzustand halbwegs zu ertragen. Wenn Menschen verimsten, landen sie eher in Tankstellen als in Fachmarktzentren.

Wir waren nicht in Schemenhaft. Wir waren natural born Rampensäue. Wir scheuten nicht davor zurück, Ausdruckstanz zu praktizieren, wir waren sogar Ausdruckstanzgroßmeister*innen. Wir waren Jugendliche der 1990er Jahre. Kurt Cobain lebte noch, litt aber schon sehr. Wir litten auch, aber mit Glitzern in den Augen und glänzenden Pickeln auf der Stirn. Wir kaschierten unser Leiden nicht. Wir lebten es. Die 1990er Jahre als Teenager am Land waren ein einziges öffentliches Dahinleiden. Leiden rulte. Voll. *And nothing else matters. Come as you are. 'Cause nothing compares to you.* Metallica. Nirvana. Sinead O'Connor. Sogar das Verliebtsein hatte in diesen Tagen traurig zu sein *Caus' Friday I'm in Love:* The Cure.

Ja, wir liebten jeden Freitag, wir liebten auch jeden Feiertag, der kein Freitag oder Samstag war. Und Fasching war reich an Feiertagen, die kein Freitag oder Samstag waren. Deshalb liebten wir den Fasching. Denn Fasching wurde sogar vorwiegend an nicht Frei- oder Samstagen gefeiert. Der unsinnige Donnerstag, der Tag des Opernballs beziehungsweise der Opernball-Demos in Wien, war bei uns der Tag der wilden und richtigen, also eigentlichen, weil ausgelassenen, Fasnacht in Tirol.

Wir liebten die Fasnacht. Die Fastenzeit war uns egal. Aber Fasnacht wurde gefeiert. Die Faschingszeit wurde ausgekostet vom 11.11. um 11 Uhr 11 bis zum Faschingsdienstag, der bei uns Fasnachtsdienstag hieß und immer erst irgendwann am Vormittag des Aschermittwochs endete. Am Fasnachtsdienstag wurde sich langsam zur Normalität zurückgetrunken, nachdem es am Rosenmontag immer um alles ging und auch alles verdrückt wurde, was in Gläsern auf Tischen und Theken rumstand und in Flachmännern reingeschmuggelt werden konnte. Reingeschmuggelt in den Stadtsaal zum Ballereignis des Jahres, dem Rosenmontagsball im Imster Stadtsaal. Fasnachtsdienstag war der sogenannte Fasnachtsauskehrtag und der Alles-noch-mal-auf-die-Spitze-und-darüber-hinaus-Treibtag und tags zuvor eben der Ballsaisonhöhepunkt am Rosenmontag mit Maskenball im Stadtsaal. Verkleiden war ein Muss, weil dann der Eintritt billiger war. Bei unseren ersten Rosenmontagsballbesuchen machten wir es uns noch leicht. Wir wollten uns nicht wirklich verkleiden, aber unser Geld vor allem für Getränke ausgeben. Also malten wir uns Dollarzeichen auf Backen und Stirn und gingen als Kapitalismus. Ein Jahr vorher malten wir uns einen Hammer auf die linke Backe, hielten auch die rechte hin für eine Sichel und gingen als Kommunismus. Rot-gelbe Pickelköpfe hatten wir ohnehin. 1990 ging das noch. Die Mauer war zwar schon gefallen, aber der Kommunismus noch präsent.

1993 wäre das so nicht mehr möglich gewesen. 1993 strengten sich alle besonders an. Alle außer wir. Wir hatten nicht einmal einen Schminkstift dabei, um schnell noch einen sauren Regen in unser Gesicht zu zaubern. Gut, unser Teenager-Winter-Tagesaussehen hätten wir auch ohne Überzeichnung als Waldsterben verkaufen können. Aber das war uns zu billig. Wir nahmen unser Schicksal an, standen vor der Tür, warteten ab und schauten zu, wie sie alle einmarschierten in ihren Kostümen, die in mühevoller Heimarbeit über Wochen entstanden waren.

Ein Hotdog ging an uns vorbei, sein Ketchup-Mayo-Haupt neigte sich zum Gruß: Kevin aus der 5A, Mama Ernährungsberaterin, Papa Pizzakoch. Ein äußerst weise gewähltes Kostüm, das im Laufe der Nacht seine Qualitäten ausspielen würde. Denn im Kern war der Hotdog ein Schlafsack und dass das Würstchen darin den Abend über heiß bleiben würde, sah man ihm jetzt schon an. Sollte ihn eine plötzliche Müdigkeit anfallen, er konnte sich einfach in eine Ecke kuscheln.

Zwei Flügel kamen angelatscht – weiße Flügel. Es war Ramona aus dem Ötztal. Sölden: Aprés-Ski-Zone.

Wir fragten: »Gehst du als Red Bull ohne Bull?«

»Gute Idee«, sagte sie. »Kann ich eh auch so schon als Flügerl reingehen, mein Rest kommt noch?«, fragte sie den strengen Türsteher, der als Türsteher verkleidet war und sich zur Untermalung seiner potenziellen Gewaltbereitschaft eine Vorderzahnlücke ins Gebiss färbte.

Vorderzahnlücke sagte: »Fowiefo.«

Ramona also Flügerl. Wir tranken alle Flügerl. Vodka rot oder weiß und irgendein süßer Scheiß. Red Bull nur, wenn wer anderer zahlte. Flügerl ließen dich erst abheben und dann abstürzen. Flügerl gaben dir verlässlich den Rest. Mein Rest kommt noch, haha, Ramona, sehr witzig! Flügerl: super Sache. Flügerl: unser Ding. Flügerl: super Faschingskostüm.

Dann kamen ein Hintern mit Schwanz und ein langes Gesicht mit Mähne angedackelt. Manfred: langes Gesicht und Michaela: lange, lange Rossschwanzhaare. Sie steckten sich zusammen, ergaben ein prächtiges Pferd, nein, ein kurzes Pferd mit Fehler, mit fehlendem Mittel-, also Bauchstück. »Ramona ist unsere Flügel«, sagte Manfred. »Wir sind Pegasus«, erklärte Michaela der staunenden Security-Zahnlücke. Manfred wieherte ein Gedicht: »Müh-ha-ha. Pferde schreiben nicht. Ihr Apfel ist Gedicht. Müh-ha-ha!« Dann ritten Michaela und Manfred gemeinsam in den Stadtsaal ein, um ihre Flügel zu suchen, und sie in ihre Mitte zu nehmen. Tolle Verkleidung, etwas anstrengend als Dreier auf Dauer, vor allem auf der Tanzfläche, aber eben auch einzeln überzeugend. Kompliment!

Dann wurde uns gelb vor Augen. Gelbe Tops und gelb gefärbte Röhrenjeans, zum Teil auch Jumpsuits in Gelb und Anzüge, die an Franz-Klammers-Patscherkofel-Gold-Ritt-Rennanzug erinnerten, wuselten nur so vor unseren Augen. Ohne Zweifel ein choreografierter Gruppenauftritt. Sicher die Streber*innen-Arschlochklasse 4B, HAK 4B. Ein Geschlossenheit demonstrierender Klassengemeinschaftsauftritt als Nudelauflauf, aber etwas fehlte. Nicht der Parmesan, nicht das Ketchup. Es fehlte die Soße, die Nudelsoße. Aber natürlich kam sie – streber*innen-arschloch-like – mit großem Auftritt und ausgefuchstem Kostüm. Die Soße bestand aus Peh, Pia, Tom, Tim und Nick. Peh, Pia, Tom, Tim und Nick waren nicht bloß ganzkörper-tomatenrot, sie hatten sogar an Bolognese-Bröckerln gedacht. Faschierte Bröckerl, die täuschend echt ausschauten. So rein als Soße schauten Peh, Pia, Tom, Tim und Nick die Oberstreber*innen-Arschlöcher natürlich echt scheiße aus. Aber in Kombination mit dem Penne-Nudelhaufen waren sie natürlich top: 4B-streber*innen-pennehaufen-top. Die Parallelklasse war wieder mal das Ballereignis des Abends und der Favorit für den Gruppenkostümpreis. Wir hassten die Parallelklasse seit vier Jahren. Wir überlegten kurz, der Bologneseperfektion vor die Nudeln zu kotzen, waren aber noch nicht bereit dazu, waren noch nicht breit genug und warteten ja noch auf jemanden. Wenn schon kotzen, dann gemeinsam kotzen. Nichts schweißt mehr zusammen als gemeinsam kotzen.

Sie kommt sicher gleich, sagten wir uns. Ja, wir waren schon per wir mit uns. Wir hatten schon vorgeglüht, wir hatten schon dafür gesorgt, dass wir uns nicht alleine fühlten. Wir sahen uns doppelt und warteten auf die noch fehlende beste aller Hälften.
Es kam ein schräges Blumenbeet (Claudia aus Tarrenz, 7. Gym, ganz okay).
Wir fragten: »Gehst du als Anti-Schnittblumen-Pro-Pflückwiese-Blumenwiese?«
Claudia antwortete: »Ignoranter HAK-Trottel. Ich bin die hängenden Gärten von Babylon.«
Es kam ein Riese, Kilian, auch aus der 7. Gym.
»Dann bist du der Riese Haymon. Haymon und Babylon. Das passt zusammen.«
»Gusch, HAK-Depp«, entgegnete Kilian standesgemäß. »Ich bin der Koloss von Rhodos.«
Es kam ein Leuchtturm. »Ich bin der Leuchtturm von Pharos«, quakte Philipp ungefragt.

Es kamen drei Pyramiden. »Wir sind die Pyramiden von Gizeh«, verkündeten Julia, Mara und Anna.

Es kam ein Tempel, es kam ein Gott, es kam, no-na, noch ein Weltwunder.

Dann aber kam, hei-ho, mein Weltwunder: Hera. Hera unkostümiert. Hera pur. 100 Prozent Hera. Wir umarmten uns, sie fragte: »Bist du bereit?«

»Bereit, wenn du es bist.«

Sie küsste uns, dann gab sie uns für alle sichtbar eine Ohrfeige. Wir küssten sie zurück und traten ihr ans Schienbein. Dann löste sie das Palästinensertuch um ihrem Hals, legte es um unser beider Hälse und sagte zur verdutzten Türsteher-Eintrittskontrolleur-Zahnlücke: »Wir sind der Nahostkonflikt.«

Wir sind der Nahostkonflikt, sagt Lukas nicht zu Kurt, er fragt: »Und wohin geht's?«

»Heim, also heim zu den Eltern«, antwortet Kurt ohne Umschweife.

»Frage«, sagt Lukas und ist gespannt, ob er auf das Radio-Eriwan-Witzschema anspringt: »Freiwillig?«

»Im Prinzip ja, aber in Familiendingen geht es immer auch um mehr«, erklärt Kurt.

Lukas muss lachen und anerkennend nicken gleichzeitig.

»Familiendinge sind oft nichts zum Lachen«, legt Kurt nach und Lukas ahnt, dass er noch mehr Weisheiten präsentiert kriegen wird in den nächsten Stunden. Es ist ihm recht.

»Darf man ...«, weiter kommt Lukas gar nicht.

»Ist zwar kein angenehmer Grund, aber notwendig. Es wird wohl eine Pflegelösung brauchen«, offenbart Kurt.

»Sie müssen nicht darüber reden«, wirft Lukas ein.

»Doch, muss ich. Alle wissen was und ich kann mich natürlich einfach allgemein informieren. Aber wo anfangen?«

»Also ich hab mir neulich *I care a lot* auf Netflix angeschaut und hab erschüttert den Kopf geschüttelt. Man weiß natürlich, dass der ganze Care-Bereich ein Pflegebusiness geworden ist, dass es eine Pflegeindustrie gibt, auch in Österreich, aber so ...« Lukas stockt und schüttelt erneut den Kopf.

»Ja, so ist das halt«, nimmt Kurt den Faden auf und spinnt ihn weiter: »Die Gesellschaft altert. Die Eltern aller werden immer älter. Alte Eltern wollen umhegt, versorgt und vor Einsamkeit und Geschäftemacherei verschont werden.«

»Schon klar«, bestätigt Lukas. »Aber so will man, also ich, das dann doch nicht sehen. Vor allem, wenn man an die eigenen Eltern denkt.« Lukas denkt in letzter Zeit öfter an seine Eltern. Klar, das hat mit dem »Projekt Nassereith« zu tun, aber schon auch damit, dass sie die letzten Jahre doch mehr mitgenommen haben, dass ihnen die Pandemie doch mehr zugesetzt hat, als zu vermuten war. Sehr viel hätte sich für sie in den Lockdowns nicht geändert, behaupteten sie immer. Aber Besuche blieben halt schon gänzlich aus und nur im eigenen Saft garen, führt dann doch nur dazu, dass man gar ist. Nach dem Stadium gar, wird es dann zäh. Lukas beschließt, sich zu öffnen, seine Familiengeschichte darzulegen. Unerfahren ist sein Gegenüber ja nicht, lernen will Lukas noch immer bei jeder Gelegenheit: »Bei mir, in unserer Familie, kann es auch jederzeit so weit sein, aber immerhin wohnt der älteste Bruder mit seiner Familie im Elternhaus.«

Kurt hat sein Schutzschild aus Unnahbarkeit auch bereits deaktiviert: »Wir sind alle ausgeflogen und aktuell wäre es wohl für mich am ehesten möglich, öfter nach dem Rechten zu schauen, aber nach dem Rechten schauen ist nicht auf Knopfdruck da sein können. Und ja, *I care a lot* hab ich auch gesehen.«

»Ich hab mich ja gefragt, ob Heime bei uns eigentlich gemeinnützig sind oder Gewinne machen dürfen?« Lukas ist sich sicher, dass Kurt dazu was zu sagen hat. Er will ihn reden lassen.

Kurt hat natürlich was zu sagen: »Große Heime – großes Geschäft, das kann ich Ihnen garantieren! Da kenn ich mich aus. Ich bin zwar noch im Hotel-Business, aber hab mir auch schon überlegt, einen Schritt in Richtung Seniorenresidenzen zu machen. Die kleinen, noch leistbaren Heime am Land jedenfalls werden aktuell alle gerade von den Großen aufgekauft. Orpea hat SeneCura geschluckt, das war schon vor Jahren und SeneCura war einer der größten österreichischen privaten Heimbetreiber. Orpea ist einer der sogenannten Big Player im Carebereich. Um hier auch ein paar Zahlen zu nennen: Die zwanzig größten Pflegekonzerne Europas verwalten derzeit fast 5000 Heime für mehr als 400.000 Pflegebedürftige.«

»Das ist ganz Innsbruck, Salzburg und Klagenfurt«, sagt Lukas, denn Zahlen müssen sofort veranschaulicht werden.

»Oder ganz Bochum und St. Pölten«, ergänzt Kurt. Beispiele nennen kann er schon auch.

Lukas fragt sich, ob es eine Städtepartnerschaft zwischen Bochum und St. Pölten gibt. Auf den ersten Blick scheint ihm das realistisch. Ob es für Bochum beleidigend ist, als das St. Pölten Deutschlands bezeichnet zu werden? »St. Pölten ist das Bochum Österreichs« ist eher schmeichelnd für die Niederösterreichische Metropole. *St. Pölten, ich komm aus dir / St. Pölten, ich häng an dir,* wäre wohl kein Hit geworden, mutmaßt Lukas. Er fragt sich, ob Grönemeyer für seine Bochum-Hymne zum Ehrenbürger gemacht wurde und wer Ehrenbürger von St. Pölten ist, weiß aber auch, dass dafür im angefangenen Gespräch kein Platz ist. Er sammelt sich, knüpft wieder bei den Pflegekonzernen an und sagt fragend: »Aber viel Spielraum für Gewinn gibt es da ohnehin nicht. Geht nicht der Großteil der Einnahmen für Personalkosten drauf?«

»Wenn die Heime gut geführt sind, schon«, weiß Kurt und hat schon wieder Zahlen parat. »Gut geführte Heime geben 70 Prozent für das Personal aus, bei den marktführenden französischen Konzernen wie eben Orpea und auch Korian schaut es allerdings ganz anders aus. Da fließen nur 50 bis 55 Prozent in die Personalkosten.«

»Und der Rest?«, fragt Lukas jetzt wirklich interessiert.

»Der Rest ist Gewinn und der Rest ist viel und wo es Gewinn zu machen gibt, wird spekuliert. Selbst Pflegeheime sind mittlerweile Gewinnmaschinen für Konzerne und Investoren und damit wird durchaus auch geworben. Ein Vertreter von Korian in Paris hat darauf hingewiesen, dass bei anhaltenden Niedrigzinsen die Pflegebranche privaten Investoren eine einzigartige Anlagemöglichkeit bietet, weil der Markt wächst, und der wichtigste Kunde der Staat ist, der auch in Krisenzeiten immer zahlt.«

»Der Pflegesektor also als krisensichere Anlage für Investoren?«, wirft Lukas empört ein. »Ist das nicht krank?«

»Wenn's ums Geld geht, ist nichts krank oder alles krank. Je nach Perspektive.«

»Nichts krank oder alles krank«, wiederholt Lukas und muss an seine Eltern aber auch an seine beiden Omas denken.

Kurt hat noch mehr zu sagen: »Auch Pflegegeld stinkt nicht. Das führt dazu, dass Geld, das der Staat für die Pflege ausgibt, in die Kassen transnationaler Unternehmen fließt.«

»Arg.«

»Und noch ärger ist, dass diese Unternehmen so die soziale Infrastruktur unterwandern, sukzessive in ihren Besitz bringen und die Konzerne ihre mit öffentlichen Geldern erzielten Gewinne der Besteuerung entziehen, indem sie sie anonym in Steueroasen transferieren.«

»Kurz gesagt«, versucht Lukas zusammenzufassen: »Die Konzerne machen Gewinne mit staatlichem Geld und an Steuern fließt nichts zurück?«

»Und gleichzeitig wird beim Personal gespart, wodurch die Pflegequalität sinkt.«

»Urarg.«

»Je nach Perspektive«, wiederholt Kurt. »Ich als Arbeitgeber muss auch beim Personal sparen. Will aber meine Eltern natürlich nicht in ein Heim geben, in dem das Personal unterbezahlt und untermotiviert ist. Das Problem ist, dass die Bereitschaft zur Selbstausbeutung nachlässt, hätte ich vermutlich vor Kurzem noch gesagt. Oder, um es weniger drastisch auszudrücken: Früher hat man eine Saison durchgedrückt, ordentlich was verdient und die Strapazen in Kauf genommen. Jetzt wird überall gespart und Spaß an der Arbeit ist ohnehin für alle eine Art Fremdwort.«

»Und dann auch noch jahrelang Pandemie.«

»Ja, Corona hat im Gastgewerbe und auch im Pflegebereich eine Kündigungswelle ausgelöst.«

»Was kein Wunder ist. Wenn man dann auch noch von Querdenker-Trotteln beschimpft wird, dafür, dass man rund um die Uhr im Einsatz ist. Für alle und das auch noch unterbezahlt.«

»Es wird allen alles zu viel«, fasst diesmal Kurt zusammen.

»Ich habe neulich O-Töne von Pflegekräften gelesen und mir ist es kalt den Rücken runter gelaufen: Es geht nur darum, dass der Laden läuft. Ob wir und unsere Familien draufgehen, interessiert keinen.«

»Das – ehrlich gesagt – war auch das Arbeitsmodell, mit dem ich mein erstes Hotel aufstellte, das Arbeitsmodell, auf das meine erste Familie baute und dann daran zu Grunde ging, die Familie. Das Hotel steht noch.«

»Und läuft?«, fragt Lukas.

»Läuft, aber mir wird das auch alles langsam zu viel.«

»Jetzt schon?«

»Wie bitte?«, fragt Kurt entrüstet.

»Jetzt schonen wir uns aber für den Rest der Fahrt«, korrigiert Lukas. Kurt verdreht kurz die Augen, sammelt sich aber gleich wieder und gibt sich erstaunlich interessiert:

»Und Ihre Eltern? Auch schon über 80 nehme ich an.«

»Der Vater schon, die Mutter noch darunter, aber geschont haben sich beide nie«, sagt Lukas.

»Sich schonen ist im Vokabular der Elterngeneration nicht existent. Bei mir schaut es so aus«, sagt Kurt: »Vater 90, Mutter bald. Körperlich am Ende, geistig voll da.«

»Das können Sie laut sagen«, sagt Lukas und denkt sich: Körperlich am Ende. Wie oft waren seine Eltern schon körperlich am Ende. Wie oft haben sie alles wieder raus und rumgerissen? Oft. Erstaunlich oft. Beneidenswert oft. Wo haben sie diese Kräfte hergenommen?

Wir mussten auf Papa aufpassen. Wir waren noch Kinder, aber Papa kam frisch aus dem Spital und brauchte unsere Hilfe. Papa brauchte auch Arbeit. Wir begleiteten ihn bei der Suche. Wir waren grad autolos, arbeitslos und geldlos. Papa war ein Monat lang bewusstlos, aber jetzt wieder da. Papa war noch sehr langsam. Er musste viel wieder lernen. Wir mussten auch noch viel lernen. Wir freuten uns, dass wir gemeinsam mit dem Papa lernen und ihm einiges zeigen konnten. Wir würden ihm auch dabei helfen, Arbeit zu finden.

Daheim war Arbeit genug. Die machte die Mama. Wir würden uns gemeinsam mit Papa vorstellen, wir würden arm schauen, wenn es angebracht erschien, wir würden lächeln, wenn es dienlich sein könnte. Wir wollten, dass Papa wieder Arbeit hatte. Wir wollten, dass Papa wieder den ganzen Tag weg war. Arbeit für Papa hieß: Er war weg, wenn wir aufstanden, kam zurück, wenn wir fast schon wieder ins Bett mussten; aber er und Mama lächelten mehr, wenn Papa Arbeit hatte, und am Samstag schauten wir gemeinsam *Wetten daß...?* Frank Elstner würde wie immer überziehen. Es würde so spät sein, wie es nur am Samstag werden durfte, und dann würde Papa Speck aufschneiden, sehr fein würde er ihn aufschneiden, weil fein schmeckte er besser als grob, sehr fein schmeckte er am besten, und man aß auch weniger davon und hatte so in Summe mehr davon. Ohne Arbeit kein Speck.

Keine Arbeit für Papa hieß aber auch viel mehr Arbeit für Mama, ohne dass sie selbst in die Arbeit gehen hätte können. Daheim war Arbeit genug. Daheim war ja auch noch die Oma, die immer weniger alleine konnte. Papa lernte viel wieder neu. Oma verlernte immer mehr. Papa lernte schnell. Oma verlernte immer schneller. Oma fühlte sich vernachlässigt. Mama war sehr gefragt, wir waren auch noch da, aber wir wussten uns zu beschäftigen. Wir hatten zu tun. Wir mussten: auf Papa aufpassen, Arbeit für Papa finden und am besten auch eine neue Niere für Oma, und wenn wir schon dabei waren, gleich noch einen Satz neue Nerven für Mama.

Papa war ausgelernter Maler und Anstreicher mit jahrelanger Berufserfahrung. Papa suchte im Umkreis von 60 Kilometern Arbeit. Wir konnten uns nicht vorstellen, dass niemand im Umkreis von 60 Kilometern unseren Papa haben wollte. Wir wollten ihn ja eh nicht unbedingt aus dem Haus haben, aber wir wollten ihn und Mama wieder glücklich sehen. Wir wollten, dass sie auch mal auf Feuerwehr-Bälle, Waldfeste und Hochzeiten gehen, dass sie dort den Tanzboden stürmen und zum Erzittern bringen konnten. Denn dass sie beide gerne tanzten, erzählten sie ja immer beim gemeinsamen Speckessen, das immer mehr ein gemeinsames Erdäpfelschälen wurde.

Wir wollten, dass Papa wieder Ö mit uns spielte. Beim Ö-Spielen war Papa ein Monster, das Ö machte. Ö war Tätigkeit und Laut. Das Ö-Monster war also eigentlich das Ö-Mönster, es gab den Laut Ö von sich, während es uns ungelenk verfolgte, und wenn es uns dann endlich erwischt hatte, kitzelte (kitzölte) es uns unter zufriedenen Ö-Lauten in die Couch oder auf den Boden. Das Ö-Mönster speiste sich aus Erfahrungen von Papa. Papa hatte lange auf Baustellen im Ötztal gearbeitet. Im Ötztal wurde, wie der Name schon nahelegt, das Ö verhältnismäßig häufig verwendet: Möped, Trömpöte, Mönster. Dass sich das Ö-Mönster zombiemäßig bewegte, hatte mit Papas Verletzungen zu tun. Papa war ein Monat bewusstlos, hat man uns gesagt. Papa war halbseitig gelähmt und hat so die Hälfte wieder neu lernen müssen, auch sprechen. Wir lernten mit Papa. Das Ö konnte (könnte) er so gut wie niemand sonst.

Wir waren noch nicht mal in der Volksschule und hatten schon mehr Vorstellungsgespräche hinter uns, als andere Väter ihr Leben lang hatten. Wir konnten uns Papa gut als Ö-Mönster im Nachmittagsfernsehprogramm vorstellen. Aber der ORF rief nicht an. Auch all die Chefs, die beim Vorstellungsgespräch sagten, sie würden sich melden, riefen nicht an. Gelegentlich rief der Versicherungsvertreter an, doch danach war die Mama meist trauriger als zuvor. Der Onkel Werner hätte das Auto nicht ausschlachten dürfen, erzählte die Mama.

Es dauerte noch viele Male *Wetten, daß...?*, bis Papa endlich von jemandem gewollt wurde. Es war eine Fabrik in der Bezirkshauptstadt. Die Fabrik brauchte keine qualifizierten Facharbeiter. Die Fabrik brauchte jemanden, der viel Arbeit für wenig Geld zu machen bereit war. Die Fabrik suchte jemanden, der mit wenig Geld zufrieden war, weil er kein Geld hatte und wenig Geld besser war als kein Geld. Die

Fabrik nützte Papa aus. Die Fabrik machte Papa müde. Die Fabrik ließ das Ö-Mönster verstummen (verstömmen). Die Fabrik empörte die Oma. Die Fabrik machte die Mama weinen. Die Fabrik machte uns alle nicht glücklich.

Papa ging von der Fabrik direkt zum Pfuschen. Das Pfuschen dauerte zwar immer sehr lange, aber es machte Mama und Papa fröhlicher als die Fabrik. Wenn uns wer fragte, was Papa machte, sagten wir: pfuschen. Das Pfuschen war uns lieber als die Fabrik. Das Pfuschen brachte uns hin und wieder sogar einen selbstgemachten Speck ein. Papa war kein Fabriker. Papa war der beste Pfuscher. Aber irgendwie schien Pfuschen keine sehr anerkannte Arbeit zu sein. Wir erfanden Saalwetten für *Wetten daß...?*

Wetten, dass es Ihnen nicht gelingt, 20 Fabriker zu finden, die im Nachnamen Pfuscher heißen. Wetten, dass es Ihnen nicht gelingt, im Umkreis von 60 Kilometern Kinder zu finden, die mehr Vorstellungsgespräche in den letzten sechs Monaten hinter sich haben als wir. Wetten, dass es Ihnen nicht gelingt, im Umkreis von 60 Kilometern ein besseres Ö-Mönster zu finden als Papa. Wetten, dass es Ihnen nicht gelingt, einen unfähigeren Versicherungsvertreter zu finden als unseren. Wetten, dass es Ihnen nicht gelingt, jemanden zu finden, der, ohne Automechaniker zu sein, mehr Unfallautos ausschlachtet als unser Onkel Werner. Wir sagten: Top, die Wette gilt. Oma lachte. Mama stand in der Küche. Papa würde sicher bald vom Pfuschen heimkommen.

»Pflegestufe schon beantragt?«, will Kurt wissen.

»Ja, aber erst letztes Jahr. Ist dann eh gleich Stufe drei geworden.«

»Das heißt, da wäre sicher auch früher schon was gegangen.«

»Sicher. Aber früher hätten sie nicht wollen. War ja so auch schon ein Kampf.«

»Sind ja keine Pflegefälle, unsere Eltern, nicht wahr?«

»Wohl wahr«, bestätigt Lukas. »Sind harte Knochen, unsere Eltern.«

»Sind harte Knochen und aus einem anderen Holz geschnitzt«, will Kurt abschließend feststellen. Aber diese letzten Worte gönnt Lukas

Kurt nicht. Er sagt: »Unsere Eltern sind aus einem anderen Holz geschnitzt und heizen längst mit Pellets.«

Kurt lacht.

Lukas muss daran denken, wie oft er den Satz »Wir hatten nichts zu lachen« gehört hat und schon bauen sie sich vor ihm auf, seine Omas. »Wir hatten nichts zu lachen, taten es aber grad deshalb umso mehr«, sagte Oma Herta immer. Mama hatte dann mit Oma nichts zu lachen.

Die Mama hat sich um ihre Mama gekümmert. Die Mama hat auf die Oma geschaut. So wie die Oma auf die Enkelinnen und Enkel geschaut hat. Von Pflege war nie die Rede. Pflege brauchte sie nicht. Sie brauchte vieles nicht. Sie hatte vieles nicht. Aber sie hatte die Mama und das reichte meistens. Ins Pflegeheim zu kommen, war die Altersfurcht Nummer 1 in der Generation seiner Oma, in der Narration seiner Familie. Das Altersheim, vormals Pflegeheim, vormals Kloster und jetzige Heim Via Claudia war zwar in Lukas' Briefträgertagen spannend, lukrativ, interessant. Es war auch unterhaltsam, skurril und erschreckend. Aber in Summe war es für ihn als Achtzehnjährigen vor allem interessant: Wer darf das Geld selbst in Empfang nehmen? Für wen kassiert es die Schwester Oberin?

Von der Schwester Oberin gab es pauschal pro ausgezahlte und auf den Schreibtisch in ihrem Schwester-Oberinnen-Zimmer, das Kanzlei genannt wurde, für jede vor ihren Augen auf den mächtigen Sekretär gezählte Pension einen Fünfer Trinkgeld, das war schon was.

Die Sterblichen, die noch frei über ihre Rente verfügen durften, waren spendabler: 20, 50 auch 100 Schilling kamen, bei doppelter Rentenauszahlung, vor.

Von der Unterschrift waren zum Teil nur Buchstaben des Vornamens auf dem zu unterschreibenden Erlagscheinabschnitt zu lesen, der Rest stand quer über den Tisch im Aufenthaltsraum geschrieben.

Aber es zählte, Lukas zahlte aus und war so was wie der Nikolaus, brachte aber Kohle statt Nüsse.

Er brachte auch Kekse, als Kind, zu Weihnachten.

Mama machte Kekse für die armen Alten im Kloster, für »d'orme Leit im Kloaschter«.

Lukas war das Weihnachtskeksüberbringkind. Er war auch das Werklopfet-an?-Singkind. Lukas war der Josef und litt sehr an dem ihm zugeschriebenen, hohen Gesang. Den Klosterlingen gefiel's.

Es klang vermutlich so erbärmlich und erbarmungswürdig, wie es intendiert war.

Der Wirt aber blieb stets gnadenlos. Zu den gar armen Leut', die anklopften, wollte seine Oma nie gehören. Sie hatte nicht viel, aber sie hatte Stolz: Stolz, Würde und Schmäh und sie hatte Enkelinnen und Enkel, Brüder und Schwestern und Söhne und Töchter. Das reichte meistens.

Ins Heim respektive Kloster wäre Oma Herta nie freiwillig gegangen. Ins Heim ging man nicht.

Ins Heim kam man. Ins Heim kamen die, auf die niemand schaute, um die sich, aus Gründen, niemand kümmerte. Im Heim würde man ruhiggestellt, hieß es. Oma Herta wollte nicht ruhiggestellt werden. Oma Herta war nicht auf den Mund gefallen. Oma Herta hatte ein *mords* Mundwerk. Oma Herta scheute nicht davor zurück, jemandem *die Gosche anzuhängen*. Vom Kuschen hielt Oma Herta nichts.

»Dem hon i d'Gosche oukengt, dass er grod so gnogglt und gnapst hot.«

Wäre Oma Herta jemals ins Altersheim (»ins Kloaschter«) gekommen, sie hätte der Schwester Oberin sicherlich schon am ersten Tag »d'Gosche oukengt«.

Oma Herta wäre vermutlich keine einfache Pflegeklientin gewesen. Lukas' Mama kann davon vermutlich ein Lied singen. Wie das Lied hieße? Vielleicht: Die Kümmernummer?

Wie es ginge? Vielleicht so:

Pflege brauchten wir nicht / Wir brauchten vieles nicht
Wir hatten vieles nicht / Aber wir hatten uns und das reichte
    meistens
Aber meistens ist nicht immer / Und Krankheit nicht immer
    berechenbar
Und oft wird's über Nacht schlimmer / Und vertraute Menschen son-
    derbar

Oma hatte Witz und meistens gute Laune / Oma hatte aber auch
    Launen und nervige Seiten
Aber meistens ist nicht immer / Und oft genügt schon wenig zum
    Streiten
Und wenig hatten wir meistens / Und oft ging's halt auch ums Geld
Und weil sie im Krieg schon nichts gehabt hat / Hat sie halt gern
    beim Quelle-Versand bestellt

Und der Briefträger hat's gebracht / Und die Oma hat gelacht
Und die Mama hat geweint / Dabei war's doch bloß gut gemeint
Doch gut gemeint, ist meist recht schlecht

Alles ließ sich nicht zurückschicken / Plötzlich war der Oma nichts
    mehr recht
Mama konnte wählen zwischen streiten oder abnicken / Meistens
    nickte Mama noch
Aber meistens ist nicht immer / Irgendwann dann doch
Derpackte sie's nimmer

Die Oma machte weiter, was sie wollte
Der Mama hing immer die Zunge raus
Die Oma wusste nicht, was das Gejammer sollte
Die Mama machte 24 Stunden alles und kriegte keinen Applaus

Oma war oft im Krankenhaus. Oma wurde oft eingeliefert. Oma hatte Zucker und nur eine Niere.

Gegen das Eingeliefertwerden hatte sie selten was einzuwenden. Das war notwendig und die Fahrten im Rettungsauto meistens lustig. Sie kannte alle, die Dienst bei der freiwilligen Rettung im Dorf machten. Meistens war sie beim Eingeliefertwerden noch fit genug, um mit den Rettungsfrauen und Rettungsmännern zu *huangarten* (plaudern), sie kam ja sonst nicht mehr viel rum. Oma sah das Eingeliefertwerden als Ausflug: Nassereith–Zams, Zams–Nassereith.

Oma sah den Krankenhausaufenthalt als Urlaub, Mama auch. Oma Herta ging oft auf Urlaub, die andere Oma nie.

Die Nie-auf-Krankenhausurlaub-Oma lebte in Arzl im Pitztal. Die Arzler-Oma hat bis 1991 dort gelebt und in den Jahren zwischen 1935 und 1947 sieben Kinder geboren. Die Verleihung des Mutterkreuzes während des Krieges kommentierte sie mit den Worten: »A wos, olls a Bledsinn.«

Die Arzler-Oma war in Lukas' Kindheit ein fixes Sonntag-Nachmittag-Besuchs-Ziel. Das zweite war das Krankenhaus Zams, der Naherholungsort der Nassereither-Oma. Oma Herta residierte immer im Zimmer 313, auf der Station, die unter der Regentschaft von Schwester Rosa stand.

Schwester Rosa statt Schwester Oberin war die Devise der Nassereither-Oma. Ein kleiner, feiner, zeitlich befristeter Unterschied.

Schwester Rosa bekam das Trinkgeld von Oma Herta immer schon am Einlieferungstag, so bekam sie im Gegenzug immer ihr Zimmer: 313. Ja, 13, Oma fand das lustig. Oma hatte Galgenhumor und Oma konnte sich in der Station Pension Rosa aufgrund des großzügigen Vorab-Trinkgelds einer Behandlung und Bedienung wie ein Stammgast eines 2-Sterne-Hotels sicher sein.

Mehr als 2 Sterne gab's damals noch nicht, war nicht notwendig, hätte die Kriegsgeneration als Verschwendung, unpassend-übertrieben empfunden.

Vom Krankenhauskurzurlaubsaufenthalt zurückgekehrt, saß die Nassereither-Oma am liebsten im Oma-Sessel am Fenster, strickte und aß Knacker. Ein Platz am Fenster war für Oma Herta Aussicht genug. Knacker essen und im Quellekatalog nach Herzenslust bestellen zu können, war für sie Wohlstand genug.

Oma Herta bekam viele Pakete und aß viele Knacker, verzichtete dafür aber gerne auf Einkaufstouren einerseits und auf Erdäpfel und Kraut andererseits. Anderes Gemüse gab's ja keines seinerzeit: Rüben waren für die Bauern und das Reis- und Nudelzeitalter war hierzulande noch nicht angebrochen. Alles, was sie brauchte und was nicht zu essen war, bestellte sie bei der Quelle.

Oma Herta war Quelle-Premium-Kundin.

Die Arzler-Oma war Bäuerin. In Arzl sah man sie nie essen, nur Rotwein trinken. Essen tat sie einmal im Jahr, wenn sie am Stefanitag von Mama und Papa eingeladen war. Da war das Fleisch, das die Mama zubereitet hatte, aber regelmäßig zu *speer* (trocken). Und wohl weil das Fleisch immer so speer war, so dachte das Kleinkind-Ich von Lukas, aß die Arzler-Oma wieder ein Jahr lang lieber nichts und blieb stattdessen beim bewährten Rotwein. Der konnte gar nicht speer genug sein.

Die Arzler-Oma hatte eine Singer-Nähmaschine zum Treten und sie hatte eine Speis, eine Speisekammer. Aus der Speis kam sie immer mit einer 4er-Packung Manner-Schnitten zurück: Zitrone, Himbeere, Haselnuss und Mokka. Lukas hat drei Geschwister, der Verteilungskampf verlief meist ungerecht. Niemand mochte Mokka. Selbst nach monatelangem Ablaufen der empfohlenen Verbrauchsfrist schmeckten die klassischen Haselnussschnitten verhältnismäßig noch am besten. Himbeere und Zitrone tat das Austrocknen weniger gut.

Dass Manner-Schnitten eigentlich knusprig sind, sollte Lukas erst Jahre später erfahren. Gerne hätte er der Arzler-Oma mal gesagt, dass ihre Manner-Schnitten zwar speer wären, sie sie aber trotzdem mochten, sie und die Schnitten.

Die Arzler-Oma wurde mit ihrem Rotwein-Ernährungsprogramm 88 Jahre alt, die Nassereither-Oma 71. Die Pitztal-Oma starb daheim, die Gurgltal-Oma im Urlaub. Auf die Knacker-Oma schaute die Mama. Auf die Manner-Oma schaute Tante Irmi. Und dann ist die Nassereither-Oma ausgerechnet eine Woche vor der doppelten Rente im Krankenhausbett auf Zimmer 313 nicht mehr aufgewacht. Für das Begräbnis mussten die Eltern noch einen Zusatzkredit aufnehmen. So blieb die Knacker-Oma auch finanziell jahrelang in Erinnerung.

Zum 80er-Fest der Arzler-Oma war Lukas auserkoren, ein Gedicht aufzusagen. Dass er einmal so etwas Ähnliches wie Gedichtlaufsager werden sollte, war damals so unvorstellbar wie ein Sonntag ohne Oma-Besuche. Lukas war acht und hatte also seinen ersten Auftritt als Lyrik-Performer. Der Text war nicht von ihm, der stand in einem Buch, das damals immer für derartige Anlässe (auch für Muttertage, Silberne und Goldene Hochzeitstage sowie andere Jubiläen) herangezogen wurde. Das Publikum war zahlreich und ihm geneigt, ehrlich gesagt, es war zu 100 Prozent mit ihm verwandt. Was soll man sagen? Er hat's verhaut. Nun kann man natürlich sagen, Auftritte vor familiärem Publikum sind besonders schwierig. Aber nein, das gilt so nicht, das ist bloß eine schlechte Ausrede. Er hat's einfach schlecht gemacht: Texthänger, Blackout, Schweißausbruch. Drama-a-atisch lange Pause. Verzweifelter Blick zur Souffleuse, die rollte bloß die Augen – Danke, Mama!

Gefühlt nach Stunden zischte sie ihm »da haben wir gedacht« zu. Ach, hat Lukas im Nachhinein darüber gelacht. Nein, natürlich nicht. Er hat jahrelang darunter gelitten. Gedichtaufsageblockade. Lyriktrauma. Auftrittsängste. Einen L-Aussprachefehler hatte er obendrein. Arzl-l-l! Danke – Oma!

Aber der gütigen 80er-Oma war sein Stocken gar nicht aufgefallen: »A wos, olls a Bledsinn«, sagte sie nicht. Sie sagte: »Danke, Bernhard!«, so heißt Lukas älterer Bruder und steckte ihm, fröhlich die Dritten im Mund schaukelnd, gleich zwei Packungen Mokka-Manner-Schnitten zu.

Heute mag Lukas die Mokka-Schnitten am allerliebsten. Rückblickend war die Bezahlung für seinen ersten Auftritt also gar nicht mal so schlecht. Damals war sein Tag sowieso nicht mehr zu retten. Die Mama reichte Lukas die imaginäre Schandmütze und setzte ihn unter den Tisch. Oma trug weiße, orthopädische Schnürschuhe, bestellt bei der Quelle. Mama hielt die folgenden Stunden regelmäßig Kontakt und trat alle paar Minuten mit ihren Trachtenschuhen nach Lukas, zumindest fühlte es sich so an. Lukas lernte: Lyrik kann weh tun. Dass Lyrik auch knusprig sein kann wie fabriksfrische Manner-Schnitten, sollte er erst Jahre später, aber immerhin irgendwann erfahren und seither ist Lukas begeisterter Gedichtlaufsager, Auftragstextschreiber und Fremdtextrezitator und wohnt sogar in der Nähe der Manner-Fabrik. Dafür, liebe Arzler-Oma, wirklich Danke!

Lukas bestellt eine Packung Manner-Schnitten, essen wird er sie dann später, wenn er alleine ist. Er wird dabei an die Arzler-Oma denken und sein Lexikon um einen Arzl-Beitrag (→ Text im Anhang, Seite 225) erweitern, der der Nassereither-Oma sicher gefallen hätte. Die Arzler-Oma hätte wohl bloß gesagt: »A wos, olls a Bledsinn.«

Lukas sagt, um das Gespräch wieder aufzunehmen: »Auf die Oma schauen war halt früher ein Rund-um-die-Uhr-Kümmern und Im-Bedarfsfall-Pflegen-und-Dasein. Auf die Oma schauen war eine 24-Stunden-Bereitschaft aufgrund Verwandtschaft.«

»Das hat sich geändert«, wirft Kurt ein. »Vieles hat sich geändert. Vieles hat sich zum Guten verändert.«

»Mag schon sein, dass sich vieles verändert hat. Aber viele Veränderungen in Bereichen, die früher selbstverständlich den Frauen in der Familie zugeschrieben wurden, sind Arbeitsleistungen, die nach wie vor nicht ausreichend anerkannt und wertgeschätzt werden«, hält Lukas fest. »Womit wir wieder bei der Bezahlung wären.«

»Natürlich geht es letztlich immer nur ums Geld«, weiß Kurt.

»Das Heim in dem Dorf, aus dem ich komme, Nassereith, ist eines der billigsten in Tirol. Der Volksmund nennt es noch immer das Kloaschter, obwohl es längst umgelabelt wurde zum Heim Via Claudia, und vom Kloster zum Heim Via Claudia war es ein weiter Weg. Nicht nur ein Umbau war dafür nötig. Für viele Einheimische ist und bleibt es, wie gesagt, das Kloaschter. Viele aber, die früher sicher nie ins Kloaschter wollten, sind jetzt dort, fühlen sich dort jetzt geborgen, werden dort gepflegt. Rund um die Uhr.«

»Na, das ist doch schon was!«, sagt Kurt und: »Ich sag Ihnen was. Im eigenen Haus sterben zu wollen, ist eine romantische Vorstellung, die nur für plötzliche Todesarten gilt. Wer es im eigenen Haus nicht mehr alleine aufs Klo schafft, nicht mehr über die Treppe ins Schlafzimmer gehen kann, sich nicht mehr in der Küche was zu Essen machen kann, die oder der wird ihre oder seine diesbezügliche Meinung relativ rasch ändern. Ob 24-Stunden-Betreuerinnen eine Lösung sind, weiß ich nicht.«

»Wenn man es sich leisten kann und die Chemie passt, vielleicht schon.«

»Aber wie lange?«

»Apropos: Ist nicht an sich 12 Stunden das tägliche Arbeitsmaximum in Österreich?«

»Da haben Sie recht«, bestätigt Kurt. »Die 24-Stunden-Betreuung, so absurd es klingen mag, wird nicht als Arbeitsverhältnis angesehen. 24-Stunden-Pflege, so sagt es das Gesetz, nicht ich, 24-Stunden-Pflege ist keine Arbeit.«

»Pflege ist nicht Arbeit. Kümmern ist nicht Arbeit. Muttern ist nicht Arbeit«, hält Lukas resigniert fest und denkt sich: Unsere Gesellschaft ist eine Baustelle und die Bauleitung schwerstens unzuverlässig. Pflege hält doch die Gesellschaft aufrecht. Wenn Pflege die Gesellschaft aufrecht erhält, und unsere Gesellschaft eine Baustelle ist, muss Pflege Arbeit, ja sogar Hacklerarbeit sein und entsprechend entlohnt werden.

»Sagt das Gesetz, nicht ich«, ist Kurt bemüht zu wiederholen.

Lukas wird leicht ungehalten: »Und da hör ich sie schon sagen: Das hat die Mama früher nebenbei gemacht, das muss nicht überbewertet werden, das kann doch so viel Arbeit nicht sein.

Doch, ist es, und wie! Pflege ist Care-Arbeit, Pflege ist Schwerarbeit, Pflege gehört anständig bezahlt.«

»So ist es«, sagt Kurt.

»Ja, so ist es«, bestätigt Lukas und ruft sich in Erinnerung, was er da gerade alles gehört hat: Die Pflegebranche bietet eine einmalige Anlagemöglichkeit. Der Markt wächst, der wichtigste Kunde ist der

Staat, der Staat zahlt immer. Mit öffentlichen Geldern erzielte Gewinne aus der Pflegeindustrie werden mittels Steueroasen der Besteuerung entzogen.

»Und ja,«, so Lukas, »das mag die Mama früher nebenbei gemacht haben, aber es hat die Mama ganz nebenbei auch fertig gemacht, unbedankt, unbezahlt fertig gemacht. Für die Pensionskasse zählte die Pflegeleistung natürlich nicht. Für die Pensionskasse zählte auch die Arbeit als Hausfrau und Mutter lange nicht wirklich.« Wie war das? Es geht nur darum, dass der Laden läuft. Ob wir und unsere Familien draufgehen, interessiert keinen.

Lukas' Mama kann ein Lied von ihrer Intensiv-Pflege-Zeit mit der Knacker-Quelle-Oma singen. Wie es klingen mag, vielleicht so?

Pflege brauchten wir nicht
Wir brauchten vieles nicht
Wir hatten vieles nicht
Aber wir hatten uns und das reichte meistens
Aber meistens ist nicht immer
Und Krankheit nicht immer berechenbar
Und oft wird's über Nacht schlimmer
Und vertraute Menschen werden sonderbar

Die Mama machte alles
Und sich damit fast kaputt
Unser Pflegesystem ist kaputt
Unser Pflegesystem ist kaputt, putt, putt, putt

Und Abspann, denn jetzt ist die Mama schon wieder dran:
Die Mama macht alles
Und sich damit kaputt
Die Mama singt nicht gern
Ihr geht's aber noch ganz gut

Nur der Papa ist längst wieder ein Pflegefall
Aber vom Heim Via Claudia will auch er nichts wissen
Und noch ist es eh mehr Liebe als Qual
Nur, was morgen passiert, wer kann es wissen?
Nur, was morgen passiert, ich will es wissen!

»So ist es«, wiederholt Kurt, hält inne und schaut aus dem Fenster. Landschaft in Grünstufen, Himmel in Graustufen, hingewürfelte Einfamilienhäuser, abgedeckte Pools, ungenützte Trampoline. Salzkammergut, noch drei Stunden. Jetzt braucht es einen Themenwechsel.
»Frage: Braucht es jetzt einen Themenwechsel?«, fragt Lukas.
»Antwort: Im Prinzip ja, aber vielleicht braucht's auch ein Schnäpschen.«
Dieses Marketenderinnen-Fass will Lukas nicht aufmachen. Er greift sich seine Manner-Schnitten, will sich schon für das Gespräch bedanken und sich zurück zu seinem Sitzplatz begeben, da vibriert's in seiner Hosentasche. Das kommt ihm jetzt echt gelegen. So kann er sich gut aus der Affäre ziehen. Unbekannte Nummer, auch recht. Grad alles recht, bloß kein Schnäpschen. Frage: Hat Lukas Angst vor Schnaps? Antwort: Im Prinzip nein, aber er verliert jegliche Angst und alle Prinzipien, wenn er Schnaps trinkt.

»Endlich gehst du mal ran«, begrüßt ihn Corina. »Wir haben schon gedacht, dich hat der Mut verlassen. Genügt ja schon, wenn du deine Heimat verlassen hast.«
»Hallo Frau Gemeindesekretärin«, sagt Lukas bewusst, um seinem Sitznachbarn die Wichtigkeit des Telefonats zu demonstrieren.
»Was heißt da Frau Gemeindesekretärin, geht's dir nicht gut?«
»Danke der Nachfrage, geht.«
»Ah«, sagt Corina, »verstehe schon, du kannst oder willst nicht reden. Bist du in einem Meeting?«
»Im Zug«, sagt Lukas.
»Und magst du vielleicht aufs Klo oder so gehen und reden oder soll ich später nochmal ...?« Magst du vielleicht aufs Klo oder so gehen

und reden, ist auch so ein Satz aus der Jugend. Wie viel da immer am Klo geredet wurde oder besser im Vorraum vom Klo und am Gang zum Klo. Da wurden die großen Wahrheiten ausgesprochen und die wichtigen Themen abgehandelt. Da gab es Erlösung für den Leidensdruck.

»Wo drückt's«, fragt Lukas und macht sich wirklich auf Richtung WC.

»Das willst du gar nicht wissen, Lukasle. Wir sind Mitte vierzig. Da lässt alles nach. Wie es scheint auch das Pflichtbewusstsein. Deshalb soll ich dich nachdrücklich daran erinnern, so mein Chef, dein Bürgermeister, dass du noch keinen Ablaufplan für *Schia gseit, guat gmuant, schlecht troffe* geschickt hast.«

»Aber davon war doch überhaupt noch nie die Rede«, wirft Lukas ein.

»Hast du eine Ahnung. Wir haben schon viel davon geredet. Wir haben uns sehr wohl schon viele Gedanken darüber gemacht und ich hab auch schon mehrmals versucht, dich diesbezüglich zu erreichen.«

»Mehrmals?«

»Aber wenn ich nicht mit einer unbekannten Nummer anrufe, geht der Herr Dichter ja nicht ran. Stimmt's oder hab ich recht?« Corina lacht. Lukas schnauft hörbar aus.

»Spaß, Lukas, Spaß! Nicht gleich schnauben. Du bist doch der mit dem guten Humor. Nennst du dich nicht Lukas, der Lustige?«

»Nenn ich mich nicht!«, erwidert Lukas schärfer, als er wollte.

»Spaß, Lukas, Spaß! So kenn ich dich gar nicht. Bist du gestresst, geht's dir nicht gut? Wo drückt's?«

»Ich drück dich gleich weg, Corina!«

»Hätte man früher so auch nie gesagt, oder? Ich drück dich gleich weg. Armdrücken, meinetwegen. Aber Wegdrücken, nicht nett.«

»Guat gmuant, schlecht troffe«, sagt Lukas und lächelt.

»Passt schon. Also, Lukas, Live-Musik oder DJ? Songwünsche? Bühnendekowünsche? Dresscode: Casual oder Tracht?«

»Wie, was Tracht? No way!« Lukas wird schon wieder leicht haltlos.

»Spaß, Lukasle, Spaß! Natürlich gibt es keinen Dresscode, aber alle, die sich in Tracht wohlfühlen, sollen in Tracht kommen dürfen. Wenn du dich in der Jogginghose wohlfühlst, dann komm ruhig in Jogginghosen. Da sind wir nicht zimperlich. Wissen wir ja, dass Künstler da eigen sind. Wir haben Humor und Jogginghosen. Letzteres lassen wir lieber daheim. Ersteres führen wir gerne aus.«

»Schia gseit, Corina!«

»Danke, ein Lob vom lustigen Lukas lässt natürlich alle Druckstellen im Nu vergessen. Aber, bitte nicht vergessen, schick mir eine Playlist, so sechs, sieben Titel sollten sich schon ausgehen. Wir haben da ein super Ensemble für dich, du wirst staunen. Vom DJ rat ich eher ab. DJ-Frontlader – kennst du? Legt manchmal sogar in Imst in der *Werkstatt* auf.«

»Himmel, nein, kenn ich nicht, will ich auch nicht kennen.«

»Aufgeschlossen sein, sag ich immer. Der Jugend und dem Neuen gegenüber aufgeschlossen sein, sich nicht abhängen lassen. Dranbleiben. Man kann auch von der Jugend was lernen.«

»Guat gmuant, Corina.«

»Jaja, Lukas, ich versteh schon. Guat gmuant und schlecht troffe. Dann also das Blechblas-Ensemble. Ich freu mich. Gute Wahl. Na, dann wäre ja wenigstens ein Punkt schon mal geklärt. Die Titelwunschliste schickst du mir einfach heute oder morgen, dann schauen wir, ob wir deine Wünsche berücksichtigen können, und gerne auch Vorschläge für gemeinsame Probe-Termine schicken, bittedanke.«

»Wie bitte, Proben? Corina, ich komme sicher nicht zum Proben nach Nassereith!«

»Wäre aber sicher besser.«

»Ich wohne in Wien, Corina.«

»Ja, das ist der Fehler.«

»Was heißt denn da Fehler?«

»Naja, wir, also das Blechblas-Ensemble muss natürlich proben und das Blechblas-Ensemble wäre natürlich auch bereit zum gemeinsamen Proben, aber wenn du meinst, du hast das nicht nötig.«

»Corina, das sind an die 600 Kilometer Entfernung, über fünf Stunden Fahrt.«

»Eher sechs Stunden aber, je nach Strecke nur 530 bis 545 Kilometer, Luftlinie sogar nur 427 Kilometer«, korrigiert Corina und hat offenbar die Seite *Orte in Österreich* geöffnet.

»No way!«, sagt Lukas laut.

»Long way«, entgegnet Corina und: »Anyway.«

»Sehr witzig, Corina.«

»Schon, gell? Danke, Lukas. Also vielleicht ja auf bald, kann ja sein, dass du zufällig in der Gegend bist. Ist ja nicht ganz ab vom Schuss, Nassereith.«

»Tschüss!«, sagt Lukas.

»Okay, ich habe verstanden. Der Herr Lukas hat jetzt im Zug wieder Wichtigeres zu tun.«

»Corina!«

»Spaß, Lukas, Spaß! War schön, mit dir zu reden. Ich hab's gleich allen gesagt, dass wir uns verstehen. Wer schon in der Puppenecke gemeinsam und beim Klassentreffen dann ja auch noch ...«

»Jaja, Corina, schon gut. Pfiati!«

»Gute Fahrt.«

7

Romcom-Drehbuch-Durchbruch

»Schönen guten Morgen, Tunja.«

»Oh, der Vielfahrer und Schlichter, der dann doch lieber nicht mit mir Spritzertrinken ging.«

»Oje, sorry. Hab ich dann total …, tut mir echt leid.«

»Schon gut, Lukas!«

»Holen wir nach.«

»Jaja. War eh auch ohne dich schön.«

»Schön, dich zu sehen.«

»Schön für dich, Arbeit für mich. Wohin geht's denn heute?«

»Nach Haiming, also bis nach Ötztal-Bahnhof.«

»Da sollte sich mehr als ein Kaffee ausgehen.«

»Und hoffentlich ein Plauscherl im Deutschen Eck.«

»Ja, da ist nicht nur das Netz am schwächsten, da ist auch echt immer am wenigsten los hier. Gut beobachtet.«

»Beobachten, mein Ding.«

»Bedienen, mein Ding, was darf's sein?«

Über das Ötztal hat Lukas natürlich schon längst was geschrieben. Auch Haiming wird Einlass finden ins Ortsnamenslexikon.

MÖTZ

Mötz hieß nicht immer so. Mötz und das Ötztal waren einst eins. Das heutige Mötz war die wortwörtliche Milchkuh des Ötztals, versorgte dieses also mit Milch und Milchprodukten wie Milchreis, Gletschermilch, Sonnenmilch etc. Mötz, das damals noch Özt hieß, fühlte sich wohl in diesem Euterdasein und machte keinen Muhcks. Von heute auf morgen aber entschlossen die Taler, auf Tourismus umzustellen. Sie brauchten fortan keine Milch mehr – nur mehr Glühwein und Schnaps. Das kränkte Özt, Özt wandte sich vom Ötztal ab und mit der Zeit lebte man sich gänzlich auseinander. Als Abfertigung für die jahrzehntelangen Dienste wurde dem Milch-Dorf das Goldene M als Versalie verliehen. Man munkelte, das Ötztal wollte nicht mehr mit seiner einstigen Milchbar verwechselt werden, das Ötztal befürchtete Aprés-Ski-Image-Schäden. Im Nachhinein muss man sagen, Mözt hat gut daran getan, sich vom Lateraltal loszusagen und sich treu zu bleiben. Im Nachhinein wurde dann auch noch ein tz aus dem zt und Mözt, das dann doch zu sehr nach einem Aufruf zum Motzen klang, so zu Mötz. In Mötz kann keiner klagen. Mittlerweile ist Mötz vor allem dadurch bekannt, dass Chris Lohner in der Regionalbahn Mötz, das lang gesprochen wird, also: Mööötz, als kurzes »Mötz« schimpft, was fast ein bisschen wie Rotz klingt. Was die Mötzer*innen jedoch gelassen wie glücklich grasende Milchkühe hinnehmen.

»Also, Lukas, was darf's sein?«
Ich hätte bitte gern ein Rundumwohlfühlfrühstück und eine ruhige Fahrt. Ich hätte bitte gern die idealen Worte zur Begrüßung für den *Schia-gseit*-Abend. Ich hätte bitte gern, dass der Papa fit genug ist, mit dabei zu sein. Ich hätte bitte gern, dass sich die Eltern in Schale werfen und im Anschluss an die Lesung das Tanzbein schwingen. Ich hätte bitte gerne, dass vielleicht auch die Geschwister da sind oder zumindest der große Bruder mit Familie. Ich hätte bitte gern, dass sich alte Bekannte blicken lassen. Ich hätte bitte gern ein Speckbrot, sehr fein aufgeschnitten. Ich hätte bitte gern *Sweet Child O'Mine* in Blasmusikversion. Ich hätte bitte gern, dass die Omas und Opas von ihrem Logenplatz aus zuschauen. Ich hätte bitte gern, dass den Pfarrer auch mal wer so richtig wuzelt. Ich hätte bitte gern eine Autogrammkarte von Michèle Mouton. Ich hätte bitte gern keine Träume über Mathematikschularbeiten mehr. Ich hätte bitte gern vom Weggehen und Wiederkommen erzählt. Ich hätte bitte gern ein Wiedersehen mit den fröhlichen Vorarlbergerinnen Tina, Chris und Nina. Ich hätte bitte gern was festgehalten. Ich hätte bitte gern eine Umarmung. Ich hätte bitte gern ein Schnitzel-Freundschafts-Eishockey-

spiel mit der Mannschaft aus dem Jahr 1993. Ich hätte bitte gern einen Familienfernsehsamstagabend. Ich hätte bitte gern einen Kartenspielsonntag. Ich hätte bitte gern Erdäpfel mit Butter und Salz und sonst nichts. Ich hätte bitte gern ein Treffen mit dem Ö-Mönster. Ich hätte bitte gern die Rosenmontagsballvorfreude. Ich hätte bitte gern das Durchhaltevermögen meiner Eltern. Ich hätte bitte gern gute Qualität. Ich hätte bitte gern keine Fabrikarbeit. Ich hätte bitte gern ein Van-Gogh's-Left-Ear-Reunion-Konzert. Ich hätte bitte gern ein besseres Erinnerungsvermögen. Ich hätte bitte gern ein Starkenberger. Ich hätte bitte gern was bewirkt. Ich hätte bitte gern Weihnachtskekse. Ich hätte bitte gern was über Österreich, das Dorf und unsere Familie erzählt. Ich hätte bitte gern beim ersten Mal alles anders gemacht. Warum? Weil ich das Gefühl habe, das wäre auch anders gegangen. Was? Wie? Folgendes.

Wir standen vor der Kirche. Wir saßen im Auto. Wir fummelten. Wir hatten jeweils eine Hand in der Hose der/des anderen. Wir waren der Meinung, dass es ein Biopic geben sollte, das »Die Hand in der Hose der anderen« heißen sollte. Uns gefiel der Plural, der in »der anderen« steckte. Wir steckten noch nicht sachgerecht an- und ineinander. Wir (Hera und Lukas) übten noch.

Wir hatten keinen entsprechenden Übungsplatz, deshalb standen wir vor der Kirche des Nachbarortes, saßen im Auto der Eltern und fummelten auf Teufel komm raus. Der Teufel blieb vorerst in unseren Hosen, dort war es höllisch heiß. Deshalb sorgten wir mit unserer Hand in der Hose der/des anderen für Abkühlung, für Abkühlung, nicht für Entspannung. So weit waren wir noch nicht.

Wir hatten coole Hände, aber Finger, die noch nicht recht wussten, wo sie hin sollten, woran sie sich halten oder reiben sollten. Wir trugen immerhin keine Totenkopf- oder Sternzeichenringe. Wir hätten nur Schaden damit angerichtet. Wir wollten alles, nur keinen Schaden anrichten. Deshalb steckten unsere Hände – je eine linke und eine rechte – tatenlos in unseren Hosen. Sie ruhten auf primären Geschlechtsmerkmalen und fanden das für den Anfang schon mal ganz gut. Wir waren der Meinung, dass es einen Coming-of-Age-Film mit dem Titel »Für den Anfang schon mal ganz gut« geben sollte.

Wir waren nicht unzufrieden, dass nicht unzufrieden nicht das gleiche wie befriedigt war, wussten wir noch nicht. Befriedigt klang wie beleidigt. Befriedigt war uns zu nah am Schulnotensystem und da bloß zwischen gut und genügend. Wir ahnten, dass es nicht genügte, wenn wir einfach so sitzen blieben mit der jeweils anderen Hand im Schritt. Sitzenbleiben hatte noch niemals genügt. Nächste Schritte wagten wir noch nicht.

Einzelfingeraktionen trauten wir uns noch nicht zu. Wir befriedeten uns mit einer leichten Raus-aus-der-Hose-nein-doch-wieder-rein-vor-und-zurück-Bewegung der ganzen Hand und versuchten dabei, die Finger nicht zu steif und nicht zu verkrampft verharren zu lassen. Bloß nichts kaputt machen! Wir wussten, dass wir fragile Geschöpfe waren. Auf unseren Hosen hätten Schilder angebracht gehört: Handle with care! Fragole fragile. Prosím Pozor! Die Sprache der Hosenaufschriften war international. Wir waren es nicht. Wir waren superregional. Wir lebten im Gurgltal.

Wir lebten ein Teenagerleben in vollen Zügen und von den Eltern geliehenen Autos. Wir standen vor der Kirche. Wir saßen in zurückgekurbelten Lada-Samara-Autositzen mit Kopfstützen. Wir hatten einen Kirchturm und einen Altar in den Hosen. Wir kamen mit den jeweils freien Händen weder ans Geläut noch an die Monstranz. Wir waren der Meinung, dass es ein Teenager-Sozial-Drama mit dem Titel »Die Hölle in den Hosen der anderen« geben sollte.

Den Titel »In den Hosen sind immer die anderen« wiederum hätten wir uns gut als Außenseiter-Drama vorstellen können. Wir waren ja, wenn wir schon was waren, dann eher andere als wir selbst. Fürs Selbstsein reichte es noch nicht. So weit waren wir noch nicht. Noch steckten wir in unserer Entwicklung, in den Autos der Eltern, in den zu engen Hosen der anderen und im ebenfalls zu engen Gurgltal fest. Wir glaubten fest daran, dass wir das geändert kriegten. Wir wollten schon längst Geändert-Krieger*innen sein.

Wir wollten beim nächsten Treffen vielleicht nur mehr einmal versehentlich mit dem Ellbogen auf der Hupe ankommen. Wir wollten daran denken, beim nächsten einvernehmlichen Auto-ausgreif-Freitagabend einen Polster über die Handbremse zu legen, um den Handbremsenhebel nicht dauernd in die Hüfte gerammt zu kriegen. Wir wollten auch an eine Kassette, einen Knutsch-Mix, denken, um nicht dauernd rauschende Radio-Tirol-Hits hören zu müssen. Wir wollten das nächste Mal auf weite Hosen setzen, um den Spielraum zu vergrößern. Wir wollten, dass das nächste Mal das erste Mal passieren würde. Wir wollten, dass das erste Mal nicht passierte, sondern dass wir es gemeinsam auf unvergessliche Art und Weise geschehen machten.

Wir wussten, wie sich die Rückbanklehnen flachlegen ließen und sich der Lada so zum praktischen Kombi mit vergrößertem Kofferraum umfunktionieren ließ. Wir wollten, dass das erste Mal etwas Besonderes würde. Wir fanden, dass sich im Kofferraum, auf dem Parkplatz vor der Pfarrkirche Maria Himmelfahrt, auf Bettbezügen mit rot-weißem Hahnentrittmuster als erstes Mal gut für immer merken ließ. Wir hatten den gleichen Sinn für Romantik, Komik und Drastik. Wir tickten gleich. Wir würden sicher bald ficken. Wir hatten nur noch keine Sprache dafür. Noch waren wir nicht so weit. Uns fehlte unter anderem das technische Know-How und die Sprache. Ort, Wille und uns hatten wir schon. Der Rest würde schon noch werden. Wir würden schon noch werden.

Wir konnten uns am kommenden Freitag das Familienauto leider nicht ausleihen. Wir vergaßen das Mal drauf auf Handbremsen-Abdeck-Polster und Hahnentritt-Bettbezüge. Wir hatten bisher noch nie, aber beim entscheidenden Mal, bei dem alles passte – Parkplatz, Liegekomfort, Vollmondatmosphäre – ausgerechnet auf die Kondome vergessen. Wir waren vernünftig genug, es dann doch nicht zu machen. Wir waren sogar so vernünftig, dass wir es noch wochenlang nicht machten. Dann kamen eine Mathe- und eine Italienisch-Schularbeit sowie ein Referat über Elfriede Jelineks *Liebhaberinnen* dazwischen, also das Lernen und Vorbereiten darauf und dann war plötzlich Winter und es zu kalt für heiße Liebe im Kofferraum.

Der Winter grätschte erbarmungslos in unsere Liebe. Der Winter machte uns zu gefallenen Eiswürfeln. Wir wurden zu hilflosen Eiszapfen und Gletscherspalten in Schneehosen, die zueinander nicht fanden. Wir waren der Meinung, dass es einen Arthouse-Softporno mit dem Titel »Eiszapfen und Gletscherspalten in Schneehosen« geben sollte. Unsere Liebe kühlte ab, fror ein, erstarrte. Unsere Liebe wurde begraben von Unmengen von Schnee und war noch vor dem Frühling Schnee von gestern.

Im Frühling blühten wir erneut auf. Wir hatten immer noch Herz. Unsere Herzen aber schlugen nicht mehr füreinander, sie schlugen sich gegenseitig. Wir waren nicht mehr ein Herz und eine Hose. Wir waren einen Schritt weiter. Wir waren reif für andere Herzen, Hosen und Erfahrungen. Aber wir nahmen uns fest vor, uns bei der Aufnahmeprüfung für die Filmakademie wiederzusehen, um ein gemeinsames Romcom-Drehbuch einzureichen, mit dem Titel: »Das Herz in den Hosen der anderen«.

»Hallo, ist da jemand?«, fragt Tunja. »Ist da jemand in Gedanken? Will da vielleicht jemand auch was bestellen, oder sieht sich da wer bloß an mir satt?«, fragt Tunja.

»Sorry, ich war ...«

»Jaja, schon gut«, räumt Tunja ein, »träum weiter, was darf's sein?«

Lukas träumt weiter.

Also, hebt Lukas an beziehungsweise im Geiste ab: Ich hätte bitte gern einmal Kittung der Gesellschaft als Vorspeise und einmal Rettung des Landes als Hauptspeise.

Kittung der Gesellschaft als Vorspeise und Rettung des Landes als Hauptspeise, klingt gut für mich, zum Trinken dazu ...?

Vielleicht etwas Süffig-Flowiges? Ich hätte da ein Gedicht von einem Tröpfchen aus Amerika gedacht, es heißt *The Hill We Climb*, ist gebraut von Amanda Gorman.

Urgern und wie nennen wir das Menü? Ich würd sagen, irgendwas mit Berg.

Ja, irgendwas mit Berg sollte es sein.

Aber nicht die Bergpredigt.

Nicht die Bergpredigt; nicht der kanonisierteste Berg ist der Torberg; und auch nicht der coolste Berg ist der Eisberg.

Wohl auch nicht der stinkendste Berg ist der Wäscheberg und: Der Berg kann nichts für Andrea.

Auch nicht: Kein Berg hat einen Türsteher, Berghain! Ist nur was für die Partyfraktion. Vielleicht der Berg, der nicht zum Propheten sondern auf Feten ging?

Den Berg vermenschlichen? Eine Möglichkeit. Der Berg, der zu Heten ging? Der Berg, der zu haten beging, also begann? Also der Berg, der zum Haten anfing.

Dem Berg einen Social-Media-Account verpassen oder ihn doch eher traditionell gestalten? Berge haben Sitzfleisch?

Noch traditioneller: Berge wollen nur das Eine?

Im Kern gleich aber sachlicher formuliert: Bergehrenbegehren?

Unlesbar. Mensch bergere dich nicht?

Zu verspielt. Aber Gefühle ansprechen ist gut. Auch Berge haben Gefühle. Wie wär's mit: Der beklommene Berg?

Nein, Stärke zeigen. Den Tiroler Berg hervorkehren: Gipfeltreffen – wir haben nichts zu verbergen.

Gipfeltreffen – wir haben nichts zu verbergen, ist auf jeden Fall brauchbar, aber wohl besser für einen anderen Text.

Der Berg ist immer der Andere?

Hat was. Was haben Berge?

Berge haben Stehvermögen.

Sehr schön, noch schöner: Berge haben Schneevermögen.

Ausgezeichnet. Berge haben Schneevermögen. Den Titel verkaufen wir der Tirol Werbung.

Und was machen wir mit: Der Berg, der nicht wusste, wohin mit sich. Der Berg, der ein Herz hatte wie ein Fendrich. Der Berg, der an Drahtseilallergie litt. Der Berg, der nicht Gipfel sein wollte, sondern ... Der Berg, der alles hinschmiss.

Das wird ein Bilderbuch.

Der Berg, der gern *In di Berg bin i gern* singt.

Wäre auf jeden Fall ein Hit. Wie auch: Das Land der Berge am Stromern.

Was brauchen wir noch? Ein Rätsel.

Welcher Berg brannte 1964 und 1976?

Das ist einfach. Es ist nicht der Eselsberg und nicht das Zwergwiesel, es ist der Berg Isel. Olympische Winterspiele 1964 und 1976.

Richtig. Alles richtig gute Menü- und Texttitel. Aber die österreichische Version von *The Hill We Climb* muss natürlich *Der Berg, der wir sind* heißen.

Natürlich. Und wie klingt das nun als Ganzes?

Am besten unterhält sich Lukas immer noch mit sich selbst.

HAIMING

Was die Herkunft des Ortsnamens Haiming betrifft, ist sich die Geschichtsschreibung nicht einig. Es gibt zwei Fraktionen. Die einen meinen, Haiming bestünde einfach aus dem gängigen Suffix »-ing«, das natürlich für Ingenieur*innen unterschiedlichster Art steht; und dass Haiming demgemäß schlicht die Heimstatt vieler Ingenieur*innen war. Den anderen ist diese Erklärung aber zu einfach, die graben tiefer und sind der Meinung, dass Haiming zur Zeit der chinesischen Ming-Dynastie entstand. Als Beweis dafür dient dieser Ortsnamenerkundungsfraktion eine mit einem Hai verzierte Ming-Vase. Beide Meinungen gelten zwar als anerkannt aber unzufriedenstellend.

»Also, Lukas, kann ich dir was bringen? Oder bist du dir eh selbst genug?«

»Sorry, ich war …«

»Schon gut, wo musst du denn auftreten heute?«

»Mehrzwecksaal Haiming, Volksschullehrer*innen-Kongress zum Thema Heimatkunde und sprachsensibler Unterricht.«

»Echt Heimatkunde? Heißt das noch so?«

»Ähm, jetzt machst du mich unsicher. Ich könnt in den Unterlagen nachschauen.«

»Nein, nein, lass nur. Und, freust du dich?«

»Voll. Auf den Auftritt voll. Aber das Davor und Danach wird vermutlich schwierig.«

»Warum?«

»Ich werde zwei Stunden vor Veranstaltungsbeginn von meinem großen Bruder am Bahnhof abgeholt. Wir werden sehr früh dran sein und nicht gleich zum Mehrzwecksaal fahren, sondern vorher noch auf einen Kaffee gehen in Haiming, dem Ort, an dem wir in den 1980er Jahren beim Stigger Hosen und beim Höperger Fleisch in Großmengen kauften. Der Höperger ist längst ein Café, eine Selchkammer ist das Lokal noch immer. Jahrzehntelanges Rauchen kriegst du nicht so einfach aus einem Raum. Mein Bruder wird mich vorbildlich ablenken und mit aktuellem Tratsch versorgen.«

»Wo ist das Problem?«

»Noch nicht da. Dann wird es eine Technikprobe geben. Nein, kein Headset, werd ich sagen. Am liebsten einfach ein Stativ und ein Mikro mit Kabel, weil am wenigsten fehleranfällig. Wir haben nur Funk, wird der stolze Techniker sagen. Gut, dann halt Funkgurke, ich. Wird schon halten der Akku, sag ich und der Techniker wird sagen, sind ganz frische Batterien drin. Wird schon keine Interferenzen geben, sag ich und weiß, es wird sie dann doch gegeben haben, egal. Nein, sonst brauch ich nichts, sag ich noch, und Danke schon mal.«

»Wo ist das Problem?«, bohrt Tunja noch immer nach.

»Noch immer nicht da«, sagt Lukas, »aber sie werden kommen, eine Stunde vor Beginn. Ich werde nichts mehr zu tun haben. Den Text zu proben – ich versuch nämlich die neuen Sachen auswendig zu machen – wird jetzt nichts mehr bringen, smalltalken wird mir allerdings schwerfallen. Es wird keinen Backstage-Bereich zum Zurückziehen geben. Die Massen werden anbranden. Verstecken wird keine Lösung sein. Ich werde viel zu viele der Kommenden kennen, manche viel zu spät erkennen. Es wird vermutlich mehr als eine Ex kommen, außerdem Geschwister von ehemaligen Mitschülerinnen und Mitschülern, Mitschülerinnen und Mitschüler meiner Geschwister, alles Menschen, die ich kennen sollte und zu denen ich etwas sagen können sollte. Es wird die Nachbarin aus dem Heimatdorf auftauchen, einige Lehrerinnen und Lehrer, bei denen ich schon mal war, Direktorinnen und Direktoren, die ich zuordnen können sollte.«

»Das sind deine Probleme?«

»Ich werde mich auf meinen reservierten Platz in der ersten Reihe flüchten. Hinter mir wird eine Leichtathletiktrainingspartnerin aus den 1980er Jahren sitzen. Sie wird viele Fragen haben. Vielleicht weiß ich auf Anhieb ihren Vor- und Hausnamen. Vielleicht vergesse ich dafür alle meine Texte.«

»Was wirst du machen?«

»Ich werde mich entschuldigen und an die frische Luft gehen, bis es wirklich los geht.«

»Nein, ich mein. Was wirst du vortragen?«

»Zweimal zwanzig Minuten, unter anderem einen neuen Text mit dem Titel *Der Berg, der wir sind*.«

»Na dann, mir scheint, du hast einen Probedurchlauf bitter notwendig. Leg los!«

Lukas zögert kurz, nimmt dann aber Rezitationspose ein, schaut sich kurz um, niemand da, niemand außer Tunja. Immer am schwierigsten vor nur einem Publikum, einem Publikum in Einzahl, aber die beste Probe. Lukas holt tief Atem und legt los.

Der Berg, der wir sind

Irgendwann dann, Oida, irgendwann werden wir uns fragen, wie wir
    aus diesem Stadt-Land-Kluft-Schlamassel wieder raus kommen
Die Füße skischuhschwer aber die Nase immer oben, immer im
    Wind
Der kein Wind of Change
Sondern ein Lüfterl ist, das unser Fahnerl winden macht
Wir werden es uns schon wieder mal gerichtet haben
Wir wissen ja, dass man auf »Hände falten, Goschen halten«, bauen
    und vertrauen kann

Wir wissen ja, dass zwischen Wahrheit und »das war halt so damals«
Ganze Berge an Lügen verschwinden
Weil wir uns winden, winden, winden
Wie's das grad genehme Lüfterl will
Auch wenn wir spüren mögen, dass es jetzt dann doch zunehmend
zieht
Dass da was übers Land zieht, das mehr als bloß Gewitterfront
Dass da was aufzieht, das nicht bloß grollt
Dass da was aufgezogen wird, das, wenn wir's nicht gemeinsam
stoppen wollen, uns ganz einfach überrollt
Das Land und Stadt wieder eint, weil beide platt macht
Das Platz schafft für Gedankengut, das dieses Wort zu keinem Teil
verdient
Da ist nichts gut an social-media-geschürter Hetze
Da ist nichts gut an den Gedanken, die dem Umbruch alles unter-
ordnen
Dass das nicht gut gehen kann, hätt unsere Geschichte doch auch
schon längst bewiesen
Lernen S' Geschichte, sagte doch mal einer, der uns einen wollte
Der ein Wir basierend auf sozialen Grundsätzen im Sinn hatte
Ein Österreich für alle
Ein Wir kein Ich-ich-ich
Wir kriegten es dann doch nicht hin
Wir, die Nation, die zu klein für gutes Doping ist
Wir, die Nation, die mal so groß war, dass ihr auch nichts erspart blieb
Wir, die Nation, die jetzt halt ihrem Fernsehkaiser und dem Kurz-
schlusskanzler an den Lippen hängt
Wir sind doch ein Land, in dem alle alles werden können, wenn sie
sich rechtzeitig für den rechten Weg in die richtige Partei
entscheiden
Wir sind doch ein Land, das alles hat, was es verdient, und in dem
wer dient, irgendwann dann auch belohnt, versorgt, bepostet
werden wird
Irgendwann dann, Oida!

Schon klar, da kann's nicht immer supersauber hergehen

Schon klar, die Transparenz haben wir noch nie groß auf unser
Fahnerl geschrieben

Wir wurschteln lieber halbseiden dahin

Wir wurschteln gemütlich und lassen uns treiben vom Lüfterl

Weil wir uns winden, winden, winden wie's die politische Großwet-
terlage grad so will

Wir wurschteln und winden uns durch jedes Skandälchen und Kriserl

Wir kriegen das hin, uns bringt nichts um, außer das Hyperkorrekte

Wir können mit allen und allem, außer mit dem Konjunktiv- und
Diminutivbereinigten

Denn wir wissen, Perfektion gibt's nur im Gschupft'n Ferdl

Weil beim Thumser, beim Thumser ist heut Perfektion

Wir wissen aber auch, dass wir nah dran sind an der Perfektion, am
Ideallandzustand

Wir wissen, dass alle, die nicht Österreicher*innen sind

Zumindest gern in Österreich leben wollen würden

Und viele dürfen das ja auch

Viele machen das ja bereits tagein tagaus

Und wenn wer den Ski-Pass bezahlt hat, sind bei uns alle gleich

So ist Österreich

Auf der Piste sind wir alle gleich, nur wir halt besser

Beim Aprés-Ski sind wir alle gleich besoffen, nur wir halt später

So offen ist Österreich für alle Kulturen und Devisen dieser Welt

Weil wir uns winden, winden, winden und immer noch ein Platzerl
finden für ein Lifterl oder ein Hotelerl, oder ein weltkulturerbe-
zerstörendes Hochhauserl

Heben wir uns wieder anders ab

Raffen wir uns auf und zamm und betonieren wir die Stadt-Land-
Kluft gemeinsam zu

Lasst uns das machen, bevor die Stadt-Land-Kluft zu groß ist, um
mit einer landläufigen Vorstadt-Baumarkt-Parkplatz-Fläche
versiegelt zu werden

Lasst uns das machen, bevor es eine Seilbahn braucht, um die
    Stadt-Land-Kluft zu überwinden
Lasst uns winden, winden, alle Klippen überwinden, uns letztlich
    gestärkt, geeint, gewachsen endlich wieder zusammenfinden,
    uns gegenseitig fesseln und mit Seilwinden aneinander binden
Denn seien wir uns ehrlich: Vorarlberg, Tirol, Salzburg, Kärnten,
    Oberösterreich, Niederösterreich, Steiermark, Burgenland und
    Wien – wir gehören zusammen, denn
Kein Zentrum ohne Provinz
Kein Wasserkopf ohne Rumpf
Keine Klasse ohne Unterschiede
Keine Schluchtenscheißer-Witze ohne Fallhöhe
Keine Burgenländer-Witze ohne Flachheit
Und kein Wir ohne uns

Reichen wir einander die Hände und liegen wir uns wieder in den
    Armen
Erbarmen wir uns und reichen auch anderen die Hände
Und nehmen wir sie auf in unseren Reichtum
Eine Hand voll Kinder werden wir wohl unterbringen, im Land der
    Bettenburgen
Zeigen wir der Welt, dass wir zwar ein kleines Land sind, aber Größe
    beweisen, wenn es um Menschlichkeit geht
Wir sind doch eine Tourismusnation
Das Gastgewerbe ist doch unser Metier
Bieten wir Gastfreundschaft auch jenen an, die nicht mit harter
    Währung bezahlen können
Aber deren Eltern mit dem Leben bezahlen mussten, weil sie sich
    eine eigene, andere Meinung leisteten
Wir waren doch auch froh über den Marshall-Plan
Wir waren doch auch froh, am Land was zu essen gekriegt zu haben
Wir waren doch auch froh, in einem anderen Land aufgenommen
    worden zu sein, als wir kein Land, nur mehr eine Ostmark waren

Nun ist es an uns, erst die Stadt-Land-Kluft und dann die Berge von
    Vorurteilen und Ängsten zu überwinden-winden-winden
Es darf gerne ein bisserl dauern, das Überwinden
Denn hudeln, hudeln ist auch nur wurschteln in schnell

Gondeln wir also gemütlich einem hehren Ziel entgegen
Gondeln wir gemeinsam in neue Höhen ohne weitere Berge mit
    Seilbahnen zu überziehen und zu verskischaukeln
Gondeln wir gemütlich über die Stadt-Land-Kluft
Kitten wir, was zusammengehört
Retten wir unser Wir
Und irgendwann dann, Oida
Irgendwann gondeln wir wieder vereint auf den Kahlen- und den
    Schneeberg, auf das Kitzsteinhorn und den Rettenbachferner,
    auf den Grimming und den Stoderzinken, auf die Wild- und auf
    die Nockspitz, aufs Bödele und auf die Planai, auf den Brenner-
    und den Passthurn, auf den Hoch- und den Mittagskogel, auf den
    Pöstling- und auf den Arlberg und und und

Stadt, Land, Leute – ziehen wir gemeinsam an einem Seilbahnstrang
    und erfreuen wir uns wieder aneinander
Springen wir über den Schatten des Berges
Und seien wir nicht bloß das Lüfterl, das um dessen Gipfel weht
Und seien wir nicht bloß das Kreuz, das auf diesem steht
Springen wir über den Schatten des Berges, der wir sind
Und werden wir endlich die Kulturnation
Die wir vorgeben, zu sein

Und irgendwann dann, Oida
Irgendwann dann, hopefully
Sind wir in einem offenen Wir daheim

***

Heimat hat keine Adresse.
Will heißen, dein Heimatdorf hat keine aktuelle Adresse von dir.
Also Lukas, wohin in Wien sollen wir dir die Einladungen schicken?
Und Lieder für den Abend haben wir jetzt einfach selbst ausgesucht.
Wirst sehen, ist unsere Musik! Vielleicht auch deine :)
Melde dich, Nassereith braucht dich
c u soon Corina

Die Gemeindesekretärin wieder am SMSen.

8

Gipfeltreffen oder: Wir haben nichts zu verbergen!

Tunja ist guter Dinge. Sie hat bestens geschlafen. Nichts tut ihr weh. Sie hat Dienst mit Elif, die ist verlässlich und unkompliziert. Ihr Dienst endet in Innsbruck. Dort wird sie dann übernachten und morgen die nächste Schicht nach Graz antreten.

Kurt hat sich seinen Platz im Speisewagen schon am Hauptbahnhof gesichert. Sein Vortag in Wien war erfreulich. Er hat sich zwei Seniorenresidenzen angeschaut, die in die engere Auswahl kommen. Seine Eltern haben nichts gegen Wien, sie haben sogar Bekannte in den betreffenden Seniorenresidenzen Oberlaa und Grinzing. Die Nacht hat er zum Großteil in einem Etablissement verbracht, das, als er noch jung war, eine der Top-Adressen in Sachen Nacht-Club war. Der Nacht-Club ist allerdings, musste Kurt feststellen, wie das Konzept des Nacht-Clubs an sich, sehr in die Jahre gekommen. Amüsiert hat er sich trotzdem. Ausgeschlafen ist er nicht. Er ist eher noch leicht berauscht.

Ivo ist spät dran. Er schafft es gerade noch, in den Railjet, dessen Türen schon piepsend ihr Schließen ankündigen, einzusteigen. Es ist Freitag und ganz schön viel los. Ivo muss sich beeilen, dass er es bei dem Gedränge rechtzeitig durch die zweite Klasse Waggons bis Meidling in den Speisewagen schafft. Er hätte am Wagenstandsanzeiger nachschauen sollen.

Lukas steigt wie immer in Meidling ein.

Mo sitzt noch beim Frühstück bei ihren Eltern. Mo hat also noch einen Zwischenstopp in Österreich eingelegt. Mo mag ihre Eltern also noch. Ihre Eltern mögen Mo also noch. Wer braucht schon Pronomen? Es geht um das Sichmögen. Mo mag das Aufgetischte, wird aber in Salzburg einsteigen und nach Zürich zum Flughafen fahren, um die letzte Etappe der Weltreise anzutreten. Kapstadt ruft. Das Kap der Guten Hoffnung als letzte Destination erscheint Mo passend. Hat Tunja nicht ein Häferl mit der Aufschrift Cup der guten Hoffnung gehabt? Falls Mo Tunja im Zug zufällig wieder begegnen sollte, wird Mo sich für das letzte Aufeinandertreffen entschuldigen und eine Aussprache nach der Weltreise anstreben.

Lukas will nicht zu früh in Nassereith ankommen, aber so, dass es auch nicht stressig wird, wenn der Zug irgendwo im Deutschen Eck ein Stündchen stehenbleibt, was ja öfter mal vorkommt. Er will nicht seine Eltern mit einem Essenswunsch belasten, er will sich nicht bei Bruder Thomas und Family selbst einladen. Er wird im Speisewagen essen. Er wird sich nicht von der Mama mit dem auch schon sehr in die Jahre gekommenen Mazda abholen lassen. Er wird mit dem Bus von Imst-Pitztal bis zum Postplatz in Nassereith fahren, heimspazieren, seine Sachen dort deponieren, gemütlich mit Mama und Papa einen Kaffee trinken, der ihm viel zu schwach sein wird, der ihm aber dennoch schmecken wird und an das Kaffeekochritual der gemeinsamen Sonntagnachmittags-Kaffee-Kränzchen im Familienkreis erinnern wird. Als noch alle daheim wohnten, aber sich die Nächte durchaus an anderen Orten um die Ohren schlugen, war der Sonntagnachmittagskaffee der letzte Fixtreffpunkt aller.

Das, was mal das gemeinsame Kirchengehen, dann das gemeinsame Sonntag-Mittagessen war, wurde schließlich Kaffee und Kuchen gegen 15 Uhr. Alle tauchten immer wie Zombies auf, fröhliche Zombies immerhin, Kaffee-und-Kuchen-süchtige Zombies, die die Wortkargheit zunehmend abschüttelten. Lukas, der Jüngste, war für das Kaffeemachen zuständig. Kaffeemaschine gab es keine. Es galt den Teekessel zu erhitzen und dann die gut gefüllte Filtertüte im Aufsatz auf der Kaffeekanne selbst aufzugießen. Mit Bedacht und so, dass der sich am Filterrand absetzende Kaffee immer wieder schön begossen wurde, auf dass ja nichts des Pulvers und der wertvollen Wirkung verlustig ginge. So wie Filterkaffeekult gegenwärtig in den hippsten

Kaffeebuden der Stadt zelebriert wird, fast so wurde das bereits in den frühen 1990er Jahren am Land gemacht. Es wird Mohnkuchen geben. Der Mohn wird sich zwischen Lukas' schiefen Zähnen einnisten und selbst nach dem Zähneputzen nicht ganz verschwunden sein. Er wird den ganzen Abend mit einem Mohnlächeln verbringen. Ja, es ist der große Tag, der große Abend. Der Abend der Präsentation und Franz-Kranewitter-Preis-Verleihung.

Corina holt grad den Preis ab. Ein lokaler Künstler wurde damit beauftragt, etwas für den Anlass Passendes herzustellen. Moritz Kranewitter, ein Kranewitter-Nachfahre, hat etwas her- und zur Verfügung gestellt. Corina weiß nicht recht, wie sie dieses Etwas benennen soll. Sie ist sich nicht sicher, ob es sich dabei um eine Skulptur, eine Trophäe oder einen Pokal handelt. Sie fragt Moritz: »Na, wie nennen wir es denn?«

»Einen guten Auftrag«, antwortet Moritz.

»Das ist schön«, sagt Corina.

»Das bist du auch«, sagt Moritz. »Das warst du immer schon und bist du noch.«

»Danke, Moritz, warst schon immer ein großer Charmeurkünstler. Aber was ist das, wie heißt es, was soll ich dem Bürgermeister sagen?«

Moritz lacht und antwortet: »Dass ich ihm die Rechnung schon geschickt habe.«

»Schön«, antwortet Corina. »Sollen alle was davon haben vom heutigen Abend.«

»Safe«, sagt Moritz.

»Also. Raus jetzt mit der Sprache. Was ist das? Wie nennen wir es?«

»Franz«, sagt Moritz.

»Franz?«, fragt Corina. »Ist das nicht mehr Humanic- als Kranewitter-Werbung?«

»Franz der Erste?«, schlägt Moritz vor.

»Das wiederum ist mehr Habsburger- als Nassereither-Geschichte. Haben Kleinkunstpreise nicht immer lustige Namen?«, fragt Corina.

»Ja eh, aber will die Gemeinde einen Klein- oder Großkunstpreis vergeben?«, will Moritz wissen.

»Das Preisgeld ist klein. Symbolisch, wie man so schön sagt und in Form von Gutscheinen. Der Effekt soll groß sein. Lustig sind wir und ernst wollen wir genommen werden.«

»Du bist gut gebrieft, Corina, Respekt!« Moritz überlegt kurz und fragt dann: »Wie wär's mit Wacholderdipolter?«

»Klingt wie ein Abführmittel auf Kranewitter-Basis«, winkt Corina ab. »Es muss schon cooler sein. Lustig sind wir, ernst wollen wir genommen werden und cooler müssen wir werden.«

»OMG, Corina, du überraschst mich immer wieder.«

»Ich bin Projektleiterin, Moritz. Ich nehme meinen Job ernst, so wie du. Also wie jetzt?«, fragt Corina schon ein bisschen ungeduldig. Sie hat noch viel zu tun.

»Na dann halt Franz-Preis«, schlägt Moritz vor.

»Franz-Preis?« Corina sagt sich Franz-Preis ein paar Mal im Geiste vor und befindet es als Bezeichnung für das, was Moritz gebastelt/geschnitzt/gebaut (?) hat, also für das Ding, das Moritz gekünstelt hat, passend. Gemeinsam tragen sie den Franz-Preis zu Corinas Hybrid-Clio und schnallen ihn am Beifahrersitz an. Moritz streichelt sein Werk ein letztes Mal und verabschiedet sich so von ihm.

Corina fragt beim Abfahren aus dem Fenster: »Kommst du eh auch in den Gemeindesaal heute?«

»Fix«, sagt Moritz.

Ivo ist spät dran, weil er für einen Vormittag schon allerhand hinter sich hat.

Kurt wundert sich, dass der Zug zwar sehr belegt, der Speisewagen aber noch weitgehend frei ist.

Tunja weiß, dass heute die St.-Pölten-Pendler*innen und Speisewagen-Frühstücker*innen ausbleiben, weil Zwickeltag, Fenstertag, gestern Feiertag, dass dafür aber viele Kurzurlauber*innen den Zug füllen, die erst mal ihre mitgebrachten Jausen auf ihren Plätzen verzehren und erst nach ein paar Stunden Fahrt im Speisewagen auftauchen und nach einem Glas Leitungswasser fragen werden. Tunja wird sagen, dass durch ihre Leitung nur Strom fließe, oder dass es in den Zügen, seit sie ohne Oberleitung fahren, kein Leitungswasser mehr gebe. Tunja wird den Empörten ein stilles Mineral andrehen. Tunja wird denen, die ihre Aussage mit einem Lächeln quittieren, ein günstiges Jausen-Kombi-Angebot schmackhaft machen. Tunja wird auf jeden Fall ihren Spaß haben.

Kurt hatte gestern seinen Spaß. Geschäftlich kann er noch immer mit Frauen.

Ivo hatte schon heute morgen Spaß, ein sehr, sehr lukratives Auftragsangebot versüßte seinen Morgenkaffee. Er hofft auf eine Verlängerung der Spaßphase im Speisewagen.

Lukas hat im Idealfall am Abend und bis in die Nacht hinein so etwas Ähnliches wie Spaß. Eine Spaßgesellschaft auf Reisen also.

Gestern hatte Lukas Spaß mit dem Gurk.

GURK

1) »Der Gurk« ist ein Sagenwesen. Der Gurk ist gutmütig aber unberechenbar. Der Gurk kennt nämlich keine Grenzen. Der Gurk kann durch seine Gutmütigkeit und Grenzenlosigkeit zur Gefahr werden. Der Volksmund hat wie immer die beste Zusammenfassung für die Eigenschaften des Gurks gefunden und so heißt es: Zuviel des Gurks ist Murks.

2) »Die Gurk« ist ein Fluss aus Gurkenwasser. Der Ursprung der Gurk ist ein Betrieb unweit von Gork, der sich auf die Herstellung von Trockengurken spezialisiert hat. Lebensmittel-Ingenieur*innen haben das sogenannte Gorkverfahren entwickelt, bei dem Gurken, die der EU-Norm nicht entsprechen, eine zweite Chance bekommen und zu Knabbergurks verarbeitet werden. Da Gurken aus über 90 Prozent Wasser bestehen, fallen in der Knabbergurks-Produktion große Mengen an Gurkenabwasser an. Im Fahrwasser der Nachhaltigkeit haben Bachbett-Ingenieur*innen ein Flusskonzept entwickelt. Aus dem Konzept wurde ein EU-gefördertes Projekt und unlängst ist es Gurk geworden.

3) »Das Gurk« war ein Gütesiegel, das lange Zeit im Tierreich zur Anwendung kam. Die Abkürzung »Gurk« steht für: Gänzlich Ursprünglich Runde Ku-

gel. Mistkäfer sind Pillendreher und erfüllten die strengen Gurk-Kriterien. Mittlerweile verwenden Boccia-Spieler*innen den Begriff. Die Gurk-Zahl ist eine Wertungszahl, die die Spielstärke beschreibt (von 1 bis 33 Gurk).

4) Die Marktgemeinde Gurk im Bezirk Sankt Veit an der Glan in Kärnten ist ein historisch bedeutender Ort, der einst überregionale Bedeutung hatte. Der Ort Gurk blieb vom Sagenwesen Gurk, aber leider nicht von der katholischen Kirche verschont. Der Dom zu Gurk legt Zeugnis davon ab.

»Grüeß Goutt«, sagt Kurt, noch bevor Tunja etwas sagen konnte.

»Guten Morgen, der Herr, Sie wieder unterwegs, freut mich, Sie an Bord zu haben. Anschnallen nicht notwendig, abheben dennoch möglich. Wie kann ich Ihnen dienen?«

»Ein Verwöhnfrühstück mit allem wird's wohl brauchen heute.«

»Als Heißgetränk?«

»Ein warmes Gösser, bitte.«

»Glauben Sie, ich kann Sie verstehen, kann das aber leider nicht als Heißgetränk durchgehen lassen. Großer Brauner mit extra Schlag?«

»Vermutlich der bessere Start in den Tag.«

»Der ja noch lang ist.«

»Wem sagen Sie das!«

Ja, wem eigentlich, denkt sich Tunja, fragt aber lieber nicht nach dem Namen. Dieser Gast bleibt ein Sie-Kunde. Für beide besser.

Ivo hilft einer älteren Frau, ihren Schalenrollkoffer im Stauraum unterzubringen, und verreißt sich dabei fast das Kreuz. Himmel, was ist denn da drinnen? Wird da das Familiensilber von Generationen überstellt? Werden da Goldbarren transportiert oder doch nur Wackersteine, um vermeintlich hilfreichen Wölfen einen Bandscheibenvorfall zu bescheren? Ivo nimmt sich augenblicklich vor, wieder mehr Sport zu machen. Was auch so ein leicht dahingesagtes Vorhaben ist. Mehr von welchem Sport denn? Er ist kein Mannschaftssportler, Gruppendruck fällt also schon mal weg. Er mag kein Chlorwasser, Schwimmen also auch schon gestrichen. Radfahren dauert ihm zu lange. Laufen langweilt ihn. Yoga findet er wortwörtlich zum Kotzen, da drücken ihm die Bewegungen dermaßen auf die Innereien, dass er bei Testtrainings in möglichst weit voneinander liegenden Wiener Bezirken gleich mehrere Yogamatten von Mitturner*innen besudelte, und als er vor einer Yogini von Turnen sprach und Yoga meinte, fühlte die sich nicht nur beleidigt, sondern auch veranlasst, darauf hinzuweisen, dass er, wenn er einen Turnvater suchte, in ihrem Studio an der falschen Adresse und künftig nicht mehr willkommen wäre. Er wird sich wohl einen Heimtrainer ins Schlafzimmer stellen müssen und hoffen, dass dieser nicht über Nacht zum Kleiderständer und bald darauf von Noch-nicht-ganz-Schmutzwäsche zugedeckt und wenig später für immer vergessen wird. Ivo weiß, er hat nur noch wenige Minuten, er muss noch eineinhalb Waggons durchqueren und dann hoffen, dass beide Speisewagenbediensteten vor Ort und noch nicht in die erste Klasse ausgeschwärmt sind. Sollte sich ausgehen, wenn nichts mehr dazwischenkommt. Ivo schaut auf seine Smart-Watch.

Lukas schaut auf dem Wagenstandsanzeiger nach, wo er am besten einsteigen soll. Er hat sicherheitshalber einen Platz reserviert, im Waggon gleich hinter dem Bord-Restaurant, Sektor C, Wagen 221. Den wird er erst belegen und sich dann auf den Weg in den Speisewagen machen.

Tunja schaut auf die aufgereihten Tassen im Regal und findet sie erstaunlich hässlich. Wenn sie mal einen Feedbackbogen in die Finger kriegen sollte, wird sie sich vehement für Motivtassen mit Souvenircharakter aussprechen. Das hat doch Werbefunktion, wenn Leute die Tassen stehlen und privat verwenden wollen! Aber Tunja versteht natürlich den Spargedanken dahinter: Verwende möglichst unattraktives, aber funktionables Geschirr, auf dass niemandem in den Sinn komme, sich des Geschirrs zu bemächtigen. So bleibt der Geschirrbestand länger vollständig. Das senkt die Kosten und erhöht die Gewinne. Und der Gewinn, weiß Tunja, ist sozusagen der Funktionabel der Welt. Apropos, höhere Gewinne und höheres Trinkgeld: Am-Platz-Service in der ersten Klasse erhöht das Trinkgeld. Während Elif das Verwöhnfrühstück zubereitet, nützt Tunja die Zeit, um schon mal eine schnelle Runde in der ersten Klasse zu drehen und zu schauen, ob da schon was zu tun und holen ist.

Corina muss auch noch die Tisch- und Bühnendeko für den Abend abholen. Da war der Kindergarten ebenso eingebunden wie der Motorsägenverein »Kettensagengestalten«. Corina schaut auf die Checklist. Noch läuft alles nach Plan.

Mo schaut in die Augen der Mutter, sie sind feucht. Mo schaut in die Augen des Vaters, er schaut weg.

Kurt schaut aus dem Fenster. Trotz Railjetstadtgeschwindigkeit zieht da alles viel zu schnell an ihm vorbei.

Ivo schaut sich im Speisewagen um, kann die Gesuchte nicht finden, entdeckt aber Kurt, der etwas abwesend aus dem Fenster starrt.

»Wir erreichen in Kürze den Bahnhof Wien-Meidling«, sagt die Stimme einer Zugbegleiterin, denn als Schaffnerinnen wollen diese nicht mehr bezeichnet werden.

Ivo steuert auf Kurt zu und sagt: »Grüße Sie, ich bin's wieder.«

Kurt reagiert etwas verzögert: »Ich bin's noch immer«, schaut aber immerhin zu Ivo hoch. Der lächelt und scheint etwas nervös zu sein.

»Ah, der Nicht-Stalker, der in Sachen Liebe unterwegs ist.«

»Sie sagen es«, sagt Ivo und denkt sich: Ah, der Maturaball-Crasher, der in Sachen Familienpflege unterwegs ist. »Haben Sie eventuell gute Nachrichten für mich?«

»Antwort: Im Prinzip ja, aber es kommt darauf an, wie flexibel Sie heute wirklich sind.«

»Was soll das heißen, ich mein, haben Sie sie ...«

»Na, haben Sie was Wichtiges vor heute oder sind Sie wirklich flexibel, wenn es die Liebesdinge wollen?«

»Nichts ist wichtiger als meine Mission zu erfüllen.«

»Klingt wie ein Zitat aus einem schlechten Agentenfilm.«

»Bitte sehr, der Herr«, sagt Elif: »Einmal Verwöhnfrühstück mit extra Schlag. Wissen der Herr schon ...?«, fragt Elif an Ivo gerichtet. Elif hat sich im Service das von Udo Proksch geprägte Demel-Deutsch angewöhnt. Das kommt bei Touristen immer gut an.

»Der Herr wissen noch nicht, dass er weiterfahren und Platz nehmen wird müssen. Der Herr wird für alles Weitere noch ein bisserl brauchen«, Kurt hat sichtlich Spaß an der Situation.

»Echt?«, fragt Ivo bloß.

»Alles, was echt ist«, kurze Pause »schmeckt am besten.« Kurt hat diese leicht verfremdete Aussage schon oft anbringen können, heute beschert sie ihm ein liebesbeflügeltes Sitzplatzgegenüber und wohl eine spannende Fahrt. Der Zug hält, Ivo nimmt Platz, Lukas steigt ein.

Ivo sitzt in Fahrtrichtung und mit dem Rücken zur Küche. Lukas belegt seinen Platz mit Jacke und einem Packen Tages- und Wochenzeitungen, die er gedenkt im Laufe der Fahrt durchzublättern und querzulesen und begibt sich in den Speisewagen. Tunja ist auch auf dem Weg zurück dorthin. Lukas kommt aus der zweiten, Tunja aus der ersten Klasse. Die Schiebetür öffnet sich bedächtig wie ein Theatervorhang und gleichzeitig betreten sie die Speisewagenbühne.

Lukas sieht Kurt und Ivo und sagt nicht: Oh, der Bierberg und der Hoteliergriesgram. Denkt es aber. Er sagt bloß: »Oh!«

»Nein, Ivo«, sagt Ivo.

Kurt sagt: »Grüeß Goutt!«

»Schönen guten Morgen«, Lukas.

Tunja biegt in den Küchenbereich ab und werkelt hörbar an Kästchen und Fächern rum.

»Sie kennen sich?«, fragt Ivo.

»Überrascht?«, Kurt.

Lukas antwortet beiden: »Im Prinzip ja. Aber nicht sehr.«

»War jetzt kein Witz, aber immerhin eine aufmerksame Geste, was ausreichend ist, um Ihnen auch einen Platz in dieser illustren Runde anzubieten«, quittiert Kurt und alle lachen. Lukas nimmt das Angebot gerne an. Ablenkung und Feinhaben, das Beste, was ihm passieren kann an einem Tag wie diesem. Zwei Bekannte, die keine Freunde sind – perfekte Ausgangssituation, perfekte Zugfahrkonstellation. Wenn jetzt auch noch Tunja Dienst hat, denkt sich Lukas, dann ist das ja fast schon betreutes Reisen. Da kracht es in der Küche und es folgt ein lautstarker Kommentar aus Tunjas Munde: »Fuck, fuck, fuck! Verfickte Scheißkaffeetassen!«

»Fuck, fuck, fuck, das ist sie!«, ruft Ivo freudig.

»Was nun?«, fragt Kurt.

»Keine Ahnung«, antwortet Ivo.

Fuck, fuck, fuck und keine Ahnung, mehr scheinen die Jungen heutzutage nicht mehr zu gebrauchen, um sich auszudrücken und zu finden, denkt Kurt. Eigentlich sehr effizient.

9

Gemeindesaal voll,
im Schicksal sind noch Plätze frei

Der Gemeindesaal füllt sich. Lukas ist aufgeregt. Es prickelt in der Nase. Erst prickelt's, dann fließt's. Lukas blutet. Er hat nie Nasenbluten! Seit den 1990er Jahren nicht mehr. Damals war's eine Nebenwirkung der Akne-Kur Roaccutan. Akne-Kur, wie das klingt! Das war keine Kur, das war die reinste Tortur, monatelang. In Roaccutan-Torturtagen war Lukas nicht Lukas. Da war er eine Marslandschaft. Der Mars ist ein kriegerischer Planet. Der Mars ist der Brodler unter den Planeten. Er ist unberechenbar und spuckt Eiterpatzen, wenn ihm danach ist. »Vor dem Abklingen kann es zu einem Aufblühen der Akne kommen.« Mein Gott, wie sie auf Lukas blühte, die Akneblume, -flechte, -schlingpflanze. Er war ein einziger Aknegarten in permanenter Hochblüte. Ein Aknegarten, der beständig von neuen Gefühlen gepflügt und generell von der Innen- und Außenwelt gebeutelt wurde, als gälte es Birnen der Erkenntnis vom Baum, der er nicht war, zu schütteln. Lukas war kein Baum, er war ein Waserl. Sein Ich und sein Körper waren sich noch uneins, trafen sich gelegentlich, verletzten oder beschädigten sich aber meist, wenn sie sich trafen. Lukas war lang nicht auf du und du mit sich und seinem Körper. Der Körper und die Ichs, sie fremdelten. In der Pubertät war er das Ich, dessen Ich ein anderer war, der durch die Hölle ging, und es war nicht Dantes Inferno, es war ein Akne-Inferno. Er kannte sich Tag für Tag nicht wieder. Sein Spiegelbild zeigte ihm jeden Morgen einen neuen Außerirdischen, der mal ein Eitereinhorn auf der Stirn trug, mal symmetrische Pustelmuster auf den Backen. Nie war Lukas Lukas. Immer war er ein Wimmerl, jahrelang. Gut, dass er einen festen Platz in der Klasse und nur einen Lieblingspullover hatte, sonst wäre er jeden Montag aufs Neue schwer wiederzuerkennen gewesen. Am Montag war es immer am schlimmsten. Der Montag war immer das Schlimmste.

Der Montag war das Gegenteil vom Freitag. *Friday I'm in Love,* sangen The Cure. The Cure hatten einen Weg gefunden, wiedererkennbar zu sein. The Cure hatten ihren Look. Sie spachtelten sich zu, mit weißer und schwarzer Schminke. Lukas überlegte seinerzeit ernsthaft, ob das nicht auch für ihn die bessere Akne-Kur wäre. Wenigstens war eine weitere Nebenwirkung der Roaccutan-Tabletten ein langsameres Fetten der Haare. Damit konnte er was anfangen. Das brachte wertvolle Minuten am Morgen, die er meist brauchte, weil er gerne auch schon mal in der Früh aus der Nase blutete oder an reifen Pickeln rummachte. Damals war das Bluten an sich oft eine Form der Erlösung. Aber vor dem Blut kam immer allerhand Gelbbräunliches aus den ihn entstellenden Monsterpusteln. Mit dem Nasenbluten kam er klar. Kopf in den Nacken legen, kaltes Wasser ins Gnack klatschen, abwarten! So einfach ließen sich die Pickelberge leider nicht behandeln.

Anfangs fragte seine Freundin noch, ob sie dieses oder jenes Pickelchen ausdrücken dürfte, denn anfangs waren es auch wirklich noch Pickelchen und keine Eiterauswurfkamine. Anfangs hatte er noch eine Freundin, dann hatte er nur noch Akne. Nein, Akne hatte ihn und er hatte gar nichts, außer Teenager-Frust. Er war der, dessen Freundin aus jener Zeit jetzt vielleicht im Publikum sitzt. Hera, bist du da? Augenkontakt wird sich nicht mehr lange vermeiden lassen. Wenn er vorher nicht kollabiert, weil ausgeblutet und umgekippt.

Er sprintet aufs Klo. Sprinten – auch so ein Ding aus der Vergangenheit: Leichtathletiktraining in Hauptschultagen. Im 60-Meter-Sprint war er mal richtig gut. Vermutlich, weil er permanent vor sich und von hier weglaufen wollte. Nur ließen sich seine Ichs nie abschütteln, waren immer schon vor ihm da. Auch das Dorf ließ sich nicht so leicht abschütteln. Es ist noch immer, und jetzt grad mehr als je zuvor, da.

»Ich bin im Dorf, das Dorf für immer in mir, und die Dorfgemein-
schaft erwartet sich was von mir. Großes!«, flüstert Lukas sich zu. Er
sprintet, naja, geht schnellen Schrittes aufs Klo. Es hat sich nicht verändert. Noch immer die alten Handtrocknerautomaten mit der roten
Drucktaste: Garantiert halbtrockene Hände in dreieinhalb Minuten!
Weit und breit kein Airblade, das dir die Haut fast abschält. Eines der
zwei Waschbecken war bei Ski-, Masken-, oder Rettungsbällen ab 22
Uhr verlässlich vollgekotzt. Jungbauernbälle besuchte er nicht. Wie
das klingt! Jungbauernbälle besuchte er nicht. Als ob er sich irgend
etwas aussuchen hätte können. Er nahm, was er kriegte. Das war ohnehin kaum was.
Der Gemeindesaal ist voll, die Erwartungen groß. Der Blasmusik-
abordnung wurden sechs Plätze auf der Bühne hergerichtet. Die Ins-
trumente stehen bereit. Es geht gleich los!

Als Kinder spielten sie oft Attentäter. Besonders gerne stellten sie
das Attentat auf Thronfolger Franz Ferdinand und das auf Papst Jo-
hannes Paul den II nach. Das Papamobil bastelten sie aus mehreren
Quelleversand-, zwei Bananenschachteln und dem Verpackungsmaterial der Waschmaschine, die sich Tante Angelika angeschafft hatte.
Tante Angelika war nicht ihre wirkliche Tante, aber eine Verbündete
im Geiste und immer eine verlässliche Förderin ihrer Projekte. Lukas
und seine Geschwister waren Spezialist*innen, was J. F. Kennedys
Cabriotod betraf, und oft und gerne ließen sie auch John Lennon
sterben. Ja, sie waren sehr politische und geschichtsbewusste Kinder. Sie übten sich schon sehr früh im Attentäter-Spiel: eher lebens-
mittel- denn gesellschaftszentriert. Sie waren die besten Spinatat-
tentäter, Schlammknödelkiller und Kirschkernscharfschützen in der
ganzen Siedlung. Die Scharmützel mit Nachbarschaftskindern sind
Legende. Lukas war immer der Kleinste und Jüngste und genoss eine
Art Schutzstatus. Die kämpferischen Aktivitäten mögen sich mittel-
weile vom Open-Air-Schauplatz Blutwiese in die gesicherten
Wohnzimmer-Arenen und auf die 20-Zoll-Bildschirme verschoben
haben, aber selbst jetzt noch – zwei Generationen später – dienen

ihre Hunger-Games vielen Kindern ihrer Hood als Vorbild, hat Bruder Thomas neulich erzählt.

Waschmittel hatten seinerzeit noch zu beweisen, was sie konnten. Spinat mit Kirschfleisch und Gras mit Schmieröl auf der Lieblingsschnürlsamtlatzhose. Da halte mal das Versprechen von »nicht bloß sauber, sondern rein!«

Die Kinder jedenfalls mochte man in der Siedlung. Man nahm sie wahr, als lebhafte Kinder, die zwar eigenartige Spiele praktizierten, die aber immer höflich und freundlich grüßten und schon auch mal dabei halfen, Einkäufe aus dem Kofferraum in das Eigenheim zu tragen. Sie waren auch flinke Schneeräumer. Dass damit Geld zu verdienen war, bemerkten sie rasch. Sie fanden immer Mittel und Wege, ihr Taschengeld aufzubessern, was bitter nötig war, da sie gar kein Taschengeld kriegten. Finanztechnisch war die Zeit um Weihnachten immer schon die beste: Bei der Herbergssuche im Altersheim mitspielen und »Wer klopfet an?« singen. Mamas Kekse in Blechdosen an Bedürftige und Verwandte liefern. Beim Christkindlumzug ein ganz besonders authentischer Hirte oder – ob des blonden, lockigen Haars – ein überzeugendes Engelchen sein: alles jahreszeittypische Verdienstmöglichkeiten! Zu Neujahr allen Verwandten und als freigiebig Bekannten »ein gutes Neues« wünschen. Dann als Könige durch die Siedlung streifen und sehen, wie es in anderen Häusern und Wohnungen zur Weihnachtszeit ausschaut, aber eben auch Süßigkeiten und Bares einstreifen ... Das ging alles nur Mitte, Ende Dezember und Anfang Jänner.

Der Jahreswechsel bildete süßigkeits- und schillingtechnisch das Fundament für die Kinder. Auch schachteltechnisch war es die ertragreichste Zeit. Ja, Weihnachten bescherte auch Verpackungsmaterial-Freuden: Deko-Stroh, Luftpolsterfolien, Holzwolle und Styroporflocken in Dragee-Keksi-Form – der reinste Luxus! Es mag ihnen nicht jeder Weihnachtswunsch erfüllt worden sein. Sie mögen nicht alles gekriegt haben, aber sie hatten Schachteln, Verpackungsmaterial und Ideen. Was ist das Gute an Schachteln? Man kann sich vorstellen, dass alles Mögliche darin war und sein könnte. Sich alles

Mögliche vorstellen zu können, war das größte Geschenk, das sie je bekommen haben. Viel mehr brauchten sie nicht, Kekse halt und Wollsocken und generell menschliche Wärme. Dafür fühlten sie sich gegenseitig zuständig. Innerfamiliär sollte »prutziges« Verhalten eine Selbstverständlichkeit sein.

PRUTZ

1) »prutzen« ist ein schwaches Verb mit geringer Verbreitung. Die Verwendung von »prutzen« ist nur mehr in Tourismusgemeinden des Tiroler Oberlandes gebräuchlich. Wohlhabende Menschen, die es sich leisten könnten, zu protzen und zu klotzen, dies aber nicht tun, sondern sehr überlegte Ausgaben tätigen: prutzen. Gäste, die prutzen, fahren nicht nach Ischgl, sondern in die wesentlich preisgünstigere Nachbargemeinde Kappl. Güter und Dienste mit perfektem Preis-Leistungs-Verhältnis sind »prutzig«.

2) Das Einlösen einer vollen Sammelkarte wird auch »auf den Prutz hauen« genannt.

3) Prutz ist ein Ort am Ausgang des Kaunertals im Oberen Gericht, dem obersten Teil des Tiroler Inntals.

4) »Prutztrupp« ist eine Ska-Punk-Band aus Bottrop.

Lukas stillt die Blutung; er versucht die Blutung zu stillen. Die Blutung ist hartnäckig. Blut, Nase: läuft! Die Blutung hat einen Lauf. Die Stillung lässt auf sich warten. Viel frisches Blut ist zur Stelle. Er ist nicht Stiller. Er ist nicht Stillung. Er ist durch den Wind. Er ist durch die Nase verweht. Er hat das Gefühl, nicht bloß Blut, sondern auch ein Teil seines Hirns rinnt ihm aus dem linken Nasenloch, Hirn gespickt mit Erinnerungen. Er geht gleich unter im Nassereither Bluterinnerungssee. Verpfropfen hat doch früher auch immer irgendwann geholfen! War etwa selbst Nasenbluten früher besser? Ist Nasenbluten besser, wenn es sich leicht stillen lässt? Das hängt von der Nase des Betrachters ab. Ach, ließen sich Nasen doch einfach abhängen, ablegen, austauschen. Das hat er sich früher für allerhand gewünscht. Für die Nase nur, wenn sie mal wieder kaum als Nase zu erkennen war. Aber von Körperteilen abgesehen, ist ihm als Teenager schon einiges eingefallen, das er gerne ausgetauscht hätte: Brüder, Schwester, Dorf, Mama, Papa, Schule, Stadt, Land, Welt. Alles und alle nervten. Nicht immer, aber oft. Am meisten aber nervte er sich selbst.

Alles ganz normal für eine Jugend am Land. Tragisch nur, dass er damals anderer Meinung war. Lukas war immer anderer Meinung. Aus Prinzip. Er hatte zwar aus Prinzip keine Prinzipien, war aber immer anderer Meinung. Das Praktische an der anderen Meinung war, dass sie gar nicht so klar herausgebildet werden musste, weil es meist genügte, das Gegenteil des Vorherrschenden zu vertreten. Dafür konnte er nichts, dagegen alles. Dass er eine Zeit lang auch gegen sich war, führte ihm schließlich die Gefahr dieses Denkmodells vor Augen. Selbsterkenntnis aber war das keine. Da hatte er schon Vorbilder. Die Deutschlehrerin erkannte sein Leiden und drückte Lukas *Der Fänger im Roggen* in die Hand. Er nahm das Leseangebot an, verstand zwar nicht alles, aber hatte schon auch mitgekriegt, dass das Buch sehr falsch verstanden werden konnte. Der Attentäter von John Lennon war ein glühender Anhänger des Romans und motivierte seine Tat mit Holden Caulfields Verhalten. Der Attentäter war auch lange ein glühender Anhänger der Beatles, bis seine Verehrung in Hass umschlug. Lukas half die ganze Geschichte, um sich klar zu machen, dass Dampf ablassen zwar wichtig ist, Hass aber nirgends hinführt, wo man landen möchte.

Um Dampf abzulassen, nahm Lukas als Teenager Schlagzeug-Sticks in die Hand. Er wurde Teil einer Band. Sie hatten eine Heizkanone im Probekeller in der ehemaligen Textil-Fabrik am Ortsrand. Die Heizkanone war auch von ihren Nachbarn begehrt. Lukas' Band hieß *Van Gogh's Left Ear.* Van Gogh's Left Ear hatten den Harley-Davidson-Club »Flying Dragons« als Nachbar. Die legten großen Wert auf heiße Öfen und kaltes Bier und feierten jeden nur erdenklichen Anlass. Als Beitrag für eine Halloween-Party verliehen Van Gogh's Left Ear ihre Heizkanone und machten Musik. Buffet wurde auf

Glasplatten auf offenen Särgen drapiert, Bier in rauen Mengen und 50-Liter-Starkenberger-Fässern bereitgestellt. Alles ganz ordentlich. Die Band rockte. Die Rocker soffen. Die Heizkanone heizte. Die Band schwitzte. Die Rocker tanzten. Die Heizkanone fing Feuer, weil einer, der dem kalten Fassbier sehr fleißig zugesprochen und nicht minder einsatzfreudig getanzt hatte, einfach einen ungewollten Bauchfleck auf die Heizkanone hinlegte und diese verfrühte Mitternachtseinlage von allen anderen mehr oder weniger Anwesenden erst dann bemerkt wurde, als sein Jeansgilet Feuer fing. So lange nur seine Lederkluft schmolz und sich eine schwarze Pfütze rund um die rote, wacker weiter heizende Kanone bildete, war niemandem eingefallen, einzuschreiten. Dann aber großes Hallo. Jemand kippte in einer klassischen Übersprungshandlung das noch großteils unangetastete Buffet auf den Leder- und Rockerschmelzofen, was dazu führte, dass es sodann roch, als veranstalteten die vereinigten Käsereien der Schweiz einen Raclette-Wettbewerb, um ihre Meister*innen zu ermitteln. Dem war aber nicht so, da war nur einer erst sehr fett, dann leicht verbrannt und das Buffet nun hinüber, mehr nicht.

Es wurde weiter gefeiert, die Fete begann nochmal von vorn. Van Gogh's Left Ear spielten einfach nochmal ihr Programm, die Stimmung war ausgelassen, Essen war aus, Bier nicht. Der leicht angekokelte Rocker ließ sich seine Wunden lecken. Die Schmerzen hatte er auf den nächsten Tag verschoben. Am nächsten Tag schafften es tatsächlich viele der Flying Dragons nicht, flügge zu werden und auf ihre Maschinen aufzusteigen. Ganz einfach deshalb, weil sie es schlicht nicht schafften, selbständig zu stehen, geschweige denn zu gehen, geschweige denn das Gleichgewicht auf zwei Rädern zu halten. Der angegrillte Dragon wurde in einen Lieferwagen gepackt und zum Arzt oder heim gebracht. Für eine Biker-Halloween-Party war nicht viel passiert.

Lukas waren benzinbetriebene Untersätze nie wichtig. In seiner Jugend lief er mit Bier. Für Benzin war ihm die Kohle stets zu schade. Ihre Energie wussten Van Gogh's Left Ear zu kanalisieren. Van Gogh's

Left Ear hauten in die Trommeln, in die Saiten, in die Tasten. Lukas haute rein. Am Schlagzeug konnte ihn nichts umhauen.

Die Energie des Unmuts gegen das Leben im Allgemeinen und das Dorf im Speziellen versuchte Lukas zunehmend in Begeisterung umzuwandeln. Etwas mit ganzer Energie schlecht zu finden, war auf jeden Fall in seiner Pubertätsblütephase enorm wichtig. Etwas mit gleicher Energie gut zu finden, lernte er langsam wieder, als Kind hatte er ja keine Probleme damit, beispielsweise Michèle Mouton zu lieben. Es war ein schönes Gefühl, Fan zu sein. Lukas war Fan von Madonna, Maradonna, Queen, Prince, Janis Joplin, Carl Lewis, Florence Griffith-Joyner, Ostbahn-Kurti und der Chefpartie. Das erste Konzert (Blasmusikplatzkonzerte ausgenommen) außerhalb des Dorfes erlebte er mit 14 im Imster Pfarrsaal. Ostbahn-Kurti und die Chefpartie eroberten den Pfarrsaal, Ostbahn-Kurti führte Schmäh und sich Wein aus einem Doppler zu. Ostbahn-Kurti und die Chefpartie rockten, soffen und sprachen Lukas aus der Seele.

Jetzt spricht sich Lukas selbst zu: Nimm dir ein Beispiel an Ostbahn-Kurti und der Chefpartie und erober den Gemeindesaal. Pack sie beim Schmäh, lass Dampf ab, mach sie saufen und streichel dazwischen ein bisschen ihre Seelen.

Rock das Dorf.

Just do it: jetzt!

Führ dich auf, führ dich vor.

Der Mazda 323 war ein Vorführwagen. Er wurde mit Papas Abfertigung gekauft. Die Werbung des Autohauses blieb drauf. Das machte ihn 5000 Schilling billiger. Er war waldgrün. Der Lada Samara war rotorange. Papa konnte nach der zweiten Hüftoperation in die Pension abspringen. 70 Prozent Invalidität hatte er schon vorher. Das Fahren hat Lukas mit dem Lada gelernt. Lukas hat auch andere Dinge im Lada gelernt. Er hat gelernt, dass es sehr kalt wird in einem Auto, wenn die Heizung nicht funktioniert. Er hat in dieser Zeit gerne Autostopper*innen mitgenommen, die meist etwas Wärme mitbrachten. Das kaputte Heckfenster ließ Papa nie ersetzen. Es war klar, dass es mit dem Lada zu Ende ging. Eine Zeitlang tat es ein Klebestreifen-Plastikfolien-Provisorium. Wärmer wurde es dadurch im Lada nicht, lauter schon. Dass das Autoradio auch nicht mehr ging, war bitterer. Es ließ sich nicht überhören, dass es ihm schlecht ging, dem Lada. Lukas hat viel mit ihm erlebt. Lukas hat viel in ihm erlebt.

Der Lada war allen ans Herz gewachsen. Die zunehmende Verlotterung sollte den Trennungsprozess erleichtern. Als die Bodenplatte im Fußraum auf der Beifahrerseite durchbrach, hatte selbst Lukas kaum mehr Argumente für eine Weiterführung der langjährigen Beziehung. Der Mazdahändler übernahm die Verschrottung. Der Mazda machte es ihnen leicht. Überraschende Pannen blieben aus. Das Radio rauschte nicht mal, sogar der Kassettenrekorder funktionierte. Aber Lukas fuhr kaum mehr Auto. Lukas fuhr Zug. Er brachte die Matura hinter sich. Von seinen Geschwistern abgesehen, hatte niemand in der Verwandtschaft Matura. Das Plansoll war erfüllt, die Zukunft ungewiss. Lukas verließ das Dorf, die Geschwister waren bereits ausgezogen. Lukas reiste rum. Das tat gut. Er studierte in Wien, das war Neuland. Thomas besuchte die nächstgelegene Pädagogische Akademie, Luna und Bernhard studierten in der Landeshauptstadt. Lukas wollte mehr. Lukas wollte lernen. Lukas wollte die Welt kennenlernen. Er lernte sie auch durch neue Bekanntschaften kennen. Bekanntschaften auf Reisen, in Zügen, in Unterkünften, an Plätzen, die zu sehen sich lohnte. Lukas hatte einen Rucksack, einen Schlafsack und ein Dokumenten-Tascherl zum Umhängen. Mehr brauchte er nicht. Die Welt stand ihm offen. Eine Zeitlang war er in Zügen daheim, waren Speisewägen sein Wohnzimmer. Lukas erfuhr immer mehr. Er teilte seine Erfahrungen und Geschichten. Er gab sie weiter. Er setzte sie fort. Er behauptete seinen Platz.

Behaupte deinen Platz! Geh da jetzt einfach raus, verdammt, sagt sich Lukas. Ist auch nur ein Gemeindesaal voller Leute. Die, die dich von früher kennen, sind alt und altersmilde. Die, die dich nicht kennen, können dir wurscht sein, und die paar Schulfreund*innen, Trainingspartner*innen, Mannschaftskollegen sind sicher ähnlich stolz auf dich, wie die Familie, die zum Teil da ist. Du musst das jetzt einfach überzeugt verkaufen und dahinterstehen. Du bist da vor vierzig Jahren beim Kindermaskenball auf der Bühne gestanden und hast, als Landstreicher verkleidet, mit deinen Geschwistern Lieder gesungen, die euch die Oma beigebracht hat: »Meine Oma fährt Motorrad ohne Brems und ohne Licht, aber eine Sorge hat sie, denn sie sieht den Opa nicht. Ia-ho, ia-ho, ia-ia-ia-ia-ia-a-ha-ha-ha-ho«. Die Oma hätte die größte Freude und der Oma hätte es gar nicht kritisch genug sein können. Der Oma hätte es auch gar nicht »fockisch« (schweinisch) genug sein können. Oma erzählte gerne schweinische Witze. Oma kannte die besten Lieder für Anlässe wie Kindermaskenbälle, Waldfeste, Geburtstags- und andere Feiern. Oma hätte diesen Abend zu feiern gewusst. Also, raus jetzt mit dir auf die Bühne! Du darfst machen, was du willst und was du kannst, du wirst dafür sogar ausgezeichnet, also scheiß dir jetzt nicht in die Hosen. Blut dir aber auch nicht das Hemd voll. Das würde auffallen. An sich ist auffallen nicht das Problem. Das war früher sogar Programm. Jetzt aber besser ohne Blutflecken auf die Bühne. Die passten zum Landstreicher-Kostüm. Vom Schriftsteller wird ein anderes Auftreten erwartet. Also Kopf hoch, Nase zu, Mund auf und: Zirl auf das ab, was dir zusteht!

ZIRL

1) »Zirl« ist der Imperativ von »zirlen«. Zirlen ist eine Mischung aus zielen und spüren. Es ist ein geistiges und körperliches Internalisieren. Sportler*innen müssen gewisse Abläufe so lange trainieren, bis sie diese gezirlt haben. Das trifft beispielsweise auf das Schießen beim Biathlon oder den Start beim Skeleton zu. Wenn es einmal gezirlt wurde, heißt das jedoch nicht, dass es immer funktioniert. Gezirlt wird aber nicht nur im Sport. Auch der Pinsel wird im Idealfall mehr gezirlt als geführt. Der Klassiker der gezirlten Literatur ist *On the road* von Jack Kerouac.

2) Die »Zirl« ist eine Zierleiste auf Traditionsgewändern im Inntal. Sie ist äußerst kunstvoll und hat hohen visuellen Effekt. Für die Zirl werden vorwiegend Posamenten wie Litzen, Quasten und Kordeln verwendet.

3) »Zirl« ist ein Ort im Tiroler Inntal. Es gibt Hochzirl und den Zirler Berg.

Raus aus dem Klo, rein in den Saal, rauf auf die Bühne! Nein, erstmal zum zugewiesenen Platz in der ersten Reihe. Muss ja erst eröffnet werden. Gibt ja einen Ablauf. Ist ja noch nicht so weit. Ist ja noch nicht dran. Lukas ist im Motivations- und Prä-Auftritts-Modus. Sitzt der Pfropfen in der Nase? Hält er dicht? Noch ist ein leichtes Rinnen wahrnehmbar. Irgendwas sickert noch immer vom Hirn abwärts und strebt durch die Nase der Frischluft entgegen. Also Nase hoch, Augen zu und durch die Menge, in den Saal. Jetzt. Bald. Einen Moment noch.

Die Tür geht auf und wer kommt rein? Ein vertrautes Gesicht. Fußball-, Eishockey-, Schulkollege? Michael, Martin, Max? Lukas weiß es nicht, der Reinkommende schon.

»Kensch mi nou?«

»Ähm, ja ..., Mi ..., Ma ...«

»Martin!«

»Genau! Der schnelle Martin.«

»Ja, der dich damals abgehängt hat.«

»Naja, abgehängt.«

»Naja, schon.«

»Eh. Stimmt. Hast mich abgehängt. Hatte ich in der Zwischenzeit schon ganz gut verdrängt.«

»Oh, der Dichter reimt schon.«

»Sehr witzig.«

»Wird's witzig, was du vorlesen wirst?«

»Schwer zu sagen.«

»Wird's ehrlich?«

»Ehrlich gesagt, auch das ist gar nicht so einfach zu beantworten. Die Erinnerung führt einen ja manchmal ganz schön an der Nase herum.«

»Apropos Nase. Da steckt was in deiner Nase. Schaut aus wie ein blutgetränkter Teufelskracher, Knallteufel, du weißt schon, die, die wir immer im Stiegenhaus verstreuten und dann: pich, pich! Solltest du austauschen oder möchtest du auf der Bühne explodieren, quasi als Special-Effect?«

»Ist nicht unbedingt geplant. Hab Nasenbluten.«

»Hast du das noch immer? Hast du früher beim Raufen auch oft gehabt. Hat sich das nicht ausgewachsen? Schaust auch sonst noch aus wie früher. Kriegst du nichts zu essen in Wien?«

»Ganz schön viele Fragen, Martin. Zu essen kriegst du offenbar genug.«

Martin tätschelt seinen Bauch. »Alles meins. Hart wie Leberwurst. Hat immer Durst. Ha, kann auch reimen, hast du gehört.«

»Ja, sehr witzig. Steht dir gut.«

»Machst du den auch: Bist du g'scheit – Nassereith!«

»Ich mach keine Reime. Ich …«

»Keine Reime? Was dann? Bist du nicht Dichter? Steht doch in der Einladung. Der große Dichter und Nassereither wird ein großes Nassereith-Gedicht uraufführen.«

»Das steht in der Einladung: groß, groß, ur?«

»Ich schwör. Groß bist du eh, aber halt auch sehr schmächtig. Kriegst du nichts zu essen in …«

»Martin. Ich beantworte dir gerne alle deine Fragen nach der großen Uraufführung, okay? Der große Sohn Nassereiths muss sich jetzt vorbereiten auf den großen Auftritt und …«

»… und ihm geht die Muffe. Ihm ist das Blut eingeschossen, also es schießt aus ihm. Weil's raus muss. Nicht wahr? Ist wahrscheinlich so was wie ein Reinigungsprozess für dich, ein Loswerden von Altlasten, du willst dich von Allerhand lossagen. Altes Blut loswerden, frisches Blut bilden. Hab ich recht?«

»Du sagst es, Martin.«

»Werd ich gleich allen sagen, dass der große Dichter das Klo vollblutet und sich anscheißt.«

»Bitte nicht!«

»Geh bitte, war doch nur ein Scherz. Warst doch früher auch ein Spaßvogel. Bist du womöglich ein Ernstvogel geworden? Ein Ernstvogel, der sich vollblutet und anscheißt vor einem Auftritt im Gemeindesaal.«

»Martin, du siehst mich verwundbar, nein, verwundet. Ja, ich geb's zu, ich bin nervös.«

»Lukas, dagegen hab ich was. Also ich hab nichts dagegen, dass du nervös bist, find ich sogar lustig. Wenn ich immer nervös wär, wenn ich die Klasse betrete, würden mich die Kids bei lebendigem Leib grillen, also roasten, wenn du verstehst, was ich mein. Aber egal, kann man nicht vergleichen. Aber ich kann dir helfen, ich hab was gegen Nervosität, mach ich selbst.«

»Schnaps?«

»Bist du wahnsinnig!?«

»Nein, also ich wollte nur sagen, ich hätte jetzt nichts gegen einen Schnaps. Ich könnte jetzt einen Schnaps ganz gut gebrauchen.«

»Damit kann ich leider nicht dienen, kriegst du aber sicher bei den Marketenderinnen oder in der Bar.«

»Und was hättest du gegen mein Lampenfieber?«

»Mentales Training, wirkt super. Ist halt auch ein Training. Wird jetzt auf die Schnelle vermutlich nicht gleich wirken. Aber für die Zukunft: Mentales Training, kann ich nur empfehlen. Mir hilft's.«

»Super, Martin, danke. Ich glaub, ich blut nicht mehr. Du hast mich abgelenkt.«

»Das mit dem Ablenken funktioniert doch nur bei Schnaggerl.«

»Das würde mir jetzt gerade noch fehlen: Schluckauf.«

»Mal den Teufel nicht an die Wand. Wobei, der sitzt schon draußen. Erste Reihe fußfrei.«

»Der Schuldirektor?«

»Der Schuldirektor unserer Schultage. Jetzt sportliche 90 und pumperlgsund.«

»Tyrannei hält jung.«

»Du sagst es, Lukas. Jetzt aber raus mit dir. Nimm den grauslichen Pfropfen aus der Nase. Wasch dich und misch dich unter die Leute. Sind alle sehr gespannt und eh sehr gnädig. Wird gar nicht so viel Großes erwartet.«

»Das ist wirklich beruhigend, vielen Dank, Martin.«

»Gern geschehen. Und danach: ein Wettrennen, Post-Hotel-Runde, jederzeit.«

»Lieber Trinkrunden, Martin, okay?«

»Plural, gefällt mir! Daumen hoch für den großen Dichter. Enttäusch uns nicht.«

»Du mich auch.«

Nein, du kriegst jetzt kein Schnaggerl! Du gehst jetzt an die Bar, begibst dich direkt dorthin, gehst nicht in den Saal, gehst nicht auf die Bühne, beziehst nicht Glückwünsche von Bekannten, kriegst keinen Schluckauf, du gehst an die Bar und bleibst drei Runden dort. Nein, nicht drei. Aber ein Beruhigungsschnäpschen lässt du dir einschenken. Außerdem ist dort sicher noch nichts los, ist dort sicher der einzig ruhige Platz, wo du dich ungestört auf deinen Auftritt vorbereiten kannst. Und die beste Vorbereitung ist jetzt: runterkommen. Martin vergessen, den Bürgermeister vergessen, die Einladung und das Angekündigte vergessen, alle bekannten Gesichter, alle alten Geschichten, alles vergessen, dich konzentrieren. Jetzt nicht groß noch in was verwickeln lassen. Jetzt bloß nicht melancholisch-nostalgisch werden. Get your shit together, Lukas!

Lukas verwischt seine Spuren im Waschbecken, verlässt die Nasszelle, steuert direkt auf die Bar zu.

»Hallo Lukas.« Corina grüßt ihn, als hätten sie sich gestern erst gesehen, nicht das letzte Mal vor 15 Jahren beim zwanzigjährigen Klassentreffen der Volksschule. Jetzt bloß nicht an das Klassentreffen denken, denkt Lukas, besser an ihre Kommunikation in den letzten Tagen anschließen oder sie einfach nur freudig begrüßen. Lukas sagt: »Oh, hallo Corina!«

»Na, so überrascht brauchst du jetzt wirklich nicht tun. Ich bin für den Abend verantwortlich und seit fast fünfzig Jahren da.«

»Du rundest auf!«

»Ich verrunde generell.«

»Dann lass dich auf eine Runde Schnaps einladen, das hast du dir redlich verdient.«

»Du trinkst Schnaps, vor dem Auftritt? Verträgst du das?«

»Naja, normalerweise nicht. Und ja, ein Schnäpschen kann ich jetzt gut vertragen.«

»Beim Klassentreffen neulich hat dir der Schnaps ganz schön zugesetzt.«

Sie sagt neulich. Das ist 15 Jahre her. Sie kann sich offenbar viel besser daran erinnern als Lukas. Sie verträgt den Schnaps offenbar auch viel besser als Lukas. Sie ist vermutlich besser im Training. Wobei, das ist gemein. Das weiß er nicht. Ihre Mails, Anrufe und Nachrichten waren mitunter etwas too much, aber sie ist nett. Lukas hat keinen Grund, vorurteilsbehaftet zu sein. War ja auch eines der besten Klassentreffen ever.

»Neulich, Corina, wirklich neulich!?«, sagt Lukas.

»Lukas, ich frage dich: Vergeht die Zeit in unserem Alter nicht schneller?«

»Oh, eine philosophische Frage.«

»Nein, nur eine Frage des Schlafes. Wir sind älter. Wir brauchen mehr Schlaf. Bleibt weniger Zeit für den Rest und der Rest vergeht daher schneller.«

»Ich versteh: Carpe diem und so, Lebenszeitintensivierung.«

»Das klingt mir einerseits zu sehr nach Kalenderspruch und andererseits zu sehr nach Krankenhaus, nach Intensivstation«, sagt Corina und lacht.

»Das Leben ist ein Intensiv-Stationen-Theater.«

»Mit gelegentlichen Vollnarkosen und Brüchen von Knochen und Herzen.«

»Das hast du schön gesagt.«

»Schia gseit, guat gmuant, schlecht troffe!«, sagt Corina, lacht schon wieder und ergänzt: »Nein, schon lange nicht mehr in echt getroffen.«

»Stimmt.«

»Ist ja gleich ganz was anderes als das Telefonieren und Hin- und Herschreiben.«

»Eh«, sagt Lukas knapp. Jetzt bloß nicht in ein zu kompliziertes Gespräch verwickeln lassen. Jetzt bloß nicht zu viel über die Vorfeldkommunikation reden.

»Schon lange nicht mehr in echt getroffen«, wiederholt Lukas.

»Ich dich, wir uns«, ergänzt Corina.

»Stimmt«, bestätigt Lukas. »Guter Titel, oder?«

»Was? Ich dich, wir uns?«

»Nein: Schia gseit, guat gmuant, schlecht troffe.«

»Ja, eh, bisschen feig halt. Bisschen sehr klein machend. Und das Gegenteil von gut ...«

»... ist gut gemeint. Ich weiß.«

»Hatten es beim Klassentreffen ja auch alle gut gemeint mit dir und ist dann eher nicht so gut ausgegangen.«

»Müssen wir jetzt auch wirklich nicht mehr aufwärmen, hab ich schon ganz gut vergessen.«

»Also ich hab das noch ganz genau vor Augen, wie du ...«

»Schon gut, Corina, ich glaub dir aufs Wort.«

»Du glaubst mir aufs Wort? Das glaubst du wohl selbst nicht. Das ist sehr leichtfertig gesagt, von einem Mann, der vom Wort lebt. Der das Telefon nur abhebt, wenn es ihm grad passt und der auch nur schreibt, wenn es ihm und was ihm grad passt.«

»Passt schon«, versucht Lukas zu besänftigen. »Ich finde, du hast einen super Job gemacht. Ich weiß, ich bin nicht immer ganz einfach in der ...«

»Keine Floskeln bitte, nicht von dir!«

»Hast recht«, räumt Lukas ein. »Worte sind kostbar.«

Corina bleibt beim Wesentlichen: »Wie kommt es, dass du noch immer nichts verträgst, Lukas? Kriegst du keinen g'scheiten Schnaps in Wien?«

Klischeegeplänkel ist Lukas jetzt eh auch lieber als Real-Talk. Das lenkt mehr ab, will weniger und tut ihm auch nicht mehr weh. Dafür hat er Sätze parat: »Ja, Wien ist ein hartes Pflaster. Aber kein Trost- und kein Prostpflaster. Es gibt dort weder Alkohol noch Fleisch. Im Grunde ist Wien ein einziger Entzugsort und ich betone: Ent-Zug-s-Ort«

Corina nimmt das Angebot an: »Ah, du bist mit dem Zug da. Hast du noch immer kein Auto?«

Diese Frage kommt auch nicht überraschend. Das Wien-Thema ist abgehakt, das nächste Großthema direkt angesprochen: seine Autolosigkeit. Jetzt bloß nicht drauf einsteigen. Das eigene Programm fahren.

»Autopilot. Hab schon fast auf Autopilot geschaltet. Auftrittsvorbereitungs-Autopilot. Du hast mich rausgerissen, danke dafür.«

»Wolltest du etwa alleine trinken?«

»Nein, Corina, ganz im Gegenteil. Du hast mich schön rausgerissen.«

»Du weißt schon, dass alleine trinken das Schlimmste ist?«, hakt Corina nach.

»Also normalerweise trinke ich ja keinen Schnaps ...«

»Das war beim Klassentreffen neulich aber noch nicht so.«

»... und ich trinke auch nicht vor Auftritten.«

»Aber heute ist ja nicht normalerweise, stimmt's? Heute ist speziell und an speziellen Tagen braucht es eine Spezialbehandlung. Lass mich dich behandeln, Lukas. Damit kenn ich mich aus.«

»Ich muss dann jetzt aber gleich raus.«

»Oh, du reimst schon!«

»Ich reime nicht!«

»Aber unser Schnaps ist ein Gedicht.« Corina hat sichtlich Spaß und nimmt die Autorenbetreuung auf ihre ganz eigene Art ernst. »Keine Panik! Noch ist nichts eröffnet. Noch hat die Musik nicht gespielt. Denn ohne Schnaps ka Musi!«

»Oh, bist du Musik, also bist du, Corina, Teil der Musik?«

»Mein Gott, jetzt hat er's! Ja, Lukas, ich bin Musik. Was glaubst du denn, warum ich dich nach deinen Wunschtiteln gefragt hab, nach gemeinsamen Proben und so?«

So weit hat Lukas nicht gedacht. Corina steht gleich gemeinsam mit ihm auf der Bühne, ist für das Gelingen des Abends mitverantwortlich. Das hätte sie doch auch schon früher sagen können. Hätte er womöglich mehr nachfragen sollen? Er ist mit der Gesamtsituation überfordert und schon prickelt's wieder in der Nase.

»Aber, aber ... du bist ja, du bist ja nicht in Tracht«, stammelt Lukas mehr, als dass er es sagt.

»Wir sind: Die Eintracht.«

»Wer wir?«

»Wir sind: Der gute Ton.«

»Wer wir?«

»Martin, Kevin, Peh, ich und die zwei anderen kennst du nicht.«

»Hotdog-Kevin?«, fragt Lukas.

»Hotdog-Kevin«, bestätigt Corina.

»Was hat den denn hierher verschlagen?«

»Das Leben und die Liebe. Oder nenn es: die Grundstückspreise und ich.«

»Du und Kevin?«, fragt Lukas ungläubig.

»Haben gebaut.«

»Und Martin und Nudelsoß-Peh?«, will Lukas zunehmend interessierter wissen.

»Und Martin und Nudelsoß-Peh sind unsere Nachbarn.«

Lukas ist perplex und greift schon wieder zu einer Floskel: »Klein ist die Welt in den Bergen.«

»Du sagst es, großer Dichter. Klein ist die Welt und groß ist die Liebe!«

»Das hast du schön gesagt, Corina.«

»Danke, Lukas. Ist ja das Motto des Abends. LOL. Wird's schön, was du uns zu sagen hast?«

»Ich denke schon. Mein Schön halt.«

»Mein Schön, dein Schön, ganz schön schwierig.«

»Und ihr?« Endlich fragt Lukas mal nach.

»Wir machen schon schöne Musik. Kammermusik. Herzkammermusik.« Corina weiß, was sie sagen will.

»Hammer-Idee! Ihr macht Schmusemuke?«

Corina kann nachlegen: »Wir machen Blechblasballaden und Blechblas-Herzschrittmacher-Marsch-Musik. Wir haben viele Nummern im Programm und wir haben viele Namen, je nach Anlass.«

»Blechblasballaden Corina!? Ich hab vor Vorfreude Herzkammerflimmern, bin ganz alte Herzkammerflimmerkiste. Wie legen wir es an?«

»Schon gut, Lukas, wird schon gut, wird schon gut werden.« Corina ist ganz schön locker. Lukas plötzlich freudig aufgeregt.

»Nein, wirst sehen, es wird besser, wenn wir aufeinander angesto-
ßen gehabt haben werden.«

»Vorzukunft, nicht mein Fall, Lukasle. Gegenwart, ganz mein Fall.
Katherina, Kathl, Barchefin, schenkst du uns bitte zwei Kranz, also
zwei Franz-Kranewitter-Spezial ein?«

»Hallo Lukas, ein Kranewitter-Spezial für dich, einen für die Corina
und du trinkst also schon wieder Schnaps?«, fragt Katherina.

»Was heißt denn bitte schon wieder, Katharina?«, gegenfragt Lukas.

»Kannst Kathl zu mir sagen«, sagt Kathl. »Naja, das letzte Mal beim
Klassentreffen ist unser Schnaps dem Dichter nicht so gut bekommen.«

»Jetzt fang nicht du auch noch damit an. Das ist 15 Jahre her!«, sagt
Lukas lauter als beabsichtigt, aber nicht böse, eher angenehm erhei-
tert. Das Dorf ist wie das Internet, es vergisst nichts – steht plötzlich
groß vor seinem geistigen Auge. Das wäre ein super Buchtitel für einen Herkunfts-, Entwicklungs- und Dorfroman, denkt er sich. Das
klingt nach Zukunftsprojekt, aber jetzt gilt es die Gegenwart möglichst gut zu meistern.

»Ich bin nicht der Dichter. Ich bin der Lukas und der Lukas freut sich,
dass er jetzt mit der Kathl und der Corina eines eurer Schnäpschen
trinken darf, bevor es dann los geht.«

»So ist es beim Klassentreffen auch losgegangen«, fügt Corina ki-
chernd hinzu.

»Und wenige Stunden später ist dann gar nichts mehr gegangen«, ergänzt Kathl und lacht.

»Können wir uns vielleicht bitte auf das Hier und Jetzt konzentrieren. Ich will nicht über das Klassentreffen von vor 15 Jahren diskutie-
ren ...«

»Und er reimt schon wieder!«, sagen Corina und Kathl unisono.

»Der Dichter reimt sich ein.«

»Und ölt die Stimme.«

»Und vergisst, was ihm unlieb ist.«

»Das war jetzt aber auch schön gereimt, Corina. Chapeau!«

»Schenk ich dir, Lukas. Jetzt aber Prösterchen. Auf einen langen Abend, mit großen Worten und schöner Musik!«

»Und durstigen Leuten!«

»Und gnädigen Leuten!«

»Na, jetzt sei mal nicht so klein, großer Dichter.«

»Jetzt hört doch endlich auf mit dem großen Dichter und dem Klassentreffen. Ich bin euer Lukas.«

»Unser Lukas, süß. Und was wird unser Lukas uns jetzt gleich lesen?«, will Kathl wissen.

»Die Leviten, die Bergpredigt, das große Dorfkamasutra?«, fragt Corina.

»Wirst du schweinigeln auch? Also, gibt's explicit lyrics? Weil da sind schon ein paar Kinder und Alte mit sehr kindlichem Gemüt im Publikum.« Martin hat sich jetzt auch noch zu ihnen gesellt.

»Gibt's eine Triggerwarnung vorab, braucht's eine?« Das wird dann wohl Kevin sein. Lukas fühlt sich immer wohler in der Runde und packt seine Bühnenstimme aus: »Können wir jetzt vielleicht endlich den verdammten Kranz trinken?«

»Wir schon, haha!«, schallt es ihm kollektiv zurück.

»Ob es unser Lukas kann«, wirft die fürsorgliche Barchefin ein, »wird sich weisen.«

»Prost, jetzt!«

Kathl, Kevin und Martin kippen den Kranz. Corina nippt am Kranz, befindet ihn für gut und legt den Rest nach. Lukas ist überrascht, wie grün der Kranewitter-Spezial geraten ist und fragt: »Gurken-Gimlet?«

»Da kennt sich aber wer aus. Unser Lukas trinkt wohl doch nicht nur alle 15 Jahre was.«

»Basilikum wächst bei uns auf der Terrasse ja wie Unkraut und Gurkenmangel gibt es auch keinen.«

Lukas ist langsam bereit für die Bühne. Er nimmt Gesagtes auf und macht was draus: »Unkraut und Gurkenmangel, ein Klimawandel-Thriller.«

»Wird's ein Klimawandel-Thriller, den du uns vorzulesen hast? Also hast du vor, am Dorfklima was auszusetzen?«, fragt wer, wohl Peh, nimmt Lukas an.

Er bittet: »Können wir das vielleicht nach der Lesung …«

»Also ich bin die nächsten sagen wir sieben, acht Stunden jedenfalls hier anzutreffen.«

»Auf die Bar-Kathl ist Verlass, das ist beruhigend.«

»Die Kathl verlässt das Bar-Schiff nicht, bevor nicht der letzte Kranz über die Theke gegangen ist.«

»Der Thekengang ist immer auch ein Plankengang.«

»Die Kathl ist die Bar-Kapitänin.«

»Und die Musik spielt bis zum Untergang.«

»Na, dann«, sagt Lukas.

»Dann gehen wir es an«, sagt Corina.

Alle nehmen ihre Plätze ein. Lukas sitzt in der ersten Reihe ganz links, die Musiker*innen schon auf der Bühne. Mama Inge und Bruder Thomas haben sich in der zweiten Reihe mittig platziert. Die erste Reihe scheint für Gemeinderätinnen und Gemeinderäte reserviert zu sein. Neben Lukas sitzt eine Frau, die sich als die Kulturgemeinderätin vorstellt. Lukas vergisst den Namen gleich wieder, findet aber, dass sie irgendwie Corina ähnlich schaut. Corina selbst leitet die Eintracht, ist die Stimme des guten Tons oder wie auch immer die Blechblasband sich grad nennt. Jedenfalls spielen Corina, Martin, Hotdog-Kevin, Nudelsoß-Peh und noch zwei *The Final Countdown* und ernten dafür natürlich Applaus.

Lukas kippt den vorher vorsorglich neben dem Stuhlbein abgestellten Wasserbecher um. Rund um ihn ein See, die Textblätter nass, er auch. Ein leicht verzweifelter Rettungsversuch macht es nur schlimmer. Seine hellblaue Hose hat tiefblaue Flecken an delikaten Stellen. Die Kulturgemeinderätin schaut Lukas mitleidig an. Egal, bald gehört ihm die Bühne. Bald ist er in seinem Element. Bald kann er zeigen, was er kann. Der Anfangsapplaus aber gilt dem Bürgermeister. Hermann Kogel betritt die Bühne und begrüßt. Der Kranz rührt Lukas den Magen um. Ach ja, Durchfall hat er natürlich auch. Nicht jetzt, aber den ganzen Tag schon. Lukas' Magen rebelliert und es wird schon wieder applaudiert im Gemeindesaal. Lukas muss einen Bürgermeister-Witz versäumt haben. Egal, was soll schon noch passieren?

Klar, der Mund könnte während des Vortrags austrocknen, die Zunge könnte lahmen, sich an den Gaumen pappen und ihn stammeln machen. Aber sonst? Sonst läuft's. Adrenalin macht sich breit in seinem Körper. Es ist nicht Nervosität, was er spürt. Er ist angenehm aufgeregt. Jetzt prickelt's nicht in der Nase, jetzt prickelt's vom Scheitel bis zur Sohle, von den Fingerspitzen bis zu den Zehen, von den Nackenhärchen bis zu den Nervenenden. Ab jetzt ist Lukas unverwundbar. Für Momente wie diesen und die nun folgenden Minuten lohnt es sich, stundenlang über Texten zu brüten. Der Körper schüttet alle ihm eigenen Drogen im Übermaß aus und macht Lukas nahezu schweben. Geiles Gefühl. Lukas lächelt und streckt sich im Sitzen. Lukas lächelt die Textblätter und die Flecken auf der Hose trocken, nicht aber Zunge und Mund, die benetzt er noch schnell mit den Resttropfen im Becher. Dann erneut Applaus für den Bürgermeister oder doch für Lukas, er weiß es nicht, hat nicht wirklich zugehört, aber seinen Namen gehört. Lukas nimmt den Applaus gerne an, entert die Bühne, kriegt das Wort erteilt, sagt einleitend irgendwas und legt los.

»Ich bin dramatisch vorbelastet. Das hat sowohl mit meinem Heimatdorf als auch mit meiner Familie zu tun. Nassereith im Gurgltal, am Fuße des Fernpasses ist Kranewitter-Dorf. Das hat weniger mit Kranewitt, dem Wacholder, und Kranewitter, dem Wacholderschnaps, zu tun als mit Franz Kranewitter, dem Dramatiker. Franz Kranewitter lebte von 1860 bis 1938.«

Das weiß das Publikum, da gibt es zustimmendes Gemurmel im Saal.

»Also leicht vor meiner Zeit«, ergänzt Lukas und erntet dafür vereinzelte Lacher.

»In Publikationen der Christlichsozialen wurde Kranewitter als Sympathisant der *Bahr-Clique* dem Dunstkreis einer *gemeinen hebräischen Literaturmafia* zugeordnet, schreibt Johann Holzner in *Provinzliteratur zwischen Kulturkampf und Nationalsozialismus*. Mit Bahr-Clique ist Hermann Bahr gemeint, Zeitgenosse von Kranewitter, ebenfalls Schriftsteller und Dramatiker, aber vor allem als Kultur- und Literaturtheoretiker der Jahrhundertwende bedeutend. Hermann Bahr betrachtete Franz Kranewitter als wichtigsten Gegenspieler von Arthur Schnitzler und Hugo von Hofmannsthal, als signifikantesten Dramatiker der Provinz. Rechtsradikale und konservative Kräfte hingegen verunglimpften Kranewitters Werk, hebt Holzner hervor. Und ich muss sagen, in diesem Rahmen fühle ich mich gut aufgehoben: Von konservativen und nationalsozialistischen Kreisen abgelehnt, ja gar angepatzt – um ein Lieblingswort der Politik und sich in der Politik gern als Opfer Gebärdenden zu verwenden – von rechts und ganz rechts angepatzt zu werden, scheint mir die beste Auszeichnung zu sein – seinerzeit und heute.«

Lukas fühlt sich sehr wohl mit dieser Stelle, im Saal ist man sich nicht so sicher und es gibt bloß verhaltene Äußerungen der Zustimmung.

»Und so möge das Hauptwerk Kranewitters auch als Gerüst für dieses Dankes-Dramolett herhalten. Ein Ein-Personen-Dramolett in sieben Äktchen mit Prolog, Regieanweisung und Epilog angelehnt an den Kranewitter-Klassiker *Die sieben Todsünden*.«

Die sieben Todsünden sorgen natürlich für freudiges Gemurmel, die kennen alle. Es gibt sogar einen einzelnen Bravo-Ruf, das war vermutlich die Regisseurin der letzten Todsünden-Aufführung.

Lukas sagt: »Titel: Dankesbegehren. Untertitel: Ein Ein-Personen-Dramolett aus gegebenem Anlass«, und setzt schon mal eine Pause. Im Gemeindesaal ist es ruhig. Lukas setzt fort:

»Prolog zu den Regieanweisungen: Literatur ist Illusion, Schriftsteller ein fiktiver Beruf. Ich lebe von Fiktion – von Fiktion, Honoraren und Stipendien. Schön, wenn gelegentlich was wahr wird, wie es eben jetzt, mit der Auslobung des 1. Franz-Kranewitter-Literaturpreises geschieht. Literatur ist Illusion, Bücher sind – wie Bühnen – Illusionsräume. Auch ein Gemeindesaal kann ein Illusionsraum sein. Auch eine Preisverleihung kann ein Theater werden.«

Lukas ist sich bewusst, dass das eine heikle Stelle war, aber er wird mit Johlen bestätigt und macht gemächlich weiter: »Dieses Dramolett ist weder Kasperl- noch Burgtheater, weder Löwinger-Bühne noch Volksbühne Blaas. Dieses Dramolett lebt. Dieses Dramolett lebt von eurer Lesart und Umsetzungskraft. Deshalb braucht es keinen längeren Regieanweisungs-Prolog. Es geht direkt in die Regieanweisungen.«
Lukas macht bewusst eine Pause, er kann mit der eintretenden Stille umgehen. Vereinzeltes Rücken- und Hinternwetzen und daraus resultierendes Sesselknarzen ist zu hören, mehr nicht.

»Der Vorhang, ein schwerer, selbst in Tirol roter Samttheatervorhang, hebt sich *nicht*. Der Vorhang wurde eingespart, das Bühnenbild marginal angepasst, da und dort etwas Blumendekor abstaubbar und für sämtliche Anlässe verwendbar, mehr nicht. Das Bühnenbild besticht durch Sachlichkeit, Zeitlosigkeit und Funktionalität. So wie es sich für einen Gemeindesaal, der für alle Vereine und Zwecke zur Verfügung zu stehen hat, gehört. Das Publikum ist wertvoll und speziell. Das Publikum seid ihr. Das Publikum ist einerseits gewissermaßen zwangsverpflichtet, andererseits freiwillig hier, weil neugierig. Danke dafür!«
So leicht lässt sich das Publikum nicht einkaufen und spendet bloß höflichen Applaus. Lukas bricht auch diesen mit dem rechten Zeigefinger mehrmals auf das linke Handgelenk tippend ab.

»Die Zeit ist knapp. Es gibt wichtigere Dinge als Dankesreden. Die Aufmerksamkeitsspanne von Abendveranstaltungsbesucher*innen ist nicht unbedingt höher als die Aufmerksamkeitsspanne von Volksschüler*innen. Das ist weder Lob noch Kritik. Wir lieben unsere Kinder, wir lieben unsere Alten und alle dazwischen müssen es aushalten, nicht extra erwähnt zu werden.«

Lukas kriegt langsam ein Gespür für sein Publikum, die Alten und die Kinder lächeln zufrieden, die Dazwischenen haben nur ein müdes Lächeln über. Das ist ihre Art, so haben sie zu sein, bis sie alt beziehungsweise schuldenfrei sind.

»Die Rollen wurden nicht wie der Vorhang eingespart, sondern delegiert, also, euch, dem Publikum übertragen. Das Publikum, also ihr alle, spielt im Folgenden alle Rollen und ihr habt auch die Macht. Ihr, nicht der Bürgermeister. So muss Demokratie!«

Vereinzelte Bravo-Rufe sind auszumachen, teilweise wird aber schon auch nervös gemurmelt. Lukas genießt das Vorspiel.

»Die Hauptrolle spielt natürlich der Herr Bürgermeister. Der hier aber dankenswerterweise auf eine Sprechrolle verzichtet. Tut mir leid, Kogele, aber kein Platz für eine Rede deinerseits an dieser Stelle. Deine Reden, andere Baustelle.«

Befreites Auflachen vieler. Witze auf Kosten des Bürgermeisters gehen auch in diesem Rahmen.

»Bei so viel Verzicht allerdings muss ein Verzehr in Aussicht gestellt werden: Vor dem 1. Akt gibt es nochmal Musik, nach dem letzten Akt gibt's Buffet: Catering vom Hotel Post. Also Speckröllchen für alle statt Sprechröllchen. Jetzt aber, bevor es rein in den ersten Akt, rein in den Neid geht, Applaus für die Band der 1000 Namen, Applaus für Corina und die Blech Panthers.«

Gelächter. Ein »Corí Na-na-nana-na«-Sprechchor kommt auf. Herzlicher Applaus.

Die Blechschäden spielen *Girls Just Want To Have Fun*.

Lukas beginnt den ersten Akt mit »Neid-Neid-Neid« in den Applaus für die Musik hineinsprechend.

»1. Akt: Der Neid

Nach der Verleihung des Otto-Grünmandl-Preises interviewte mich die Nassereither Dorfzeitung und fragte: Du hast schon wieder einen Preis gekriegt. Warum?«
Stille.

»2. Akt: Der Hochmut

Hochmut oder auch Stolz, Eitelkeit, Übermut habe ich, durch die Beschreibung des Neids soeben bewiesen.
Nachsatz zum Neid. Natürlich gibt es in Nassereith eine Kranewitter-Bühne. Eine Naturbühne am Eingang des Gafleintals. Kranewitters Neid-Behandlung trägt den Titel »Der Gafleiner«. Der Gafleiner ist einer, der einst seinen Freund, dessen Frau und sich selbst umbrachte. Seither ist er gezwungen, als Geist in den Bergen herumzuwandeln und auf eine bevorstehende Prüfung zu warten. Der Gafleiner ist einer, der sich in den Bergen verstecken muss.
Der Autor ist einer, der mit seiner Meinung nicht hinter dem Berg halten darf. Der Autor ist einer, der zuhört und umsetzt. Der Autor ist einer, der in all unsere Sprachen schlüpft und all unser Sprechen aufs Blatt bringt. Klar, dass das nicht immer schön sein kann.«
Lukas sucht Blickkontakt zum Bürgermeister: »Siehst du, Hermann, so fließt dann beispielsweise unser Gespräch ein!« Bürgermeister Kogel lächelt verlegen.
»Immer nur schön ist auf die Dauer ja auch ganz schön langweilig und Langeweile ist eine Literaturtodsünde, aber keine richtige. Wie zum Beispiel der Zorn und die Wut. Zorn kann heilig sein. Mir ist und will nichts heilig sein und Wut ist eine produktive Kraft und daher keine Todsünde mehr. Womit der **3. Akt** auch bereits erledigt wäre und es wieder Zeit für Musik ist.«

Diese Ansage wird auch vom Publikum begrüßt. Blechpower spielen *Gimme Hope Jo'anna.*
Lukas verzichtet auf eine Anknüpfung à la: Hoffnung sei allen gegeben. Das klänge zu sehr nach Predigt. Lukas macht weiter im Text.

»4. Akt: Der Geiz

Geiz kann ich mir nicht leisten. Es heißt: Bei den Reichen lernt man sparen. Bei den Reichen ist der Geiz daheim. Mit Geiz möchte ich meine Wohnung nicht teilen. Geiz will ich mir nicht leisten. Nicht ausreichend Geld zu haben, um bei gesellschaftlich Vorgegebenem mitspielen zu können, war lange genug lebensbestimmendes Thema. Wir hatten alles, nur kein Geld. Aber wir hatten uns und dank der in den 1970er Jahren gesetzten bildungspolitischen Maßnahmen mit wirklicher sozialer Ausrichtung, gelang mir der Schritt in die eigenverantwortliche, finanzielle Selbstständigkeit. Vom Studium zum Praktikum zum Forschungsprojekt direkt ins Prekariat und schließlich volley in die freie Texter- und Autorentätigkeit.

Danke an alle, die mir auf diesem Weg helfende Hände reichten. Von den Eltern angefangen bis zu diversen Geldgeber*innen, Stipendienstellen und vielen Dank natürlich auch für den 1. Franz-Kranewitter-Literaturpreis.

Das Preisgeld, sofern es eines gibt, wird, so viel sei versichert, ausgegeben werden. Es wird zum Teil fleißig in die Gastwirtschaft weitergeleitet, ganz transparent, ich lege gerne alle Bier- und Speiseflüsse offen. Der Großteil allerdings wird mit Bedacht auf einen möglichst kleinen ökologischen Fußabdruck nachhaltig verlebt. Das heißt ohne Auto, ohne Haus, ohne teure Hobbys, aber mit Haltung, Meinung, und möglichst geringen Fixkosten, ohne Zusatzversicherung und private Pensionsvorsorge aber mit Solidarität und Liebe und wenn dann noch was übrigbleibt, wird gespendet an NGOs wie: *Ute Bock, Ärzte ohne Grenzen* und die *Roten Nasen.*«

Verhaltener Applaus, vereinzelte »Wir-haben-auch-Rote-Nasen«-Rufe. Die Saaltür geht auf, zwei dorffremde Gestalten und Moritz, der Künstler des Dorfes drängen in den Raum. Sie begeben sich direkt an die Ausschank im Eck.

»5. Akt: Die Unmäßigkeit

Die Unmäßigkeit ist heutzutage als Selbstsucht weit populärer. Die Unmäßigkeit heißt bei Kranewitter übrigens *Der Joch.* Der Joch, die

Selbstsucht wird eingespart. Selbstsucht ist doch längst keine Todsünde mehr. Selbstsucht wird doch längst öffentlich vorgelebt, ist politisch nicht nur salonfähig, sondern State of the Art und im Zweifelsfall wird Unmäßigkeit halt gestückelt. Die gestückelte Selbstsucht. Auch ein Stück, das es noch zu schreiben gilt. Eine österreichische Tragikomödie, eine Never-Ending-Story, die nicht kurz zu behandeln, sondern endlich mal ordentlich auszuschlachten ist. Die gestückelte Selbstsucht: Ein türkises Schlachtstück. Nein, ein schwarzer Untergang.«

Bravo-Rufe der zwei SPÖ-Gemeinderätinnen und der drei FPÖ-Gemeinderäte, zögerlicher Applaus vieler. Die zwei Nichthiesigen und Moritz, der Dorfkünstler haben mittlerweile Getränke in der Hand und rufen lauthals: »Zum Wohl Tirol!« Dieser Spruch war gut gewählt. Damit können alle im Raum leben. Die Drei scheinen vorerst kein Fall für die sich im Fall des Falles flugs formierende Saalwehr zu sein. Lukas ist vom Rampenlicht geblendet, sieht nur eine wohlig wogende schwarze Masse, glaubt aber Stimmen vernommen zu haben, die nicht hierher passen. Irritiert ist er nicht. Er ist im Flow.

»6. Akt: Faulheit

Die Faulheit lassen wir uns nicht nehmen. So weit kommt's noch. Faulheit ist gut. Faulheit ist dein Freund. Effizienteste Freizeit ist Faulheit. Proaktive Faulheit reinigt. Faulheit wird produktiv, wenn Arbeit übermäßig wird. Faulheit ist ein Grundrecht. An Faulheit ist per se nichts schlecht. Von Faulheit zu Faulheiterkeit ist es nur ein kleiner Schritt. Ja, von der Faulheit nehm ich mir »heit« raus und mach fröhliche Faulheiterkeit draus. Sauer macht lustig und faul macht heiter. Faulheiterkeit ist ein schöner Schwebezustand. Faulheit ist die Ruhe vor dem kreativen Sturm. Auf einen eintägigen Schreibrausch wird mitunter mehrere Tage daraufhin gefault.

Einerseits also oftmals langes Daraufhinfaulen in offensiver Heiterkeit. Andererseits oftmals monatelanges Schreiben, aus dem nichts wird, das bloß mit zig Absagebriefen quittiert wird. Fiktionales Schreiben ist nie eine sichere Bank, ist immer mehr Zweifel und Ungewissheit als fixes Einkommen und Bestätigung. Faulheit tut da not. Faulheit ist der Dank der Mühe.

Apropos Dank. Danke, dass ich mir solche und noch viele andere Stücke leisten kann. Danke, Nassereith, danke, Franz Kranewitter, danke auch an den Bürgermeister Hermann Kogel! Und bitte, liebe Corina samt Blech & Schwafel, spielt uns doch noch eines.«

Die Herzkammermusik setzt sofort ein und spielt *All You Need Is Love*. An der Bar wird geschmust, in den Reihen geschunkelt. Die Menge ist bereit fürs große Finale.

Lukas ist es auch und ruft, wieder in den Applaus für die Musik hinein, auf:

»Bitte frönt alle mit mir dem ...

7. Akt: Der Wollust

Ausschweifung, Genusssucht, Begehren seien uns für den Preisverleihungsabend nicht Todsünde, sondern Pflicht. Nein, Genusssucht schließt Pflicht automatisch aus. Wer ausschweifen will, schweife aus, wer genießen will, genieße, wer begehren will, möge das Subjekt der Begierde fragen, ob das Begehren ein gegenseitiges ist und erst dann weitere Schritte einleiten.

Es gibt kein Buch über Nassereith, wird aber vielleicht bald eines geben. Heute werde ich alles geben, werde für Ausschweifung und Genuss bei »Schia gseit, guat gmuant, schlecht troffe« auf jeden Fall bis zur Sperrstunde zur Verfügung stehen, danach dann eher schwanken oder sitzen, oder einen sitzen haben. Mögen die Spiele beginnen. Vorhang auf, Aufhang vor, Hang vorauf! Es geht bergauf!«

Tosender Applaus, vereinzelte Leterle-Rufe (Lukas wurde im Kindergarten größenbedingt Leterle genannt), Standing Ovations in den hinteren Reihen und an der Bar.

Der Bürgermeister geht auf den ersten Franz-Kranewitter-Preisträger zu und streckt ihm die Hand entgegen.

Lukas schlägt ein.

Die Blech-Beauties spielen *Ob-La-Di, Ob-La-Da*.

Epilog

»Ist da noch frei?«, fragt Lukas.

»Freilich«, sagt eine Frau spätmittleren Alters, was bei der aktuellen Durchschnittslebenserwartung von Frauen in Österreich, die bei 84 Jahren liegt, in etwa dem Alter von Lukas entspricht.

»Danke«, sagt Lukas etwas kleinlaut, weil er befürchtet, dass Kranz aus ihm schwappt. Nach Gurken-Gimlet riecht er ganz bestimmt, außerdem nach Starkenberger, Fernstein-Gin und gemeinem Obstler. Irgendwann war der Basilikumvorrat dann doch erschöpft. Irgendwann wurde zum Bier gegriffen. Irgendwann wurde alles getrunken, was ihm in die Hand gedrückt wurde – und Hände drückte er gestern viele.

Lukas nimmt Platz und stellt den Franz-Preis, den er mit einem 120-Liter-Müllsack verhüllt hat, neben sich. Er hat sich nicht getraut, den Franz-Preis bei seinen Eltern zu lassen. Er hat sich nicht getraut, ihn am Sitzplatz zu lassen. Lukas sitzt mit Franz-Preis im Speisewagen und fährt heim nach Wien. Der gestrige Abend war lang, die Nacht kurz, länger in Nassereith bleiben wollte er aber nicht. Die Eltern hätten sich gefreut. Auch im Hotel Post hätte er unterkommen können. Das war Teil des Preises, der sich zusammensetzte aus:

- einem Gutschein für drei Übernachtungen (die auch einzeln in Anspruch genommen werden können) im Deluxe-Doppelzimmer mit All-you-can-eat-Frühstücksbuffet im Hotel Post, im Wert von 150 Euro (nicht in bar ablosbar);
- einer Urkunde im Fake-Ledermäppchen, die ausschaut, wie vom Dorfältesten gestaltet und Lukas in Kurrentschrift als 1. Franz-Kranewitter-Preisträger ausweist;

- einem Geschenkkorb mit lokalen Köstlichkeiten (Eier, Würste, Speck, Mehl, Schnaps, Brot etc.), »weil du ja in Wien nix G'scheit's zum Essen kriegst«, sagte die überreichende Kulturgemeinderätin, deren Namen er gestern zwischen 12 und 2 irgendwann mal wusste, aber leider schon wieder vergessen hat;
- einer Kultur-Gemeinde-Jahreskarte (gültig ab Ausstellungsdatum; nicht übertragbar) für alle vom Dorf geförderten Veranstaltungen;
- und dem Franz-Preis-Maskottchen vom Dorfkünstler Moritz Kranewitter.

Moritz ist schwer in Ordnung, der hat sich gestern sehr um die Gäste gekümmert und war auch sofort damit einverstanden, dass Lukas sein Werk als Maskottchen bezeichnete. Den Hotelgutschein wird Lukas vermutlich bei der nächsten Fasnacht einlösen. Den Speck hat er in den Rucksack gesteckt, den Rest als Care-Paket seinen Eltern überreicht. Die Mama hat gestern mit Bruder Thomas sogar noch getanzt. Denn nach Corinas Blaskapelle hat DJane Gafleinerix die tanzbarsten Hits der letzten sieben Jahrzehnte aufgelegt. Der Papa war allein zuhause, das geht für ein paar Stunden noch. Bruder Thomas hat gratuliert, die überlegte Milde gelobt und seine generelle Erleichterung mitgeteilt. Kurzzeitig, so gestand er, hätte er schon befürchtet, dass das Ganze ein Eklat werden könnte und er im Dorf vorübergehend Persona non grata wäre. Hera war nicht da.

Die Kulturgemeinderätin fragte nach, ob Lukas sich vorstellen könnte, im kommenden Jahr einen ähnlichen Abend zu gestalten, unter dem Motto: Ein Jahr Franz-Kranewitter-Preisträger. Was hat sich seither verändert? Was hat es mit mir gemacht? Was könnte ich noch besser machen? Lukas hat gesagt, darüber könne man nachdenken und sofort für sich beschlossen, vorerst nicht darüber nachzudenken.

Die Bezirkszeitung war da, hat sehr viele Fotos gemacht, aber keine Fragen gehabt. Lukas hat gelächelt, so gut er konnte.

Der Dorfchronist Martin hatte während der Preisrede keine Zeit zu notieren, weil er das Waldhorn zu blasen hatte und wird sich mit seinem Bericht etwas Zeit lassen. Die Fragen werde er Lukas per »Srachi« zukommen lassen. Lukas hat den angekündigten Arbeitsauftrag kopfnickend angenommen.

Kathl hat den ganzen Abend nichts kassiert, was Lukas bestellte.

Tunja, Ivo und Moritz haben den ganzen Abend alles getrunken, was Lukas ihnen hinstellte. Tunja hat sich gut mit Moritz, Corina gut mit Ivo unterhalten.

Corina hat ihm heute schon mehrere MMS geschickt, die er sich noch nicht getraute, anzuschauen. Den Mailaccount wird er erst übermorgen öffnen.

Tunja ist jetzt schon wieder im Einsatz.

Ivo genießt wohl grad das Frühstücksbuffet im Hotel Post, vermutlich mit Moritz. Ivo wird Tunja in Wien aber definitiv wiedersehen. Auch Lukas will Tunja und Ivo in Zukunft nicht nur im Zug treffen. Anekdoten und Nummern wurden ausgetauscht, ausreichend Gründe für ein baldiges Wiedersehen gefunden.

Auf der Frontpage der Gemeinde-Homepage ist aktuell unter News ein Foto zu sehen, das Lukas beim Bürgermeister-Handshake zeigt und leider beweist, dass sich die Wasserflecken auf Lukas' Hose doch nicht ganz weglächeln ließen. Der Bürgermeister hat den Preisträger zu einer Bobfahrt eingeladen, als Starthilfe und Bremser.

ANHANG

Na Servas und Habe die Ehre, Österreich
Oder: *Wir sind nicht so – so sind wir nicht!*

Das Dorf ist wie das Internet, es vergisst nichts
Das Land ist wie die Verwandtschaft, du wirst sie niemals los
Andere mögen einen Lenz haben
Österreich hat Ambivalenz
Österreich hat Grant und Gemütlichkeit, Charme und Hinterfotzig-
    keit, Schmäh und Selbstkritikfähigkeit
Österreich hat Keppelkompetenz, Dorfkaiserpräpotenz und Wohn-
    bauzersiedelungsdekadenz
Österreich ist eine Extrawurst
Österreich ist ein Strudel
Österreich ist aber auch ein Stanitzel
Österreich ist aber vor allem ein Schnitzel
Und Schnitzel haben große Brüder
Und Österreich hat Töchter und Söhne und Ströme und Berge vor
    Köpfen

In Österreich darf es gerne ein bisserl mehr sein
Ein bisserl mehr von allem:
Vom Gurkerl, vom Inseraterl, vom Chatprotokollerl
Ein bisserl mehr im Börserl für die, die sich's richten

In Österreich darf es natürlich auch gern ein bisserl mehr im Glaserl
    sein

Österreich ist resch und gepfeffert

Österreich ist ein ...

Ik bin ein Veltliner

Österreich ist aber auch ein Zweigelt, zwei Zweigelt und dazwischen
ein Veltliner

Rot – Weiß – Rot: Österreich

Red Bull – White Wine – redselig

Rot – Weiß – Rot

Österreich, du Mostschädel mit überhöhtem Blutdruck: Rot

Österreich, du von Schneekanonenzauberhand perfekt präparierte
Piste: Weiß

Österreich, du Gänsehäufl-FKK-Strandbad-Eröffnungstag-Sonnen-
brand: Rot

Österreich, man muss dich einfach gernhaben

Österreich, du kannst mich gernhaben

Österreich, ich hassliebe dich

Österreich, i bin dein Haberer, bin dir ausgeliefert, lebenslänglich

Bin ganz bei dir, bin wohnhaft in dir

Österreich du Grammel-, Zwetschken-, Tirolerknödel
Du Hüttengaudi-No-Escape-Room

Du Almdudel-Dirndl-Dulijöh-Heimatfilm

Du Musikantenstadel mit Moik, Hias, Borg

Du Intrigantenstadel mit Schwarz, Türkis, Rot, Blau, Grün, Pink

Du Festplatten-Schredder-Splatter

Du Transparenz-Twilightzone mit Gabalier-Soundtrack

Du Kaffeetscherl, Plauscherl und Des-wer-ma-schon-machen-
Mauscherl

Du Nationalrats-Scheiterhaufen und Regierungs-Schmarrn

Österreich, du bist mehr Würstelstand als Verstand

Bist mehr Kreisverkehr als Geschlechtsverkehr, aber auch mehr
Inzest- als Asbestverseuchung

Österreich, du bist höchste Lebensqualität mit Sauwetter

Österreich, du bist eine Weinprinzessin und ein Faschingsprinz

Jaja, lei-leider: Österreich ist zum Weinen und zum Lachen

Österreich hat für alle was

Linzer-, Sacher- und Prügeltorte

Mozart, Hitler, Niki Lauda

Dohnal, Suttner, Jelinek

Arnold Schwarzenegger

Österreich hat den Ruf, den es verdient

Österreich hat mehr Feuerwehrhallen als Kindergärten, mehr
    Baumärkte als Pflegeheime und mehr Kirchen als Schulen

Österreich ist der absolute Nehammer

Österreich isst 60,5 Kilogramm Fleisch pro Kopf im Jahr

Österreich ist Bratlfett

Österreich isst 14,2 Kilogramm Bananen pro Kopf im Jahr

Österreich ist Banane

Österreich ist aber auch ein Topfen

Österreich, man muss dich einfach gernhaben

Österreich, du kannst mich gernhaben

Österreich, ich hassliebe dich

Österreich ist patschert, zwider, zach

Österreich ist alles Powidl

Österreich ist Seiderl, Krügerl, Pantscherl, Stamperl, Stamperl, Fetz'n

Österreich ist kein Häusltschick!

Österreich reißt sich einen Haxn aus für dich

Österreich ist vier Millionen Haushalte und fünf Millionen Autos

Österreich ist 126.000 Kilometer Straßennetz und täglich werden es
    mehr, denn

Österreich ist auch Versiegelweltmeister

Österreich ist Millionen Carports, Trampoline und perfekt abgedeck-
    te Vorgarten-Pools

Österreich ist über 2000 Dörfer und circa zwei Städte
Über 2000 Dörfer, die nichts vergessen, und zweieinhalb Städte,
    Himmel!
Österreich ist die Hölle
Österreich ist mehr Bürgermeister mit Namen Josef als Bürgermeis-
    terinnen
Österreich ist aber auch über 2000 Dörfer, die schon mal ganz gut
    im Vergessen waren, wenn es gerade politisch opportun war
Aber dieses Vergessen hat Österreich erfolgreich verdrängt
Österreich war schon immer gut im Verdrängen und Ausweisen,
    aber geh:
Wir sind nicht so – so sind wir nicht

Österreich ist ein Rucksack voller, noch immer nicht ganz verdauter,
    Geschichte
In dem Rucksack stecken aber auch ein Kruzifixerl
Oh ja, ohne Katholizismus geht gar nichts hierzulande
Und ein Flascherl mit Schnapserl, das ist gut für die Verdauung
Denn ohne Alkohol geht natürlich erst recht nix
Und das Kruzifixerl und das Schnapserl machen alles wieder gut, fix,
    Oida!
Ob sich das ausgeht? Und wie sich das ausgeht
Das geht sich aus, weil Österreich auch Schönred-, Ausreden- und
    Wurschtlweltmeister ist
Ja, in Österreich ist sich – über Kurz oder Ibiza – noch immer alles
    ausgegangen
So sind wir und zwar zack, zack, zack!
Jetzt aber: Bussi, Baba, Habe die Ehre und Gusch!

Übersetzung des Telefonats:

Es ertönt der Bergland-Marsch.

»Grüß Gott!«, sagt der Bürgermeister.

»Ich grüße Sie, Herr Bürgermeister. Was verschafft mir die Ehre?«, fragt Lukas.

»Es geht vorerst mehr ums Schaffen, als um die Ehre, die kommt später. Es geht darum, einen Titel für die bevorstehende Veranstaltung zu schaffen.«

»Was wird denn veranstaltet?«

»Du, also Sie. Aber lass uns doch ›du‹ sagen. Ich bin der Hermann, dein Bürgermeister.«

»Du, Hermann, ich bin der Lukas, dein Preisträger.«

Kurze Pause. Im Hintergrund ist eine Motorsäge zu hören.

»Wird er schwer, der Preis?«, fragt Lukas.

»Das ist die Preisfrage.«

»Haha, Hermann, du bist ein Lustiger.«

»Die Preisfrage muss natürlich vorerst unbeantwortet bleiben.«

»Aus Spannungsaufbaugründen?«

»Aus Spannungserhaltungsgründen. Der Titel freilich ist aus Spannungsaufbaugründen essenziell.«

»Und soll daher nicht vorschnell geboren werden.«

»Vorschnell nicht, aber er sollte schon längst ins Internet abgenabelt sein, aus werbetechnischen Gründen. Weil der Termin steht schon.«

»Der Termin kann schon stehen, bevor er mit mir abgeklärt wurde?«

»Der Termin ist seit der Entscheidung fix, Lukas.«

»Nix ist fix, Hermann.«

»Ist kein guter Titel für den Abend.«

»Den es vielleicht nicht mal gibt.«

»Den es sicher gibt, so sicher, wie die Blasmusikprobe jeden Freitag. Und die Blasmusik steht dir natürlich voll und ganz zur Verfügung. Wie auch der Gemeindesaal und alle unsere Werbekanäle.«

»Werbekanäle enden auch bloß im Klärwerk.«

»Im Klärwerk wird immerhin aufbereitet.«

»Ja, im Klärwerk wird Verschissenes aufbereitet. Wobei, das passt ganz gut zu meiner beabsichtigten Arbeit.«

»Beabsichtigte Arbeit ist keine Arbeit.«

»Keine Arbeit ist besser.«

»Als deine?«

»Schön gesagt, danke.«

»Gerne.«

»Keine Arbeit ist besser als zu viel.«

»Versprechen?«

»Wieder schön gesagt!«

»Danke, und auch gut gemeint.«

»Aber ein Feierabend impliziert keine Arbeit.«

»Ist schlecht getroffen und zu kompliziert.«

»Du sagst es. Also ich meine, das trifft es gut, das nehmen wir.«

»Was jetzt?«

»Na, alles: schön gesagt, gut gemeint, schlecht getroffen.«

»Schön gesagt, gut gemeint, schlecht getroffen?«

»Ja, schön gesagt, gut gemeint, schlecht getroffen.«

»Klänge das im Dialekt nicht schöner, besser, treffender?«

»Will heißen?«

»Schia gseit. Guat gmuant. Schlecht troffe.«

»Schia gseit. Guat gmuant. Schlecht troffe?«

»Schia gseit. Guat gmuant. Schlecht troffe.«

»Passt. Das nehmen wir.«

»Und meinen wir natürlich ironisch, nicht wahr?«

»Nicht wahr und nichts wahrer als Schmerzen.«

»Und generell nichts wichtiger als Scherzen.«

»Haha, Hermannle, du bist ein Lustiger.«

»Lukasle, ich bin der Bürgermeister.«

Auszüge aus *Die Verwortung Österreichs*:

ARZL

Arzl hieß mal »Auraziel« und war ein Kraftort der internationalen Esoterik-szene. Alles, was einen Astralleib hatte und mehr der Metaphysik als der Wissenschaft vertraute, traf sich vor hundert Jahren in Arzl. Zu einem Zeit-punkt also, als die Esoterikszene gemeinhin mit dem Label Spinner verse-hen wurde. Weil Auraziel nicht der Urlaubsort internationaler Spinner sein wollte, kam es bereits kurz nach dem Zweiten Weltkrieg zur Umbenen-nung. Arzl setzte sich knapp gegen »Auaziel« durch. Auaziel hatte nach dem Krieg einen schweren Stand. Aber die Unterstützer*innen von Auaziel hat-ten Humor und waren der Ansicht, dass Auaziel eben genau das Gegenteil von Auraziel wäre, und man die Spinner so für immer loswerden würde. Die Argumentation der Arzl-Befürworter*innen war einfacher. Wir haben jetzt alle jahrelang nichts gehabt, wir können jetzt auch noch gerne auf vier Vo-kale in unserem Namen verzichten. So sind wir. So ist Arzl. Arzl klingt fürch-terlich, ist für niemanden, der nicht des harten Oberländer-Idioms mächtig ist, aussprechbar und wäre demzufolge schon bald in niemandes Munde mehr. Die Arzl-Kampagne setzte auf Plakate mit eingängigen Sprüchen: Arzl, als Wort klingst du verunglückt / Arzl, als Ort bist du nicht spitze / Aber Arzl, über dich macht niemand Rudolf-Steiner-Witze.

Die Auaziel-Anhänger*innen konterten mit einem Nonsens-Schmähge-dicht in strenger Form: Arzl, in dir steckt ein Razl / Nimmt man dich nicht bloß wörtlich, sondern buchstäblich / Wird ein Monster aus dir: das Arzl-Monster / Am Rücken Zahn Lücken / Am Rand zähes Land / Am Rost ziemlich lost / Am Rist Zehen List / Am Ring ziemlich lang / Am Rang zum Lamm / Am Ruder zuckende Lippen / Am Radar zärtliche Leviten / Alles recht ziel los

Dieser Versuch ging nach hinten los. Die Noch-Auraziel-Bewohner*innen liebten das Buchstabenspiel und fühlten sich animiert, weitere Arzl-Akro-nyme zu erstellen. Fortan wurde das Arzl-Akronym des Monats ausgelobt und stets in der Gemeindetafel ausgestellt: Achtsamkeit, Rücksichtnah-me, Zusammenhalt, Loyalität (Ida, Volksschullehrerin, 27); Aufgepasst: Respekt, Zuspruch, Lob (Friedl, Gemeindesekretär, 55); Alles richtig, ziemlich leiwand (Herbert, Gastwirt, 31); Alles recht zünftige Leut (Fritz, Wirt, 40); Alles richtig zutrauliche Lamperl (Inge, Schafzüchterin, 35); Alles Rehe zum Lieben (Edi, Waldaufseher, 39).

Im Zeitraum um die Jahrtausendwende gab es vereinzelte Bestrebungen, den alten Namen wieder einzuführen. Der Tourismus schwächelte, das Pitztal hinkte dem Ötztal hinterher. Gleichzeitig boomte die Esoterik. »Anthroposophie statt Aprés-Ski« lautete der Slogan der Kurzzeitkampagne. Die allerdings schnell wieder begraben wurde. Aktuell gibt es erneut ein »Aktionskomitee Auraziel«, das vorerst mit gesprühten Botschaften bei Haltestellen auf sich aufmerksam macht: »Gegen Arzl-Zwang! Auraziel für alle!« Die Ortsgruppe der FPÖ distanziert sich nicht von den Beschmierungen, begrüßt vielmehr, dass freiheitsliebende Demokraten einen neuen Weg gefunden haben, sich gegen das verseuchte System auszudrücken.

BIBERWIER

Das ursprüngliche Habitat des heute als Bayrischer Biber bekannten Nagetiers war bis weit in das 19. Jahrhundert das Ehrwalder Becken, die Region rund um die Zugspitze im Tiroler Außerfern. Den Bibern gefiel das eigentümliche Idiom der Außerferner*innen, der jenseits des Fernpasses ansässigen Bevölkerung. Das Schnarrende der Sprache passte zum Nagenden der Biber. Mensch und Biber lebten über Jahrhunderte hinweg in harmonischem Einklang im Ehrwalder Becken und gingen sogar für beide Seiten fruchtbare Kooperationen ein. Dem Oberförster Konrad Looper schließlich ist es erstmals gelungen, ausgewachsene Biber in seinen Dienst zu stellen und für Baumfälle in besonders schwierigem Gelände einzusetzen. Die Biber erhielten im Gegenzug für ihre Baumfällleistungen uneingeschränkte Nutzungsrechte an Abschnitten des Dorfbachs und der Loisach. Die Biber aus Oberförster Konrad Loopers Schule waren die Harvester des prämaschinellen Zeitalters. Biber aus Biberwier wurden in die ganze Welt exportiert und genossen einen ausgezeichneten Ruf. Sie arbeiteten zuverlässig, gerne auch nachts, sie hatten kaum Verständigungs- und Anpassungsschwierigkeiten, es kam selten zu Revierkämpfen und altersschwache Biber oder Biber mit Zahnschäden kamen in einen Streichelzoo unweit ihrer Herkunftskolonie. Das war arbeitsrechtlich geregelt. Die Biber genossen das Geschaffene. Ihr vorbildliches Arbeits- und Lebensmodell sollte schließlich die Grundlage für die ersten Land- und Forstwirtschaftlichen Genossenschaften darstellen. Alles hätte für immer und ewig für Biber und Mensch gut laufen können, wäre nicht die heimtückische Krankheit der Biberfäule über die Zugspitzregion hereingebrochen. Die landläufig als Biberpest bezeichnete Plage wurde vermutlich von der aufkommenden Sägenindustrie bewusst gesät und machte, dass die Werkzeuge der Biber, ihre Zähne, binnen weniger Tage abstarben und ausfielen – und hielten die Zähne stand, machte sich die Krankheit über die Psyche der Biber her, zersetzte ihre Arbeitsmoral. Als verzweifelte ehemalige Hacklerbiber, die keinen Sinn mehr im Leben und keinen Zahn mehr in ihren Mäulern sahen, durch die Gegend marodierten, Kühe, Rehe und Krähen anfielen, zwar meist mit geringem Erfolg aber dennoch, musste gehandelt werden. Die gesamte Biberpopulation der Zugspitzregion wurde zum Abschuss freigegeben. Dieser Freigabebefehl löste einen regelrechten Biberrausch aus. Jäger aus nah und jenseits des Fernpasses pilgerten mit Büchsen und Stutzen nach Biberwier und Umgebung und ließen es krachen, bis die letzte Biberkelle fiel. Heute erinnert eine Gedenktafel an das zwanzigtägige Gemetzel, das als Sturm auf die Biberburg in die Geschichte einging. Über hundert Jahre später sind endlich wieder vereinzelte Biberverbände in Biberwier, dem Pionierort in Sachen Nagetiernutzbarmachung und Nagetierausrottung, anzutreffen.

EISENSTADT

Von Eisenstadt weiß man nicht wirklich viel. Eisenstadt war nie als Landeshauptstadt des Burgenlands vorgesehen, deshalb ist die Stadt an nichts angebunden, hat allerdings ein Schloss und außerhalb eine Schule für Militärkadetten. Haydn hauste eine Zeitlang hier, die Esterhazys länger. Ob Eisenstadt Eisen hat, bleibt fraglich. Stahl entsteht in LD-Werken, Eisenstadt als E zwischen Linz und Donawitz reinzuschmuggeln bringt, um in Anlehnung an Goethe zu sprechen, nichts Hartes, nur mehr Licht (LED). Das Kongress- und Kulturzentrum in Eisenstadt ist ein absurd großer Blechgitterkasten. Das Hotel Burgenland baut auch auf Größe: Das

Durchschnittszimmer hat einen Schrankraum, einen Wohnzimmervorraum, einen Badezimmervorraum, ein Schlafzimmer und ein Badezimmer. Circa 10 Meter Fensterfront erlauben es den Gästen, auf das Kongress-Blechmonster ebenso zu blicken, wie auf den unendlichen Horizont. In Eisenstadt hügelt nichts mehr in der Landschaft rum, hier wird der Ball der Gegend flach gehalten. Früher gab es noch Lokale mit flotten Namen. Das Gasthaus »Puff« ist leider Legende, war aber weitum bekannt für sein Gulasch. »Gemma auf a Gulasch ins Puff«, hatte lange Zeit nichts Anrüchiges, bewies vielmehr genuine Zwiebel-Paprika-Rindfleischsaft-Kenner*innenschaft. Natürlich gibt es auch ein Haydnbräu, ob das Bier was kann, sollen andere testen. Haydn ist in Eisenstadt allgegenwärtig und behauptete, seine Sprache, die Musik, verstünden alle. Soso. Die Rossschwemme ist kein Lokal, sondern ein Denkmal und war wohl wirklich mal eine Pferdebedürfnisanstalt. Der Bahnhof hingegen beeindruckt dadurch, dass er über keine Unter- oder Überführung verfügt. Es wird ganz einfach über das Gleis gegangen. Es führen ohnehin alle Züge an Eisenstadt vorbei. Und sollte doch mal ein Zug das Ziel Eisenstadt haben, so besteht die große Gefahr, in Neusiedl abgekoppelt zu werden.

GALLNEUKIRCHEN

Die Stadt im Unteren Mühlviertel ist weithin bekannt als Ausbildungszentrum für Sozialbetreuungsberufe. Eine S-Bahn-Anbindung gibt es leider nicht, aber der historische Pferdeeisenbahn-Wanderweg führt von Linz über Gallneukirchen bis nach Leopoldschlag an der tschechischen Grenze. Das Alleinstellungsmerkmal von Gallneukirchen ist: Gallneukirchen ist die einzige Gemeinde Österreichs, die von niemandem der über 6000 Einwohner*innen so genannt wird, wie sie offiziell heißt: Gallneukirchen. Niemand aus Gallneukirchen sagt Gallneukirchen zu Gallneukirchen. Kann es Gallneukirchen dann überhaupt geben? Ein klares »a« ist Mühlviertler*innen nur rar zumutbar, auch vom rollenden »r« hält man hier wenig, genauso wenig wie vom »l« an sich. Aus Gallneukirchen wird also meist ein »Goinoikiachn«. Wer Gallneukirchen zu Gallneukirchen sagt, entlarvt sich sofort als nicht Gallneukirchner*in. Wer Gallneukirchen zu Gallneukirchen sagt, ist mindestens zuagroast. Wer aber als Zuagroaste oder Zuagroaster Gallneukirchen zu Gallneukirchen sagt, ist a) nicht integrationswillig, b) sprachlich sehr begabt, c) stur oder d) aus Deutschland. Wer sich im Riepl-Center (Shopping, Working, Living, Parking) eingekauft hat, darf ausnahmsweise in der dreimonatigen Bewährungszeit Gallneukirchen zu Gallneukirchen sagen, ohne für immer von den Gallneukirchner*innen als nicht integrationswillig, sprachlich sehr begabt aber stur, oder aus Deutschland klassifiziert zu werden. Wer im Riepl-Center nicht bloß einkauft, sondern sich gleich eine Wohnung dort gönnt, darf kurzzeitig Riipl-Center sagen. Wär länger Riipl sagt, wird inoffiziell von der Gemeinde exkommuniziert und im Alltag einfach ignoriert. Gallneukirchen kann mit schwierigen Fällen umgehen. Gäbe es eine Bahnstrecke von Linz nach Gallneukirchen könnte man hören, wie Chris Lohner mit dem Gallneukirchen-Dilemma umginge. Aber Gallneukirchen schwört auf Autobahnanbindung. Gallneukirchen schwört überhaupt auf das Auto. Kein spezifisches Auto, Hauptsache Auto und weil die Hauptsache der Gallneukirchner*innen das Auto ist, muss der Hauptplatz auch ein Parkplatz sein. Generell wird Grund in Gallneukirchen erst etwas wert, wenn er versiegelt, verpflastert, verbetoniert und asphaltiert ist, denn erst dann ist es ein potenzieller Parkplatz. Früher konnten Autos noch auf nicht versiegelten, verpflasterten, verbetonierten und asphaltierten Plätzen parken. Aber da waren Autos generell noch kleiner und robuster, die Karosserie aus Blech und die Stoßstangen noch Stoßstangen, die ihrem Namen alle Ehre machten und keine Sollbruchplastikansteckdekorleisten waren. Jetzt kann es sich Gallneukirchen längst leisten, zu versiegeln, verpflastern, verbetonieren und alles zuzuasphaltieren, denn Gallneukirchen ist reich. Gallneukirchen ist Oberösterreich. Gallneukirchen ist reich und super. Gallneukirchen ist reich an Supermärkten. Gallneukirchen ist Urfahr. Gallneukirchen ist ur befahren und braucht daher immer mehr ausgebaute, für die Ewigkeit versiegelte, verpflasterte, verbetonierte und zuasphaltierte Straßen, Gassen, Wege, Steige, Pfade, Tritte, Haupt-, Park- und Nebenplätze. Leider ist Gallneukirchen diesbezüglich, trotz allem Eifer, nicht führend in der Region. Auch andere Gemeinden verstehen sich aufs Versiegeln, Verpflastern, Verbetonieren und alles Zuasphaltieren. Da ist Gallneukirchen grad mal oberösterreichischer Durchschnitt. Aber Gallneukirchen ist führend, was die Supermarktdichte anbelangt und noch viel supriger ist Gallneukirchen in puncto Supermarkt-Parkplatzangebot. Gallneukirchen hat eine höhere Supermarktdichte und großzügigere Supermarktparkplätze als vergleichbare amerikanische Kleinstädte. Eine Supermarktkette ohne Filiale in Gallneukirchen gibt es nicht. Selbst Zielpunkt, Konsum und PamPam überlegen, um nicht ganz in Vergessenheit zu geraten, kleine, museumsgleiche Filialen mit großen Parkflächen in Gallneukirchen zu eröffnen, sozusagen Tante-Emma-Laden-Museen, mit ausgestellten Gütern aus den 1980er Jahren, die es nicht mehr gibt. Zielpunkt, Konsum und PamPam hätten mit diesen Kulturgutmuseen ein Anrecht auf Unterstützung aus dem Oberösterreichischen Kunst- und Kulturförderungstopf. Vielleicht wäre es sogar möglich, in diesen Museums-Läden ein historisches Heinz-Kinigadner-Erfolgs-Ernährungs-Carepaket zusammenzustellen und zum Verkauf anzubieten? Vielleicht wäre es sogar möglich, auf den Museumsparkplätzen Mini-Moto-Cross-Contests zu veranstalten? Gallneukirchen ist offen für eine innovative Parkraumbewirtschaftung. Für jeden PKW in Gallneukirchen gibt es umgerechnet drei Parkplätze allein vor Supermärkten. Dafür gibt es halt für 6000 Gallneukirchner*innen kein Hallenbad mehr. Schwimmen ist kein Grundbedürfnis, parkplatzen und fressshoppen schon. Aber Gallneukirchen platzt noch lange nicht aus den Gemeindenähten. Da geht noch mehr. Mehr geht immer. Immer mehr geht nur mehr mit dem Auto. Es geht kaum mehr wer zu Fuß. Wer zu Fuß geht, hat vergessen, auf welchem Parkplatz das Auto steht. Apropos vergessen: Wie wird nun Gallneukirchen wirklich genannt? Mehrere Abkürzungen sind im Umlauf, am gebräuchlichsten scheint das Akronym GNK, das amerikanisch-englisch ausgesprochen zu Tschi-En-Kei wird. Gallneukirchen ist Tschi-En-Kei. Tschi-En-Kei ist der aktuell heißeste Benamsungs-Shit. Vereinzelt hört man aus den Mündern verunsicherter Ureinwohner*innen Gallneukirchens ein zaghaftes »Golli? Golli? Golli, goi?« Nein. Golli is over. Gallneukirchen has never been. Tschi-En-Kei it is. Let's go to Tschi-En-Kei, let's park in Tschi-En-Kei, let Tschi-En-Kei be.

GMUNDEN

Die Stadt Gmunden im oberösterreichischen Salzkammergut ist die Brut-
stätte der Keramikel. Der Keramikel ist eine Mischung aus Karnickel, Igel
und Porzelefant. Im Laufe der Jahrhunderte hat der Keramikel das C-
Chromosom des Karnickels, die Stacheln des Igels und die Ohren des Por-
zelefants verloren. Der Keramikel ist gern gebrochen weiß und hat zart-
grüne Streifen. Der Keramikel ist leicht zu jagen und zu züchten. In Gmunden hat man diverse Techniken entwickelt, um sämtliche Bestandteile
eines Keramikels zu verarbeiten. So hat sich beispielsweise der Beruf des
Abkeramikelns einzig in der Region um den Traunsee bis dato halten können. Auch das schwierige Handwerk des Kaminkeramikels ist nur mehr
hierorts zu erlernen. Wer sich besuchlich in Gmunden aufhält, schaue den
Blässhühnern beim Untertauchen, den Tourist*innen beim vergeblichen
Einchecken im vermeintlichen Schlosshotel Orth, den Wolken beim Him-
melverwischen und dem Traunsee beim Wellen zu.

GOING

Die Gemeinde Going im Bezirk Kitzbühel in Tirol gleicht einer Filmkulisse
und wurde ursprünglich tatsächlich eigens für eine Filmproduktion aufgebaut. »Going crazy am Wilden Kaiser« wurde zwar geshootet, kam aber
nie in die Kinos. Going war nämlich zwischenzeitlich zu einem richtigen
Dorf geworden und entschied sich dafür, auf idyllischen Tourismus sanfter
Art zu setzten, statt zur Anlaufstelle von potenziellen Going-crazy-Schau-
platz-Spotter*innen zu werden. Die Gemeinde kaufte die Rechte an »Going crazy am Wilden Kaiser« und hat unlängst angekündigt, das Werk im
Jahre 2025 – also 50 Jahre nach geplantem Kinostart – exklusiv in einer
Freiluftarena in Going uraufzuführen. Namhafte und finanzstarke Persön-
lichkeiten haben sich in den letzten Jahrzehnten in Going angesiedelt und
angeblich war einer der Geldgeber für den Ankauf der Filmrechte ein international bekannter Schauspieler mit österreichischen Wurzeln, der in
»Goinig crazy am Wilden Kaiser« eine freizügige Nebenrolle spielte. Be-
sagter Schauspieler wurde in weiterer Folge mit der Zurschaustellung anderer Körperteile weltweit erfolgreich. Das Gerücht wird von Goings
PR-Stab weder bestätigt noch dementiert. Jedenfalls ist der Streifen »Go-

ing crazy am Wilden Kaiser« der 1970er Spezialkategorie Skisport-Softporno zuzuordnen. Ab 2025 sollen in Going jährlich internationale Skisport-Filmtage stattfinden. Das Filmfestival wird den Namen »Filmstreif« tragen.

HERZOGRAD

Herzograd ist nicht die Stadt der Herzen. Herzograd lebt nicht vom Valentinstag-Tourismus, vom Love-Locks-Verkauf, von den Pflückblumenwiesen, dem Liebesmuseum (persönliche Liebesgeschichten in Wort, Bild, Video, Chatverlauf und Ähnlichem einreichbar, die originellsten werden museal) und Herzograd lebt auch nicht von Mauthausen-Tourist*innen am Rückweg. Von der Siedlung Herzograd nach Mauthausen sind es 14 Kilometer. Herzograd liegt zwischen Ernsthofen und St. Valentin und gehört zum Bezirk Amstetten. Im Herzograder Wald befand sich das größte Panzer-Montagewerk des Deutschen Reiches, das Nibelungenwerk. Das Werk trug den Tarnnamen »Spielwarenfabrik«. Heute gehört das ehemalige Nibelungenwerk dem Autozulieferkonzern MAGNA.

HÜTTSCHLAG

Die Gemeinde Hüttschlag im Bezirk St. Johann im Pongau im Bundesland Salzburg hieß nicht immer so. Hüttschlag hieß bis Mitte des 20. Jahrhunderts Giglhausen. Denn in den Wäldern der Gemeinde lebte seit Jahrhunderten der friedliebende Gigl. Der Gigl ist eine Waldboden-Sagengestalt. Der Gigl ist Flachwurzelfreund und generell ein Indikator für fruchtbaren Boden. »Macht der Gigl Halt, gibt es guten Wald«, besagt eine alte Bauernregel und dem war bis in die 1940er Jahre auch so. Dann allerdings zog die moderne Forstwirtschaft in Giglhausen ein. Lärchen wurden gefällt und vorwiegend durch windige Fichten ersetzt. Das gefiel dem Gigl gar nicht. Der Gigl grollte und holte sich im Dorf, was er vermisste. Niemand hat den Gigl je gesehen, aber alle wussten, dass er ständig unter ihnen war. Der Gigl verbiss sich in Elektrische- und Wasser-Leitungen, knabberte Versorgungs- und Abflussrohre an, in Kellern war nichts mehr sicher: Eingekochtes, Selbstgebranntes, Eingelagertes – der Gigl plünderte die Wintervorräte der Bevölkerung und niemand wusste, wie man ihn besänftigen könnte. Da besann sich der Zimmermann Rudl Hütter und baute dem Gigl eine Hütte am Dorfrand. Er rammte Lärchenpfähle in die Erde, so tief wie möglich. Der Gigl hörte die Signale, ging aber nach wie vor auf Beutezug ins Dorf. Bald bildeten die aus dem Boden ragenden Lärchenpfähle einen Kreis in dessen Mitte die Dorfbewohnerinnen einen Altar aus Schnapsflaschen und Marmeladegläsern errichteten. Der Gigl fand Gefallen an dem für ihn gebauten Tempel. Der Gigl wurde bequem und bediente sich an dem ihm Dargebrachten. Das Projekt »Hüttschlag« war erfolgreich. Der Gigl ließ sich domestizieren und lebt seither zufrieden in seinem Untergrundtempel am Rande des Dorfs. Einmal im Monat ist Gigltag, da versorgen die Dörflerinnen und Dörfler ihren gezähmten Gigl. Da das Projekt Hüttschlag so ein Erfolg war, wurde die Gemeinde Giglhausen umbenannt in Hüttschlag. Der Gigl hatte nichts dagegen, der Rudl auch nicht. Die Fichtenmonokulturzeit neigt sich klimawandelbedingt langsam ihrem Ende zu.

KRAMSACH

Die Entstehung und Bedeutung von Kramsach geht auf Kaiser Maximilian zurück. Als dieser um 1500 Innsbruck zu seiner Residenzstadt machte, betraute er umliegende Ortschaften mit bürokratischen Aufgaben. Die Einlaufstelle für Anfragen und Angebote aller Art, wie beispielsweise Audienzen oder Jagd- und Kletterpartieeinladungen, wurde das heutige Kramsach. Zu jener Zeit hieß Kramsach: Sachkram. Sachkram ließ sich erst nach dem Tod des Kaisers und Wahltirolers in Kramsach umbenennen. Lange Zeit war Kramsach noch ein Ausbildungszentrum für Sacharbeiter*innen in bürokratischen Belangen. Unter Andreas Hofer wurde das ehemalige Aus- und Fortbildungszentrum geschliffen und in ein Zeughaus für Dreschflegel, Mistgabeln, Langforken, Franzosenbesen und Bayernplattler umfunktioniert. In der Umgangssprache hat sich die idiomatische Wendung »Den Gang nach Kramsach antreten« bis ins frühe 20. Jahrhundert gehalten. »Da bleibt dir nichts anderes übrig, als den Gang nach Kramsach anzutreten« bedeutet: Wird wohl nix ohne Antichambrieren, Klinkenputzen und Dem-Behördenweg-Folgen. Heute steht Kramsach zu seiner Sachkram- und Waffenkammer-Vergangenheit und ist eine prosperierende Gemeinde, die ihren Wohlstand nicht zuletzt der Ansiedlung von Betrieben verdankt, die Monarchie-Devotionalien und Andreas-Hofer-Geschenksartikel aus Glas herstellen.

LINZ

1) Linz ist die HipHop-Hauptstadt Österreichs und die Landeshauptstadt Oberösterreichs.

2) »Linz« ist eine Richtungsangabe. Linz ist nicht links, aber fast. Linz ist, um es in landläufigem Kompasssprech auszudrücken, ein Eizerl von links abweichend. Wenn geradeaus Nord ist, dann ist Linz West-West-Nord. Für die Donau ist Linz ein Links-Rechts.

3) »Linzen« ist ein Verb und Zustandsvergleich. Wenn du linzst, dann schaust du wie eine Oberösterreicher*in aus. Das hat mit dem berüchtigten Aussehen-Ausspruch des ehemaligen oberösterreichischen Landeshauptmannes Josef Ratzenböck zu tun. Ratzenböck linzte gehörig.

METTMACH

Die Innviertler Marktgemeinde Mettmach in Oberösterreich hat sich in den 1950er Jahren dazu entschlossen, wirtschafts- und sozialpolitisch eigene Wege zu gehen. Nachbarschaftshilfe und Gemeinwohlökonomie werden seither in Mettmach groß geschrieben. Es gibt ein generelles Grundeinkommen, keine Arbeitslosigkeit und ein überdurchschnittlich hohes individuelles Glücksgefühl. Größter Arbeitgeber ist der Schlachthof. Er wird genossenschaftlich geführt und verarbeitet ausschließlich Tiere aus der Umgebung. Die Bäuer*innen der Region sprangen nie auf den Zug der Landwirtschaftsindustrialisierung auf. Sie sind keine Teilzeit-Fabriksarbeiter*innen und Nebenerwerbsbäuer*innen geworden, sie sind nicht zu Kunstdünger- und Futterzusatzmittel-Großeinkäufer*innen geworden, sie widmen sich nach wie vor mit all ihrem Einsatz der Landwirtschaft und Viehzucht. Das sieht man den Tieren an, das sieht man der Landschaft an, das erfreut auch die Gäste, die Mettmach seit Jahrzehnten die Treue halten und schon sanften Tourismus machten, bevor es dieses inhaltliche Konzept des Urlaubens überhaupt gab. Ja, die Initiative »Mach Urlaub am Bauernhof« wurde in Mettmach schon praktiziert, bevor findige Touristiker*innen darin ein Geschäftsmodell witterten. In den letzten Jahren haben Klimaschutz-NGOs den Ort für sich entdeckt und veranstalten alljährlich große Fortbildungs-Sommer-Camps in Mettmach. In Kooperation sind Slogans für die Social-Media-Arbeit der Gemeinde entstanden: »Mach mit, was Mettmach macht.« »Mach die Welt fit, wie's Mettmach macht.« »Mettmach macht, wovon anderen noch nicht mal träumen.« Das gute Leben für alle? Mettmach macht's möglich.

NEUSIEDL

Neusiedl lebt im Wesentlichen von der Entkoppelung von Zugwaggons mit Zielbahnhof Eisenstadt und den so in Neusiedl Gestrandeten. Aus diversen Gründen Gestrandete siedeln sich neu an. Kein schlechtes Konzept. Neusiedl, kein schlechter Ort.

SCHRÖCKEN

1) Das Verb »schröcken« bezeichnet einen heilpraktischen Vorgang alternativmedizinischer Art, der speziell in den Alpen im Mittelalter sehr häufig durchgeführt wurde. Damals wusch man sich nicht sehr gern und sehr häufig. Wasser hatte aus Pestzeiten noch einen schlechten Ruf. Die Seuche hatte sich verzogen, Ungeziefer aber blieb. Krätzmilben, Bettwanzen und Flöhe hatten fortan Saison. Beim Schröcken versuchte man die nächstgrößeren natürlichen Fressfeinde ein- und auf die Patient*innen anzusetzen. Beim Aderlass kamen Blutegel zum Einsatz. Beim Schröcken hatten Käfer und Kröten ihren Auftritt. Es ging vor allem darum, das Ungeziefer zu schröcken und so zu veranlassen, vom Menschen abzulassen. Aus heutiger Sicht betrachtet, hat die Methode einen starken Placeboeffekt. Die Behandelten fühlten sich besser, wuschen sich aber weiterhin kaum.

2) Das Dorf Schröcken liegt im Bregenzerwald am Tannberg auf 1300 Metern Seehöhe. Es war seinerzeit das Zentrum dieser längst vergessenen Behandlungsmethode. Vermutlich hat dem Ungeziefer vor allem die Kälte dort zugesetzt. Mittlerweile ist Schröcken für seine Insektenfarmen bekannt und hat mit dem »Schröckentempel« ein Restaurant aufzuweisen, das europaweit führend ist auf dem Gebiet der Verarbeitung und Zubereitung von Grillen, Heuschrecken, Grashüpfern und anderen Proteinbomben.

TWIMBERG

Der Ort Twimberg im Kärntner Lavanttal verdankt seinen Namen und seine Gründung dem geologischen Phänomen der Twimschüttkegel. Twimschüttkegel kommen im Alpenraum sehr selten vor. Die Schüttkegelbildung ist hinlänglich bekannt. Die Besonderheit von Twimschüttkegeln ist, dass sie exakt so hoch sind, wie sie voneinander entfernt sind. Das trifft in der Regel auf zwei Schüttkegel zu, in seltenen Fällen finden sich auch Dreierformationen. Im Geolog*innen-Jargon werden Twimschüttkegel auch Schüttbrüste genannt. Geolog*innen des 19. Jahrhunderts entdeckten dieses sonderbar gehäufte Vorkommen von Schüttkegelpaaren im Lavanttal und nannten dieses Phänomen ursprünglich »Twinischüttkegel«. Bei der Transkription des Feldforschungsmaterials wurde dann das »Twini« als »Twim« gelesen, weil das i-Tüpfelchen offenbar unter ging. Der letzte Bürgermeister der Gemeinde St. Leonhard, zu der Twimberg gehört, hat vergeblich versucht, die Bevölkerung davon zu überzeugen, dass die Gemeinde sich in Twiniberg umbenennen und jährlich Twini-Wochen veranstalten sollte. Er verkaufte das als Tourismus-Attraktion, die die zahlungskräftige Generation Wickie, Slime und Paiper anlocken würde. Der Bürgermeister wurde abgewählt. Seither regiert in St. Leonhard die parteifreie Namensliste Jolly. Der Bürgermeister Stefan Zwei erfreut sich großer Beliebtheit und die Gemeinde lebt nach wie vor von der Forstwirtschaft, vom Burgruinen-Wander-Tourismus und der Firma Twim-Tech, die sich auf die Produktion von E-Zigaretten-Chips spezialisiert hat.

VIRGEN

1) Siehe Seite 65.

2) »Virgen« ist auch eine Skisporttechnik. Das Virgen wurde vor allem in den 1960er Jahren praktiziert. Sodann wurde diese Art des Skisports vom Einkehrschwung, dem sogenannten Après-Ski, abgelöst. Beim Virgen ging es um Körperbeherrschung unter erschwerten Bedingungen. Virgen begann in der Skihütte am Berg mit Schnaps und wurde in der Talstation mit Schnaps fortgesetzt. Dazwischen galt es die richtige Mischung zwischen Waghalsigkeit und Pistenproblembewusstsein, Abfahrtshocke und Kurzschwung unter Alkoholbeeinträchtigung zu finden. Nicht wenige Virg-

Stars landeten im Rollstuhl. Mittlerweile hat der Skisport solche image-schädigenden Auswüchse fest im Griff und es ist mit der Après-Ski-Einrichtung beispielhaft gelungen, Sport und Party voneinander zu trennen. Erst der Sport, dann das Vergnügen, dann die Pandemie. Gevirgt wird heutzutage nur mehr beim Rodeln.

3) »Der Virg« ist eine Osttiroler Legende. Der Virg ernährt sich von sogenannten »Steinmandeln«, die Wandernde am Wegesrand aufstellen, um anderen den Weg zu weisen. Früher gab es nur wenige Steinmandeln in den Osttiroler Bergen. Im 21. Jahrhundert hat allerdings ein massiver Steinmandel-Errichtungs-Boom stattgefunden. Steinpyramidenbaumeister*innen reisen von weit her an, um ihre Steinmandelbaukünste zu demonstrieren. Mittlerweile ist Wandern gar nicht mehr das Wichtigste: Bauen ist primär, Wandern ist sekundär. Auf beliebten Wanderwegen ist der Weg vor lauter Steinmandeln nicht mehr zu sehen. Der Virg hat lange versucht, den Bestand zu regulieren, konnte aber der rasenden Vermehrung nicht Einhalt gebieten. Der Virg ist allein, die Steinmandel-Comunity ist groß und international organisiert. Steinmandel-Fotos sind beliebt auf Instagram. Der Virg ist fett geworden, schwerfällig, hartleibig. Die Steinmandel-Comunity ist lebendig, gut organisiert, am Expandieren. Der Virg hat um Unterstützung bei der Bergrettung angesucht. Die Bergrettung hat abgelehnt, weil sie so viel zu tun hat, unerfahrene Wanderer, die sich bei der Suche nach freien Steinmandelbauplätzen verstiegen haben, zu bergen. Der Virg ist aktuell am Überlegen, ob er seinen Ernährungsplan umstellen und sich fortan auf Steinmandel-Errichter*innen stürzen sollte. Der Tourismusverband ist nicht gänzlich dagegen, vor allem, wenn die Gäste schon bezahlt haben, schlägt aber vor, der Virg sollte sich auf Steinmandel-Fans bestimmter Nationen beschränken. Ein Protokoll dieser Sitzung wurde von der gut vernetzten Steinmandel-Community geleakt und löste weltweite Empörung aus. Die Niederlande virgten, Frankreich würgte, Deutschland wörgelte. Der Virg wurde auf Kur nach Stainach geschickt.

4) »Virgen« ist eine Gemeinde im Nationalpark Hohe Tauern in Osttirol.

WENNS

»Wenns schneit« war über Jahrzehnte hinweg ein erfolgreicher Werbeslogan für die Gemeinde Wenns im Tiroler Pitztal. Bis vor einigen Jahren die Großstadt Wels in Oberösterreich ihr Stadtmarketing grundlegend verändert hat. Seither gibt es zig Slogan-Abwandlungen der Machart: »Wels läuft«, »Wels rockt«, »Wels shoppt«, »Wels fischt«. Wels wirbt also im Prinzip wie Wenns es schon immer tat. Was tatsächlich zu zahlreichen Fehlbuchungen zugunsten von Wels führte. Wels führte – Wenns weinte. Langfristig weinte aber auch Wels, weil in Wels schneit's nicht. Wels schneit allenfalls selten. Aber viele internationale Gäste kennen weder Wels noch Wenns und wenn's in Wels günstigere Angebote gibt, was es oft gibt, weil Wels mehr Industrie- als Skisportort ist, wurde eben Wels statt Wenns gebucht, und dann in Wels vergeblich nach den Skigebieten gesucht. Der Rettungsversuch von Wels – die Kampagne »Wels findet, du gehörst nach Wenns« – war gut gemeint, wurde aber falsch aufgefasst. Die Gäste fühlten sich nicht erwünscht. »Wels rudert zurück« war auch kein Erfolg beschieden. Wels wurde geschnitten. In Wenns schneite es weiterhin. Wels schmollte. Wenns passte es. Aber »Wenns schneit« ist weit mehr als ein Werbeslogan. »Wenns schneit« beschreibt auch den Gründungsmythos, die Wennswerdung der Gemeinde. Das Werden des Dorfes in einem Nebental des Inntals, dem engen Pitztal, war nämlich von einem Nebensatz abhängig. Alles hing an der Bedingung »Wenns schneit, dann lassen wir uns hier nieder, bauen Häuser in den Hang, schlagen eine Schneise in den Wald und uns durch Richtung Piller, um eine Verbindung und einen Übergang zu Fließ herzustellen«, so sprach einst die Gründermutter von Wenns, Hanni Lammbach aus Fließ, die Fließ fliehen musste, weil ihr die Sonne nicht bekam. Und siehe da: Es schneite, der Ort erfüllte alle gestellten Bedingungen und wurde Wenns.

Basiswissen: Die zehn höchsten Berge Österreichs

1.	Großglockner (3798 m)	Kärnten/Tirol
2.	Wildspitze (3768 m)	Tirol
3.	Weißkugel (3738 m)	Tirol/Südtirol
4.	Glocknerwand (3721 m)	Kärnten/Tirol
5.	Großvenediger (3657 m)	Tirol/Salzburg
6.	Hinterer Brochkogel (3624 m)	Tirol
7.	Hintere Schwärze (3624 m)	Tirol/Südtirol
8.	Similaun (3599 m)	Tirol/Südtirol
9.	Vorderer Brochkogel (3565 m)	Tirol
10.	Großes Wiesbachhorn (3564 m)	Salzburg

Markus Köhle, geboren 1975 in Nassereith, Tirol, studierte Germanistik und Romanistik. Seit 2001 ist er literarisch, literaturkritisch, literaturwissenschaftlich und auch als Literaturveranstalter im In- und Ausland aktiv. Seit 2004 lebt und arbeitet er in Wien. Er ist Otto-Grünmandl-Preisträger, Literaturzeitschriftenaktivist (www.dum.at) und Poetry Slammer der ersten Stunde. www.autohr.at
Zuletzt erschienen bei Sonderzahl: *Zurück in die Herkunft* (2021); gem. mit Peter Clar: *Schneller, höher und so weiter* (2021); gem. mit Claudia Rohrauer: *_rohr_köhl_auer* (2019).